2016
中国年度作品
微型小说

冰　峰 主编　作家网 选编

中国出版集团

现代出版社

图书在版编目（CIP）数据

2016中国年度作品. 微型小说 / 冰峰主编；作家网选编. —北京：现代出版社，2017.1
ISBN 978-7-5143-5580-2

Ⅰ. ①2… Ⅱ. ①付… ②作… Ⅲ. ①小小说—小说集—中国—当代
Ⅳ. ①I217.1

中国版本图书馆CIP数据核字（2016）第312151号

2016中国年度作品. 微型小说

主　　编：冰　峰
选　　编：作家网
策划编辑：庞俭克
责任编辑：宋凌燕
出版发行：现代出版社
通讯地址：北京市安定门外安华里504号
邮政编码：100011
电　　话：010-64267325　64245264（传真）
网　　址：www.1980xd.com
电子邮箱：xiandai@vip.sina.com
印　　刷：三河市宏盛印务有限公司

开　　本：710mm×1000mm　1/16　　印　　张：14.25
版　　次：2017年1月第1版　　　　　　印　　次：2017年1月第1次印刷
书　　号：ISBN 978-7-5143-5580-2
定　　价：32.80元

目 录

谈谈微型小说的创作技巧（代序）

冰　峰

　　谈创作技巧这样的话题，大家可能认为是老生常谈，不值得关注。而我则不以为然，觉得创作技巧是常谈常新的话题。微型小说创作离不开技巧，这是一个作家投身写作时必须做的功课，否则就会在写作中犯错误，走弯路。学习也罢，自我悟道也罢，总之，技巧不能没有。就像做饭一样，有经验的厨师做出来的饭有特色，能让人食欲大增，反之，会大败胃口。当然，不讲究厨艺，偶尔做一道地道的土菜也未尝不可。但我讲的是，烹饪地道的土菜也需要讲究技巧，不仅要考虑食材、佐料，做菜时还要考虑火候。这些技巧，虽然看不见，但却让饭菜呈现出百般滋味。

　　微型小说创作理论，似乎已经有了不少。但在我看来，这些只是纸上谈兵的产物。有的是中短篇小说技法的移花接木，有的是国外理论的夹生翻译，有的是哲学、美学、文学概论的生涩套用，有的是推理、想象、虚构或杜撰。这些理论其实和实际写作没有直接关系。因为，这些理论家，并不从事微型小说写作。就像一个从不动手做饭的人，却写了一个华丽的菜谱。我们能相信这个菜谱吗？照此菜谱做饭，能做出真正的好菜吗？

　　是的，我反对理论家们对写作技巧的高谈阔论和不着边际的漫谈。这些"技巧论"看上去妙语连珠、璀璨华贵，但不实用。用一句通俗的话讲，就是"耍花架子"，没有实际功夫。一些学者、教授，凭借对微型小说的一知半解和自身的理论素养，妙手创造了微型小说的理论奇观。他们从理论到理论，经过所谓的研究、考证，以"掉书袋"的方式获取了大量证据，从而为微型小说文体建造了一座魔幻式的理论大厦。我知道，这座大厦耗资巨大，是理论家们用心血铸就的,我们应该为他们的卓越贡献鞠躬敬礼。

　　但问题是,已经深谙此道的微型小说作家和理论家们,并没有把大厦的实际功能讲给局外人听,他们只是借此"依据"提升微型小说族群的身价或品牌影响力。在微型小说圈子里,谁也不愿意揭穿其隐私和奥秘,让世人看到微型小说理论的真相,从而破坏微型小说族群的现有格局和生态。可是,以讹传讹的理论构架,能不让微型小说的初学者走弯路吗?修正此道,不能不说是我们的责任。

　　对于这样的扭曲现状,作家网责无旁贷,请了微型小说一线作家凌鼎年先生主讲"凌鼎年微型小说创作二十八讲",以纠正过去微型小说创作理论的谬误和不实,从而推动微型小说创作理论从实践到系统的逐步完善。因为,凌鼎年是微型小说界产量最高的作家,他由写作实践酿造、提纯的理论,是真正的粮食酒,绝不会是勾兑的假酒。

　　诚然,凌鼎年的讲座,从理论上讲,或许不成系统,也并不完善,结构和逻辑关系也没有那么清晰和缜密,但这个讲座没有空话、大话、假话,其理论来源于写作经验,来源于实践之后的悟道。从这个意义上讲,"凌鼎年微型小说创作二十八讲"是有价值的,实用的,对微型小说创作具有切合实际的指导作用。

　　信息时代,价值观的不确定性,让很多人产生了盲从或失去方向的感觉。图书出版,以盈利为目的,往往会误导消费。网站视频、音频、图片、文字像装备不同的士兵,时刻在入侵我们的生活空间。稍有不慎,我们的情感和精神就会被污染,或者被病毒侵袭。其结果是,我们生病了,却找不到疾病的根源和治病的良药,也不知道如何预防。

　　作家网始终秉承"作家网——作家自己的网站"的原则,全心全意为作家做事。今年,我们又为作家推出了一系列的服务项目,在为作家提供一个资源共享、情感互通的网络平台的同时,还成立了作家网图书出版部,为作家出书提供一条龙的服务。目前,作家网已与30多家出版单位签约,与国内最优秀的图书发行单位之一北京凤凰壹力文化发展有限公司组成战略合作伙伴。同时,还在北京蒙古大营建立了新书发布会、研讨会固定会场,在作家网开辟了"大家读书"等视频栏目,全方位帮助作家出书,并积极宣传、拓展市场。

　　作家网在"文学大讲堂"栏目推出的"凌鼎年微型小说创作二十八讲"视

频节目是免费的，是作家网为微型小说作家、作者提供的一项公益服务。我想，如果热爱微型小说写作的朋友在观看了这一讲座后，对微型小说写作技巧、方法有所顿悟，创作水平有所提升的话，我们作家网的全体同人也就心愿得偿了。

从微型小说写作技巧，又谈到作家网，无非是想说明我们在纠正谬误、担当责任方面的一份诚意。我不想在作家网选编的《中国年度微型小说》的序言中发表不实之词，误导作者和读者。我只是希望，广大微型小说作家能与作家网的同人一道，共同为读者呈现一本有特色、有品质的微型小说选本，从而让微型小说的芳香四溢，弥漫我们心灵的天空和情感的天空。

不 敢 冒 犯

刘国芳

男人女人外出开会，晚上，住一家宾馆。半夜时分，男人手机嘟地一响，男人拿过手机一看，是女人发来的微信："睡了吗？"

男人回复："没。"

女人又发来："怎么还没睡？"

男人回复："我有挑床的毛病，不是家里，睡不着。"

女人又发来："我也睡不着。"

男人问："你怎么也睡不着呢？"

女人答："有点害怕。"

男人发过去："这么大的宾馆，有什么好怕的？"

女人发过来："我也不知道。"

男人再发过去："别怕，睡吧。"

女人没再发微信过来，但过了半个小时，男人手机又嘟地一响，女人又发来微信了："我还是很害怕，要不你过来吧。"

男人回："我过来？"

女人问："不愿意吗？"

男人答："当然愿意。"

女人说："那过来呀。"

男人就过去了。

女人住的是标间，两张床。男人进来后，女人指了另一张床跟男人说："你睡这张床。"

男人回答："知道。"

女人又说："要做君子啊！"

男人回答："当然。"

男人便睡在另一张床上，但男人明显感觉到旁边另一张床上的女人仍没睡着，男人于是问女人说："怎么还睡不着，难道还害怕吗？"

女人答："有你在，我有什么害怕的。"

男人说："那怎么睡不着？"

女人说："也许跟你一样，有挑床的毛病吧。"

两个又没说话，但过了一会儿，女人开口了，女人说："真没想到会和你同处一室。"

男人说："我很荣幸。"

女人说："要是你老婆知道你跟一个女人住一间房，会做什么呀？"

男人说："她怎么会知道呢，她不可能会知道。你呢，你老公知道你跟我同处一室，会做什么？"

女人说："我傻呀，会让他知道。"

男人说："真不能让他知道。"

女人说："今晚你肯定睡不着。"

男人问："为什么？"

女人说："跟一个美女同处一室，你睡得着？"

男人没说话，随着男人的呼噜声响起，女人发现，男人竟然睡着了。

一夜无话，第二天，会议结束，他们回程了，路上，女人跟男人说："没想到，你还真是个君子。"

男人说："本来嘛。"

女人说："我真担心昨天晚上你会爬到我床上来。"

男人就笑，男人说："要是我真的爬到你床上，你会怎么样？"

女人回答："你说呢？"

男人说："我怎么知道？"

女人说："傻瓜。"

这事情就过去了，但仅仅过了一天，男人就因为嫖娼被拘留了。女人听说后，很惊讶也很难受甚至伤心。一个星期后，女人见到了男人，女人都没怎么看男人，就从男人身边走开了。但很快，男人收到女人的微信，一句骂人的话："王八蛋，你怎么会去嫖娼？"

男人回复："需要。"

女人又发过来："在你心里，我还比不上一个妓女？"

男人回复："你是我心里的女神，我不敢冒犯。"

这条微信，女人盯着看了很久，而且一直没删。

原载 2016 年第 10 期《微型小说选刊》

遗 产 继 承

凌鼎年

李政在娄城的政府机关工作，副科长，按行政级别是副股级，属机关里最低的一档级别。但李政很满足，他认为自己不是当官的料，做个副科长也就可以了，至少不是大头兵了。多年来，他一直过着朝九晚五的生活，早上去上班，晚上按时回家，没有夜生活，也很少有应酬，循规蹈矩，安分守己，日子无波无澜，不咸不淡地过着，平平常常，安安静静。

有一天，他突然接到新西兰一家律师事务所寄来的挂号信函，请人翻译后才知道：他的一位远房亲戚临终前指定李政为遗产继承人，他将继承一家羊绒店，从信上看，这羊绒店有 300 多平方米，不算大，也不算小。羊绒店值多少钱，信上没有说。不过，李政知道新西兰的羊绒是很有名的，国内不少土豪很喜欢新西兰的羊绒制品，老值钱呢。

李政做梦也没有想到会有这样的好运降临到自己的身上，真是做梦也要笑出声来。

长期的机关生活，使李政养成了嘴巴严的习惯，他在单位里照样上班，不露风声，不动声色，但常常请假，去律师处咨询相关问题，去办理出国事宜。

可他老婆娟子的嘴就没有那么严了。娟子恨不得逢人就讲，讲她老公要去新西兰继承遗产了，说不定再过半年几个月的，她也要跟老公移民新西兰了。

娟子的小姐妹们好羡慕啊，开始叫她"富婆"，让她出血请客。娟子想老公马上就要继承大笔遗产，鸟枪换炮是早晚的事，请客就请客。

这一吃一请，消息在娄城很快传开了：李政与娟子夫妇马上要移民新西兰，要成土豪了。甚至有人还半认真半开玩笑地说："明年我们到新西兰旅游，住你家里怎么样？"

娟子一口应承，说："没有问题。"

李政向有关方面提交申请，按部就班地办理着去新西兰继承遗产的相关手续，如身份公证，领护照、办签证，买飞机票等。

有了心事，日子就过得慢，好不容易熬了三个月，把所有的手续都办妥，准备出国了。可万万没有想到，临走前两天的傍晚，李政接到新西兰警方的电话，说了一大通他听不懂的英语，好不容易请来翻译，最后弄清楚：因店主过世，店堂关门打烊，只有一个老头照看，因电线老化，短路起火，而羊绒是易燃品，待看店的老人发现，为时已晚，等消防车赶到时，大火已蹿上了屋顶，竟把那 300 多平方米的羊绒店烧了个一干二净，所有资产在这场大火中焚烧殆尽——也就是说：李政没有遗产可以继承了，一切都白忙活，白开心了，一把火把李政烧回到了人生的原点。

李政只好重回机关上班，但此后，他似乎变了一个人，整日愁眉不展，他无法忍受这种大喜大悲的打击，逢人便诉说自己的不幸，像当年的祥林嫂似的。"那可是一笔很大的财产啊，我一辈子的薪水可能还不及它的零头呢……"

同事们原先都嫉妒得要命，现在一起怀着无比轻松的心情陪着他叹气。唯有李政的顶头上司张科长非但不表同情，反而认为他自寻烦恼。"在一个你从未到过的地方，有一家你从未见过的商店遭了火灾，你有必要这么沮丧，痛心疾首吗？"

"可那是我的商店啊！"李政带着哭腔。

"你不是和从前一样，什么也没有失去吗？"张科长说道。

"300 多平方米的房产，还有店里的羊绒制品，怎么说都是笔不小的财产，都应该是我的，现在轻飘飘一句什么也没有失去！轮到你，能接受吗？"李政反问。

"你当这事没有发生过，原先怎么过，现在还怎么过，不就啥事没有了？"张科长还在劝慰他。

李政认为人们说风凉话容易，说安慰话容易，假如轮到自己头上，可能还不如他呢。总而言之，心疼！

李政看到老婆比自己更伤心，才理解不是一家人不进一家门。

从此后，李政家几乎没有了往日的恬淡、和睦，李政夫妇也没有了从前的笑容。

一年后，李政就一病不起，有人说他得了忧郁症。也许吧。

原载 2016 年第 5 期《作家天地》

千眼菩提

周海亮

男人经过古玩市场，见有人在卖千眼菩提。第一次见到千眼菩提，男人诧异芋头般的东西经过砂纸简单的打磨，竟能出现玉般的质地和瑰丽的纹路。问过价钱，男人又惊异于它的廉价。那天男人坐下来，用了一个多小时，打磨出一个淡绿色的千眼菩提。

男人把它带回家，放上电脑桌。他告诉女人这是千眼菩提，他运气好，磨到绿色的。他说绿色的很少见，穿根线绳，正好当成一个小把件。他把千眼菩提塞到女人手里，说，你摸摸，玉一样凉，丝绸一样滑。

千眼菩提当然不能和玉一样凉、丝绸一样滑，但因它美丽的色泽和自然流畅的花纹，女人非常喜欢。千眼菩提于是成为男人和女人的把件，不管谁在电脑前坐久了，都会拿起来盘几下。日久天长，千眼菩提果真有了玉般的凉、丝绸般的滑。男人对它有些爱不释手了，有时出门散步，也会带上它，手掌间盘着，就像大清的贝勒爷。

男人的几个同事来家里聚会，有女同事见到桌上的千眼菩提，大为惊叹。男人就告诉她，这叫千眼菩提，便宜，十几块钱一个。女同事当即把它抓到手里，说，那送给我吧。女人就过来，说，送你一个可以，但不能送你这个。我和涛子盘了两年多，有感情呢。旁边有人起哄说，那上面有涛子的精血呢。女同事便红了脸，却不知是因为女人拒绝了她，还是因为那句"精血"。

几天以后，女人对男人说，哪天你经过古玩市场，再磨个送给她吧。男人说千里菩提多是白色的，绿色和红色的极少见。女人说送她东西她还挑挑拣拣？男人说她喜欢的是绿色的。女人说你问她了？男人说这倒没有。虽然在一个公司上班，但如果不是聚会，我基本看不见她。女人说你肯定问过她了。又说，去磨一个吧！不过十几块钱的东西，省得人家说你小气。

千眼菩提仍然放在电脑桌上，男人或者女人只要手闲着，都会盘它几下。它的颜色慢慢变得翠绿，质地也更加温润坚硬。有次女人的一个朋友来坐，见到它，问女人，是翡翠吗？女人就很有成就感。她说这是我和先生一起盘出来的千眼菩提呢！朋友就夸她，说夫妻俩能把一个芋头般的草根盘得如瓷似玉，感情一定很好。女人说是呢是呢。那天女人心情很好，之前，她从没有把千眼菩提跟夫妻感情联系到一起。

男人出差时，想带上千眼菩提。他说火车上太无聊，盘一盘打发时间。女人说你是想显摆吧。没答应，也没反对。然后男人就出差了。再然后男人回来，千眼菩提就不见了。

女人说假如男人把千眼菩提弄丢了，可以再去磨一个，反正不值钱。男人说我根本没有带走它。女人说可是我看你把它拿在手里。男人说临行前我把它放到桌上了。女人说可是自你出差以后我就没有再看见它。男人说再找找吧，肯定找得到。又说找不到也没关系，我再去磨一个就是了，反正不值钱。

最后一句话让女人顿生怀疑。那么钟爱的东西，男人却表现得并不在乎。随后半个月，女人几乎将家翻了个底儿朝天，千眼菩提仍不见踪影。女人的心情，坏到极致。

她想到了男人的那个女同事。

一天男人回家，女人告诉他，下午她去他公司了，找他的女同事聊了一会儿。男人就怔住了。女人说，一个绿色的千眼菩提，已经被她盘得温润光滑。男人说你太过分了吧？女人说我只是经过，口渴，你又不在，我去要杯水喝。男人说那个千眼菩提可不是我送给她的。女人说可它是绿色的。男人说绿色的千眼菩提只是少见，却并不稀奇。女人说当初你可不是这样说的。又说，今天我真的只是恰巧路过。

不管是不是恰巧路过，反正这件事成为他们之间的疙瘩。后来男人又去一趟古玩市场，磨了一大堆，终磨到一个绿色的千眼菩提。但是这一个，无论他和女人如何用心去盘，也达不到那一个的效果。

几年后，男人和女人分手了。分手的原因很多，他们不再互相信任是根本。不再信任的原因很多，却是从丢失的千眼菩提开始。男人把房子留给了女人，他说，现在我仍然爱你，只是我们真的无法继续。

又几年过去，女人卖掉了她的房子。收拾屋子的时候，那个千眼菩提竟然失而复得！翡翠般的千眼菩提静静地躺在两本书之间，那里她以前或许找过，或许没有找过。

她想给他打个电话，电话未拨通，忙挂了。说什么呢？似乎说什么，都是多余。

第二天去古玩市场，她竟一下子磨到一个绿色的千眼菩提。

原载 2016 年第 5 期《微型小说选刊》

能借你点儿啥

刘正权

男人点燃一根烟，透过袅袅上升的烟雾，先看路灯，再看星星，看得很吃力，城市的夜晚是很难看见星星的。

男人之所以这么认真，是因为男人眼下很无聊。

百无聊赖的那种无聊。

女人就是在这时候靠拢来的，来了却不说话，前三步后三步左三步右三步地围着男人转，直到把男人转出一脸的迷惑来。

你，做什么？男人问。

女人又盯一眼男人，咬了咬牙说，借你点儿东西，行不？

男人把烟屁股吐出去，哈哈笑，说借你点儿啥呢，我这会儿一无所有，要借你借我人吧。

男人因为压抑，就开了这句玩笑。

没承想，女人眼睛一亮，别说，我还真就想借你的人用用。

男人哈哈笑着的嘴一下子被肺里残存的烟圈撑住似的，合不拢了，借他用用？他可是百无一用的穷酸书生一个。

女人说很好笑是不？先申明一下，我没病。

男人还是觉得女人有病，病得不轻，好端端借什么不好，借男人，要知道这年月天底下啥都缺，可唯独不缺男人。

女人似乎看出男人的疑惑来，女人笑，天底下是不缺男人，可缺有那么点书生意气的男人。

这倒不假，男人要没点书生意气，绝不至于混到如此落魄的境地。

有必要交代一下男人了，毕竟他是这个故事发生中间必要的铺垫。男人本来是在一家公司做文案的，做得得心应手，也顺风顺水的，问题是，女老板太赏识他，以至于动了心思要把他做成自己日常生活起居的文案，面对女老板的咄咄逼人，男人选择了拂袖而去。

这年头，吃软饭的男人不是没有。问题是，男人自认为一个念过圣贤书的人，傲气不能有，但傲骨不能没有。因为这点之乎者也的书生意气，他面带傲气走出了女老板带有小套间的豪华办公室。

生活却不欣赏他的傲骨，在一次一次碰壁之后，女友弃他而去，他觉得很可笑，自己守清白之身为的正是女友，偏偏女友却把他的宁为玉碎看成一种无能。

所以他选择了在这样一个夜晚出来看星星，记得日本有个动画片中歌词说，星星哪怕是睡着了，也还是眨着眼睛的。眼下他不知道女人是不是睡着了梦游，才这么说话的，因为女人也眨着眼睛。

女人忽然不眨眼睛了，女人端正了脸庞，这样吧，借你用一天，参加一个同学会，就说你是我男朋友。

同学会，很重要吗？男人问。

是的，很重要，我只念过初中，而那帮同学都上了大学。女人说。

明白了。男人忽然笑，你是觉得自己虽然没念过大学，但找个男朋友是念过大学的也不错。

你不会笑我的虚荣心作怪吧，女人没有否认。

那你怎么肯定我念过大学？男人很奇怪。

你身上的忧郁啊。女人点燃一根烟，笑道，一个没读过大学的女人未必就不能阅人无数啊。

阅人无数的女人，应该是个什么样的女人？他怔在那儿。

女人说反正你百无聊赖来着，只当做了一场游戏，再说，我不白借你。

男人就动心了，不是为女人所说的钱，而是，他自打走出校园就没有做游戏的心情了。

把游戏当工作来做，应该是很别致的一天吧，他点了点头，算是同意。

女人第二天是开着轿车来接他的。拥有轿车的女人，他心里略微有点隐忍的不快，他担心她会咄咄逼人，坐上车的一刹那，男人自觉不自觉挺直了一下脊梁。

放心，没人能压弯你的腰的。女人从方向盘上方的回视镜斜了他一眼，斜归斜，脸上却带着浅浅的笑。

男人心里暖了一下，温软的感觉袭上后背，脊梁很自然地松弛下来。

女人的同学，也没几个社会精英，最出彩的也不过嫁了些科长之流的人物。

男人身上的那股书生意气就有那么点儿鹤立鸡群了，鹤的骄傲不在于它同鸡们叽叽喳喳什么，而在于它的矜持，男人没打算矜持，男人只是觉得无话可说，当然，男人还是礼貌的。

他的沉默与他的得体，让女人的同学们目光中充满了艳羡，艳羡什么呢，艳羡一个天生我材无处用的书生？想到这儿，他自嘲地一笑。

女人看见了，挽了他的手，说要告辞了，男人公司有会。

一句简单的公司有会就把那帮人晾在那儿，众目睽睽之下，她埋了单，然后两人亲亲热热走出了酒店。

路上，男人忍了忍，忍不住，问女人，你究竟做什么的啊？这么会演戏。

女人笑了笑，看不出来啊？

男人摇头，看不出来。

女人不笑了，说会演戏当然是逢场作戏的女人啊。

男人也不笑了，男人说应该说是为生活所迫的女人吧。

女人把车停下，头伏在方向盘上说，谢谢你的理解，到底是有书生意气的人。

男人说不用谢，因为我也是个为生活所迫的男人。

女人冷不丁挺起身子，飞快地在男人额头啄了一下，浅尝辄止的那种。完了女人说，还能借你点儿东西吗？

男人一怔，还能借你点儿啥？

女人说，微笑。女人说我好久没见一个男人对我真心笑一回了。

不就一个微笑嘛，简单。男人就挺直了身子调动脸上肌肉竭尽全力去笑，没承想，竟笑出一脸的泪来。

原载 2016 年第 4 期《小说月刊》

1968 年的爱情

李伶伶

　　军区医院完成了一台高难度手术，把一个重达 36.5 斤的肿瘤从病人体内成功摘除。部队命令宣传科做好这次新闻报道，宣传干事李正和战友们接到任务后第一时间来到医院。

　　医院派人协助他们的工作，有个年轻漂亮的女护士，热情又勤快，她总爱帮会照相的李正做事，却总是做不好，不是把文件掉到地上，就是把茶水洒到他身上。李正想要生气，看到她歉意的笑容，又气不起来。

　　一天晚上，李正在办公室挑选照片，忽然从开着的窗户外飞进来一只纸飞机。李正想，准是哪个淘气的孩子玩纸飞机，不小心飞到他这儿来了。他往窗外看看，没看到人，就把纸飞机放在一边，继续选照片。

　　不一会儿战友回来，看到桌上有只纸飞机，说，怎么你还叠这东西玩儿啊？他说，不是我叠的，刚才从外面飞进来的。战友拿起纸飞机，不经意地拆开了，看到上面有字。战友笑着说，司令的女儿看上你了，你小子真有福气！李正说，别瞎说！司令的女儿我都没见过，她怎么会看上我？战友说，那个整天围着你转，什么也做不好的女护士，就是司令的女儿，你不知道？说着，把纸递给李正。李正意外地说，她是司令的女儿啊？同时看到纸上的字，"我喜欢你"，下面署的正是女护士的名字。

　　李正的心怦怦跳了起来，第二天再见到女护士，有点不敢看她。女护士很大方，等屋里就剩他俩的时候悄声问他，你是怎么想的？李正没吱声。女护士又问，你喜欢我吗？李正还是不吱声。女护士有点生气，说，你是不是讨厌我呀？李正赶紧摇摇头，女护士甜蜜又害羞地笑了。两人从此开始谈起了恋爱。后来李正知道，女护士之前的笨手笨脚是故意的，为引起他的注意。

李正很喜欢女护士，想跟她结婚。他想等过几天回家探亲时，跟父母郑重地说这事。没想到父亲的电报先一步来到了军营，电报只有五个字："母病危速归"。他马上请假回到家里，看到父亲，也看到了母亲。母亲好好的，一点生病的样子也没有。他很诧异，问父亲为啥骗他。父亲说，我和你妈给你定了个媳妇，让你回来跟她结婚。李正很惊讶也很气愤，说，你们怎么能这样？我都没见过她，怎么可能跟她结婚！父亲说，我跟你妈见过了，那姑娘挺好的，很适合给你做媳妇。李正说，我不同意！父亲说，你同不同意这婚都得结！人家姑娘对你一点意见都没有，光是看你照片就同意了亲事，就凭这点，就能娶！李正说，我不娶！父亲说，你不娶不行！我聘礼都给了，请帖也发了，结婚的日子都定了，就是后天。你今天好好歇歇，明天去姑娘家看看，后天就结婚。这事就这么定了！

父亲总是这么专断，之前不经他同意就把他送到了部队，这次又不经他同意就给他娶了媳妇，他真是受不了了！后半夜，趁家人睡着后，他悄悄溜出了家门，一路狂奔，一口气跑了六十里路，跑到了县城火车站。

清晨的火车站却是一片骚乱，原来有个农村姑娘被火车撞死了。农村姑娘跟一个城里人定了亲，后来城里人爱上一个城里姑娘，把农村姑娘甩了，农村姑娘觉得自己没有脸面在村里活下去了，就跳了火车道。李正听后，呆愣半天。他在火车站犹豫徘徊了整整一天，最后还是回了家，跟父亲给她找的姑娘结了婚。

回到部队后，李正跟女护士提出分手。女护士追问原因，李正就把事情跟她说了。女护士不信，骂他是骗子。李正任她打骂，不做任何辩解。

女护士不甘心，跑到李正老家，找到了他刚过门的媳妇。女人土里土气的，也不怎么好看。女护士说，没想到我竟输给了你。女人说，你没输给我，你是输给了它。说着从怀里掏出一把剪刀，然后接着说，我要是知道李正不愿意娶我，我也不会同意这门亲事。他到现在都没正眼看过我，更别说碰我。女人说着流下了眼泪。

女护士回来后跟李正说，我原谅你了。说完哭了。李正不想哭，没忍住，也哭了。

天色阴沉，一阵闷雷滚过 1968 年的天空，雨点很快落了下来。

原载 2016 年第 3 期《微型小说选刊》

精神病专家

杨汉光

胡教授是著名的精神病专家，从事精神病研究几十年，著作等身，名满天下。更难能可贵的是，胡教授数十年来一直坚持在第一线给病人治病。胡教授得到的荣誉数不胜数，他是医院的一面旗帜。

近年来，胡教授收治的病人越来越多，医院都快装不下了。院长委婉地劝胡教授少收点病人，胡教授正色说："那怎么行？救治病人是我们的天职，看见病人却不救治，那是犯罪啊！"

院长为难地说："可咱们医院实在太拥挤了，你看，连车库都改成了病房，还不够用。"

"那就赶紧扩建病房呀，钱不够，我去找市长要。"

胡教授真的找市长要钱建病房，市长不但批了钱，还称赞胡教授工作认真，处处替病人着想。

新病房建成后，胡教授收治病人更加积极，常常主动出击，到四面八方去寻找病人来住院治疗。

胡教授收治的病人总是大喊大叫，说自己没有精神病。院长找那些病人谈话，也觉得那些人思路清晰，除了情绪有点激动外，没有什么大毛病。他忧心忡忡地问胡教授要不要再仔细检查一遍，千万不能把正常人当作精神病人来治疗啊。

胡教授说："院长你放心，查一百遍，他们还是精神病患者。精神病患者也会给人好印象的，特别是第一次见面。相处久了，你才能看清他们的病态。"

过一段时间，院长再找那些病人谈话，果然，个个说话都颠三倒四了。院长高兴地说："胡教授，我真是服你了，专家就是专家。"

两个月后，胡教授从地质队经过，看见一个戴眼镜的小伙子站在烈日下发呆，好生奇怪，就过去跟他搭话。说了几句话后，胡教授就断定，这是一个精神病人。小伙子叫刘正华，是地质队的员工。

胡教授马上找到地质队的领导和刘正华的父母，要求他们把刘正华送到精神病院去治疗。刘正华的母亲说："除了偶尔发发呆，我儿子没什么病啊！"

胡教授说："发呆，正是精神病的症状之一。要趁早治疗，别耽误了孩子。等到病情严重就晚了，有些精神病是终生治不好的。"

刘正华的父母吓坏了，赶紧答应送儿子到医院治疗。

刘正华是被强行送到精神病院的，这个白面书生，看上去挺瘦弱，力气却大得出奇。一进医院的门，刘正华就扑向胡教授，双手紧紧掐住他的脖子，咬牙切齿地喊："你这个害人精，魔鬼，我杀了你！"

胡教授怎么也挣脱不了，很快就两眼翻白。几个医生护士过来救援，居然掰不开刘正华的手指，最后只好将他打昏过去，才把胡教授救出来。

奇怪的是，入院后，刘正华就不吵闹了，他居然说要写论文，要求医院提供纸和笔。为了尽快治好刘正华的病，医院满足他的要求，给了他一沓稿纸和一支笔。

刘正华真的在病房里写起论文来，偶尔还背着手踱来踱去，做出一副思考问题的样子。可惜写了两天，稿纸上只有个标题《论钨矿的新探法》。

半年后，刘正华终于写成了他的论文。他请护士帮他把论文寄给一家杂志，还特别叮嘱，不要让胡教授知道。护士当面答应，可一转身，就把刘正华的论文丢进了垃圾桶。

第二天，刘正华问护士帮他寄了论文没有。护士骗他说："寄了。"

刘正华摇摇头："不，你肯定没有寄。如果我没猜错的话，你一转身就把我的论文扔进垃圾桶了。"

护士惊得目瞪口呆："你……你怎么猜得这么准？"

刘正华真诚地说："如果我是护士，也不会轻易帮一个精神病人寄论文的。没关系，我留有底稿，再抄一份给你。"

刘正华当即摊开稿纸，抄起论文来，一笔一画写得非常认真。这篇论文最少有一万字，抄一遍可不是件容易的事。护士说："你不用抄了，把底稿给我吧。"

刘正华郑重地说："不行，万一你把我的底稿也扔掉，那我的一番心血就白费了。我准备抄 10 遍，直到把你感动为止。"

护士动情地说："刘大哥，我已经被你感动了，请你相信我吧，把底稿给我，我帮你打印 10 份。"

刘正华见护士真的动了感情，就把底稿给了她。护士当天就把刘正华的论文打印了 10 份，并把其中的一份寄了出去。一个多月后，这篇论文就登在了那家权威的刊物上。

刘正华的论文发表后，很快在学术界引起轰动。这篇论文不但为钨矿的探测、开采开辟了新的途径，而且对其他矿产的探测、开采也有极大的借鉴意义。

刘正华一下子成了名人，地质队的人来到医院，给他戴上大红花，像迎接英雄一样把他接回去。回到地质队后，刘正华做的第一件事就是把胡教授告上法庭。

经过法庭调查，发现精神病专家胡教授自己患有严重的精神病，他的病症之一，就是把正常人看成精神病人，特别是那些精英人物，因为言谈举止与众不同，在胡教授看来，就更像是患了精神病。

原载 2016 年第 18 期《小小说选刊》

爱人是下辈子的情人

朱会鑫

迫于舆论和家庭压力，明不得不痛下决心与丽分手，跟兰在一起过日子。

丽是明的情人，兰是明的老婆。明说，只恨今生相见太晚，下辈子不管怎样一定娶丽做老婆。丽说，今生不能跟明走到一起，是今生无法弥补的痛，下辈子无论如何都要明做丈夫。

最后一次见面，是在湖边的老地方。二人徘徊于湖边，望着波光粼粼的湖水，明黯然神伤，丽更是如同梨花带雨。

我们去喝点酒吧，算是今生今世的最后一次晚餐。丽建议道。明默默地随丽走进湖边的一家酒店。酒店的名字好怪——阴阳缘。迈进酒店，二人忽有恍如隔世的感觉，他们选了一个叫"忘忧阁"的雅间，刚刚落座，红衣绿裤、发髻如云的女服务生便脚步轻盈地飘然而至，莺声细语道：请问二位要点什么？

你们这儿有什么好酒？明望着服务生。

有两大品牌，一种叫"今生玉液"，一种叫"来世琼浆"，您要哪种？服务生扑闪着清澈见底的美目。

哦，这酒的名字真够奇特的。明淡然一笑。

先生，您有所不知，这酒的功效那才叫奇特呢。服务生笑靥如花。

有奇特的功效？是药酒？明狐疑地望着服务生。

可以说是药酒，可以疗伤，疗治心灵的创伤。不过这两种酒都挺贵的，一万八一瓶。服务生望了一眼一直默不作声的丽。

你可以具体给我们介绍一下吗？听说有奇异的功效，明一下子来了兴趣。

可以啊。服务生莞尔一笑，继续道：这"今生玉液"呢，适合想好好过日子的今世夫妻，这种酒，可以修补夫妻间的情感缝隙，使夫妻感情日久弥坚。

那"来世琼浆"呢？明追问道。

"来世琼浆"适合于今世无缘，希望来生结为夫妻的情人，喝了这种酒，便可以立即成为来生夫妻。服务生笑吟吟地望着明和丽。

哦，那就来瓶"来世琼浆"吧。明吩咐道。

很快服务生拿来了一瓶包装极其精美的"来世琼浆"和包装同样精美的"阴阳露"。

我们没有要"阴阳露"啊。明心想不好，今天遇到宰客的了。

是这样，先生，我们这是买一送一，这"阴阳露"不要钱，跟您这样说吧，这"阴阳露"呢，就像喝咖啡要加咖啡伴侣一样，不管是饮用"今生玉液"，还是"来世琼浆"都必须加上"阴阳露"，才能将其效果发挥到极致。服务生见明大惑不解耐心解释道。

哦，是这样。明半信半疑。

是的。服务生微微点头。

哎，那如果饮用"来世琼浆"后到了来世，再想回来可以吗？明忽然想起什么似的补充问道。

可以呀，只要再饮用"今生玉液"和"阴阳露"就可以了。服务生让明吃了一颗"放心丸"。

哦，还可以这样？明那本来满是凄然之色的脸上，竟然有了几分兴奋。

是绝对可以的，您就放心享用吧。服务生转身走了出去，随手将门轻轻带上。

明急忙按照饮用说明，把"来世琼浆"和"阴阳露"勾兑在一起，然后均分到两只玻璃杯中，双手举杯，将左手的杯子递给丽说：这下好了，我们马上就可以到一起了。

当二人将杯中的酒一口喝下去以后，他们便如梦如幻般地到了另外一个世界。在这个世界里，明是丽的丈夫，丽是明的老婆，有趣的是兰却成了明的情人。明说娶丽做老婆是自己瞎了狗眼，兰才是自己最心爱的女人。丽说嫁给明是自己倒了八辈子霉，如果能够重新选择的话，自己宁愿守一辈子活寡也不会嫁给明这样没用的男人。

二人恶语相向，终于忍不住扯打起来，正在难解难分之际，那位漂亮的女服务生推门而入，明正想发作，却蓦然发现那服务生的头上祥光万道，转眼之间服务生变成了左手捧着净瓶，右手持着杨柳枝的观音老母。明和丽见状，慌忙跪拜于地，连声请观音菩萨指点迷津。

观音菩萨微微一笑，道：你们二人这是犯了世人的通病，总是认为，得到的永远不是最好的，最好的是永远得不到的。也正是因为如此，所以，你们在感情上才会不自觉地出轨，其实，如果有下辈子，我们不少人都会在下辈子把今世的爱人作为情人。要知道，失去的才是最好的，珍惜眼前人，才是最大的幸福。

二人如梦初醒。他们知道了自己该去的地方。

回家之前，明到花店里买了一束鲜艳的玫瑰。兰接过明半跪在地上送给自己的玫瑰花，泪水"唰"地流了下来，这是她结婚以来收到的明送给她的第一束玫瑰。

原载 2016 年第 3 期《微篇小说》

你认识汉斯吗

刘怀远

如果你第一次跟张奶奶拉家常，见面说不了三句话，她肯定会问：你认识汉斯吗？医生，德国人。

张奶奶闺名芝秀，慈惠墩人，十多岁时父母双亡，孤零零的她被汉口的姑妈领了去。姑妈家住在裕华纱厂旁，迫于生计，小小年纪的芝秀也进了纱厂做女工。织工从早到晚，两只眼睛总是瞪圆了盯住织机，稍微发现一点毛病，眼到手到，飞快地摆弄梭子，不让织机上出一点瑕疵。时间不长，芝秀的眼睛红肿起来，肿痛，视物模糊，到后来一只眼睛里还流出白色汁液来。姑妈先是请来游走的郎中，郎中卖给她几包草药。不想敷用后，芝秀的眼睛钻心地疼，还看不见东西了。姑妈又慌着领着她去看保善堂的先生。先生看了，也是摇头，说，可惜了这么漂亮的丫头，还是趁早做手术吧。芝秀问，做手术能好？

好是好不了，是提早割除了坏眼，不影响眼窝装假眼，闺女家家的，怎么说也是爱美。不过丑话说在前面，诊费先付，至于落个什么后果，与本堂概不相干。

芝秀呜呜地大哭，姑妈劝她，别哭了，再哭对眼睛更不好了。芝秀说，反正是要瞎了的，还能再坏到哪里。姑妈叹口气，这么年轻的孩子，怎么能没有眼睛呢？没有了眼睛，这一辈子可怎么过，我可怎么跟你死去的爸妈交代啊。

芝秀说，没了眼睛，我也不活了。

姑妈说，死马当活马医吧，我去请个洋大夫来看看。

就请来了汉斯，在汉口开诊所的德国人。汉斯来了，仔细地查看了病情，也是摇摇头，说我可能也没有办法。芝秀又伤心起来。汉斯的手指又在芝秀眼前晃了晃，芝秀眨了两下眼睛。汉斯又点点头，应该还是可以好的。

姑妈说，能治就好，快用药吧。

汉斯说，我给清洗干净后，还需要打一针盘尼西林的。你们，打得起吗？

芝秀不知道什么是盘尼西林，姑妈可是听说过的。那个时候的盘尼西林堪比黄金，一是稀少，二是金贵。

你有这个救命的药吗？姑妈问。

汉斯点点头。

姑妈就僵在那里。半天没有说话。

芝秀问，多少钱啊？

汉斯没有回答，反问道，你在哪里做工啊？

芝秀说，纱厂里当女工。

汉斯微微一笑，那要你不吃不喝，半年的薪水。

芝秀惊讶地张大了嘴巴。

姑妈对芝秀说，秀，别怪姑妈不给你打针，我实在是……

芝秀说，姑妈，我谁都不怪，只怪自己命苦，自小没了爹，又没了妈，若不是姑妈收留，说不定我早死了，我怎么还敢怪姑妈？眼睛瞎了是命，只是今后成了瞎子，又要拖累姑妈了。

姑妈也忍不住哭起来。汉斯在一旁看看芝秀，又看看姑妈，看看姑妈，又看看芝秀，算是明白了怎么回事。汉斯摸摸大鼻子，挠挠头，说，上帝呀，这真是可怜的孩子。要不这样，我先给小姑娘治疗打针，等你们什么时候有钱了，什么时候再给，好不好？

姑妈望望芝秀，芝秀望望姑妈，却看不清。什么时候能有钱呢？两个人都没有说话。汉斯已经开始用注射器配药了。

盘尼西林注射到芝秀的身体里，汉斯又给了芝秀一瓶清洗眼睛的药水。没过几天，芝秀的眼睛竟神奇地好了。

芝秀找到汉斯的诊所，看清了汉斯的模样。芝秀说，谢谢你救了我。

汉斯仔细检查了芝秀的眼睛，高兴地拍拍她的头说，痊愈了，你的眼睛完全好了。

芝秀声音小得几乎听不到：可我……现在还是没钱给你。

汉斯摸下大鼻子：我说过，你什么时候有钱了，什么时候来还。

你放心，有了钱我一定来还你！说着，芝秀走出了门。

你站住！汉斯一喊，芝秀心里一紧，收住脚步。

你要记住，今后不论再做什么事，一定要爱护眼睛哟！汉斯双眉往上一耸，眼睛透出微笑：好的，你去吧！

芝秀正想着是回裕华纱厂，还是干点别的，日本鬼子的炮弹飞来了。芝秀拉上姑妈跑回了慈惠墩。

日本人被赶走后，长成大姑娘的芝秀和姑妈又回到汉口，汉口已找不到德国人开的诊所，也找不到一个叫汉斯的德国医生。

"外国人漂洋过海地来开诊所，那么贵的药，一分钱都没给人家。"年迈的张奶奶还在逢人便说，逢人便打听："你认识汉斯吗？一个德国人，什么？他是不是德国法西斯？呸，什么逻辑，德国人就是法西斯，日本人就都是小鬼子？再瞎说，我就跟你拼老命了，他是好人，是他给了我大半生的光明！"

"你认识汉斯吗？德国人，是医生！"随着来汉口的外国人越来越多，特意学会了几句英语的张奶奶有机会就拉住人家："你认识汉斯吗？我欠着人家药费呢，明知道我给不了，还赊，好人哪。如果他本人不在世上了，我答谢他的家人也算了却一桩心事啊。"

汉斯，仿佛从没来过汉口一样，没有一丝消息。

张奶奶立了遗嘱，做出她这个年龄老人的惊人之举：身后捐献眼角膜，偿报善良的世界！

原载 2016 年第 3 期《天池小小说》

鸟 语 花 香

邢庆杰

王建设在这片草丛中藏匿三天了。草丛边缘是公路，公路对面，是一个废弃的荒村，墙上都用红字写着大大的"拆"字。显然，这里将搞开发，到处是荒弃的庄稼和成片的野草。他不敢往远处跑，他觉得火车站、汽车站早就布满了警方的天罗地网。

事情过去三天了，他的头脑也冷静下来了，悔恨像一条毒蛇，撕咬着他……

从妻子对他日益冷淡到不闻不问，他就知道自己的婚姻有了问题，心里已经做好了某种准备。但当他真的看到妻子和另一个男人在他的床上时，他仍然觉得非常意外，他拿起一把水果刀，对忙着穿衣服的两人一阵乱砍！那一男一女惊恐和愧疚的目光，让他一辈子也忘不了。他疯狂地砍！鲜血飞溅，床上、墙上、地板上到处都是鲜红的血……

……太不值了，为了一个背叛自己的女人，把自己弄成了一个杀人逃犯。如果当时能理智一些，适当教训一下这对狗男女，然后，离婚，从这场名存实亡的婚姻中走出来，再去寻找自己的幸福……

现在，想这些已经为时太晚了。眼下最现实的问题是，他已经三天三夜没吃东西了，必须找点儿吃的了。

夜深了，村前公路上的车辆已经稀少了，他爬出草丛，悄悄潜入了荒村。

家家户户的大门都敞开着，像为了专门迎接他这位不速之客。他打开打火机，小心翼翼地走进靠近公路的一家。屋门也开着，像张开的一张黑洞洞的大嘴。他轻手轻脚地潜进去，借着微弱的光芒，见屋内一片狼藉。他绕屋里转了一圈，又到厨房搜了一番，一点儿能吃的东西也没找到。他又进入了第二家、第三家……一直找了五六家，仍然一无所获。他绝望了，正想离开时，忽然听到了一阵微弱的呻吟声。他吓了一跳！村里竟然有人！想拔腿跑时，他又站住了，他想，有人，就有吃的。

他循着时断时续的呻吟声，找到了一处高大的宅院，大门开着，他慢慢走进去，听到呻吟声是从屋里传出来的，有灯光从窗口和门缝里溢出来。

他咳嗽了一声，小声问，请问，屋里有人吗？

一个混浊的声音传出来，是谁回来了快进来！哎哟……

他听出是一个老人的声音，大着胆子，推开了虚掩的屋门。

床前的地上，躺着一位头发花白的老人，正努力地翘起头，看着他。

他正不知说什么好，老人焦急地说，快快！快报"120"，我胃疼得钻心。

这时，他看到了老人旁边的一摊鲜血。

他下意识地摸了摸口袋里的手机。作为一个走南闯北的业务员，他也算是经多见广，为了不让警方通过手机信号找到他，他出逃的同时关闭了手机。

您这里没有电话吗？

老人摇了摇头，痛苦地呻吟了一声，垂下了头。

怎么办？他问自己。如果打开手机，拨打"120"，警方马上就会锁定他的位置，几分钟就能赶到。

他暗暗叹了口气，转过身，向门口走去。

别走……救救我……老人用微弱的声音乞求着他。

他迟疑地停下了脚步。看老人的样子，应该和他的父亲年龄差不多。

救救我……快点儿……

王建设心一酸，大滴的泪水流淌了下来。他的父亲，就是独自在家时，突发心脏病去世的。事后，他常常自责：当时如果我在他身边，也许……父亲生命的最后一刻，是多么的无助和凄凉呀……

他掏出了手机。

救护车呼啸而至，医生误认为他是病人家属，把他也拉到了医院。

老人是胃穿孔，再晚一会儿，就没命了。他帮着联系病人子女、签字、交钱，忙活了半个晚上，又累又饿，在老人子女千恩万谢的声音中，斜躺在病房门口的连椅上，睡着了。

手机的鸣响把他吵醒时，一缕阳光透过窗子，照在他的脸上，他眯着眼，下意识地摁下了接听键。

是一个他非常熟悉的女人的声音：你回来吧，我们商量一下离婚的事儿。

他吃了一惊，忽地坐起来问，你们没死？

女人说，我们都是……多处轻伤，没伤到要害，我们……对不起你……就没有报警……

女人在电话里抽泣起来。

他像刚刚从一场噩梦中醒来，懵懵懂懂地走出医院的大门。

门外，阳光灿烂，鸟语花香。

原载 2016 年第 4 期《百花园》

梦中获宝

一只男鸳鸯

太阳快落坡了，天色渐渐暗下来，王小二擦擦额头的汗，准备下山回家。看着满背篓的野蘑菇，王小二露出满意的笑容。

走到半山腰的小庙前，突然下起大雨来，王小二只得跑进小庙躲雨。这小庙因年久失修，鲜有人光顾，早已破败不堪。仅有的一尊菩萨身上，泥痕遍布，蛛网缠身，早已失去威严神秘的色彩。

王小二素来信佛信菩萨，他连忙掏出随身携带的汗巾，就着大雨，把小庙打扫得干干净净。王小二还选出最大的一朵野蘑菇，恭恭敬敬地给菩萨供上。王小二跪下祈福："菩萨，我王小二以上山采野蘑菇卖为生，日子过得很苦，祈望菩萨保佑我早日建楼房、娶媳妇，过上好日子！"

外面的雨越下越大，看来一下子是走不了了。王小二没办法下山，只得在庙外屋檐下躺着，和衣而睡。睡梦中，菩萨来到王小二面前，对他说："你我也算有缘，我就送一个聚宝瓶给你，帮你实现愿望吧！切记不可贪心，每年只能提取聚宝瓶中一件宝物！"

王小二一觉醒来，天已放晴大亮。王小二头脑昏沉沉，发现身旁摆放着一个造型奇特的瓶子！王小二惊异万分，拿过那瓶子细细打量，只见那瓶身上刻画着不同朝代、不同服饰的人物，有男有女，有老有少，栩栩如生，不一而足。王小二数了一下，总共有七七四十九人。

王小二再看那瓶口，感觉瓶口太小，只能容得下一只手。从瓶口往内望，里面云山雾罩，深不可测。王小二既好奇又忐忑地伸手进去，竟然摸出一颗金灿灿的宝石来！

菩萨显灵，这果然是个聚宝瓶！王小二惊喜万分，连忙进庙给菩萨磕头谢恩，然后带着聚宝瓶和宝石欢天喜地下山。

不久，王小二就把自家的破茅屋拆了，用变卖宝石的钱，建起了一座大宅院。乡邻们啧啧称奇，为不引起大家怀疑，王小二把聚宝瓶藏在床底下，仍然天天上山采野蘑菇卖，日子过得开心而舒适。

第二年，王小二从床底下拿出聚宝瓶，又摸出一颗夜明珠来。王小二用变卖夜明珠的钱，娶了漂亮迷人的媳妇翠花。王小二天天与翠花厮守，如胶似漆，恩恩爱爱。王小二再不愿上山采蘑菇，就开了家山货店，专门出售本地特色山货。

因为生意场上的关系，王小二渐渐认识了些吃喝嫖赌、五毒俱全、挥金如土的酒肉朋友。这些朋友带着王小二上赌场、下窑子，很快把王小二的家产败得精光。有一天，王小二输红了眼，竟然把自家大宅院押上了，没想到也回天无力，血本无归。眼看赌场的债主熊老板就要上门查封大宅院了，翠花已经气得回了娘家，王小二毫无办法，只得又从床底下拿出聚宝瓶来。

王小二知道，菩萨告诫过"每年只能提取聚宝瓶中一件宝物"，眼下还未到第三个年头，这聚宝瓶不能乱动。为了尽快还清赌债，为了让翠花回心转意，王小二狠狠心，还是把手伸进了聚宝瓶……

这一次，王小二感觉瓶内空空。王小二想收回手，但却丝毫没有力气。王小二感觉瓶内有一股强大的力量，正把自己整个人往瓶内吸。王小二惊恐得想大声呼救，却发不出任何声音……

几天后，熊老板带领几个打手找上门来。大宅院房门大开，却不见一个人影，熊老板感到很疑惑。在卧室床边，熊老板发现一个造型奇特的瓶子。熊老板拿过那瓶子细细打量，只见那瓶身上刻画着不同朝代、不同服饰的人物，有男有女，有老有少，栩栩如生，不一而足。熊老板数了一下，总共刚好五十人，其中排在最后的一位，长得极像王小二……

原载 2016 年第 4 期《小说月刊》

老庄的火光

吴明华

天亮的时候，老省终于回到了老庄。

老庄在群山的怀抱中，小小的，放个屁，似乎都能惊动一河两岸。樟树下的狗远远地朝他吠着，待近了，看清是老省，就立马把头低下来，频频地摇尾巴。

自从打工潮在某一天兴起，老庄的青壮年男人该走的都走了，鸡鸣狗叫填充不了村庄的空旷，女人从此掉进了寂寞的深渊。对于老省的回归，村人们都拍手称欢。

花嫂荷了锄头正要下地，这时，遇上了老省。花嫂大胆地把目光落在他的身上，看见老省依旧背着他那只褪了色的帆布包，一脸的失落，花嫂的心里就想笑。

老省今年三十八了，老婆都不知道在哪儿，他爹死的时候一直不肯闭眼。老省觉得自己有罪。老省咬咬牙，决定出门去搏一把。可是，老省是个闷葫芦，家又穷，不吃饭不开口，加上那一身土气，走到哪儿土到哪儿，年轻的女人从不正眼瞧他。老省没辙，只有回老庄。

老省有句口头禅：你就省省心吧。"省省心"多了，花嫂觉得把他叫成老省再合适不过了。于是，大人小孩都这样叫他，老省不生气，好像还很受用似的。

老省粗手大脚的，和花嫂有得一拼。他的额头上长着一颗痣，很醒目。他大声说话的时候，两条眉毛就飞舞起来，痣在中间凸显，极像双龙戏珠。花婶常盯着他的那颗痣看，看着看着，大嘴一抿，就偷偷地笑了。

老省不知道她笑什么，夜里他常常想起花嫂那莫名其妙的笑，下身就火烧火燎的，很难受。

花嫂的全身都要用大来概括。大大的屁股，大大的胸脯，就连脚板也是大大的。花嫂走路，步子咚咚地响，往往脚没进门，胸脯却先进了门。

花嫂的能干在老庄是数一数二的。有一年，天降大雪，货车进不了山，老庄便民店里的盐断货了。花嫂闲得发慌，嚷着要去当挑夫。月生挑八十斤，花嫂却要挑八十公斤。走到蛤蟆岩的地方，月生脚下一闪，连人带担滚了下去。月生在岩下哭啊叫啊就是上不来。花嫂哗地跳下，把月生像一段木头似的扔在肩上，十几步就攀上了岩。月生天生个子小，精瘦精瘦的。他常说跟花嫂睡觉就是受罪，早晨起床的时候总嚷嚷着腰疼。嚷多了，花嫂就呸他，说：你是男人吗你！

今年初，月生铁了心要出门去打工，花嫂一追就是八里山路，望着绝尘而去的汽车，花嫂跺着脚，哇哇地大哭：谢月生，你这缩头乌龟，有本事你就不要回来！

而今老省回来了，月生却不知几时才能回来。想起这些，花嫂的脸就阴阴的。

自从爹两脚一蹬，老省就一人吃饱全家不饿。他有的是力气，也乐意助人。秋收的那些天，老省几乎每天都在帮村人背谷子。还给五奶奶晒好收好，扛到粮仓上去。

收割机开走后，留下了一大片的稻茬儿，花嫂背着谷子走到老省的身边，哗地故意把谷子从肩上滑下来。老省见她累得像狗，当下顾不了许多，就说：你就省省心吧！于是，把谷子往肩上一甩，帮花嫂背回家。看到老省老实的背影，花嫂一捂嘴就笑了。

几场风过后，冬天说来就来了。闲冬的夜晚既漫长又寂寞。

吃过晚饭，老省东走走，西站站。突然，他看见樟树下一口废锅，锅无底。老省闲得无聊，就捡来几口土砖，把没底的锅搁上，塞进一把枯草，填上柴，点燃。

火在锅中发出响声，越烧越旺。火光映红了老省的脸，温暖在他的周围扩散。面对着火苗，老省傻乎乎地笑了，觉得这样很有趣。

不一会儿，锅的四周围满了人，老人、孩子、妇女。他们伸着手烤火，嘻嘻哈哈，谈天说地。

第二天，天还没黑尽，就有孩子拉着老省去点锅。孩子说，我们老早就在锅里填满了柴火。

老省擦着火柴，小心翼翼地伸进锅里，烟就歪歪扭扭地冒出来。人们全神贯注地看着这锅烟火，大人的心悬着，仿佛为它捏着一把汗，孩子的心则是急切的。渐渐的，烟越来越浓，突然呼的一声，火苗蹿了起来，顷刻，照亮了老庄的夜。

人们欢呼。花嫂从衣兜里依次抓出几把瓜子，分给大家。人们哗哗地剥着瓜子，说笑声在老庄的夜里传得很远很远。

风开始劲吹，夜走进了深处，孩子东倒西歪了。老人说，去睡吧。于是人们陆续地散去。

可不知为什么，花嫂却不走，老省也不走。

老省明明灭灭地吸着烟，不动声色地给锅里添柴。柴在锅里被火咬着，花嫂看看老省，又看看火。

老省的气息越来越不畅快。突然，他把烟头往火里一掷，就把花嫂拥了过来。他们就这样纠缠着，慢慢地朝不远处的草垛移去。

草垛在寂静中抖动起来。

不一会儿，花嫂就哭了，啊啊地，断断续续。

第三天，孩子又过来问老省，今晚还点锅吗？

老省说，还点。

然而，第四天，更大的火光映亮了老庄的夜空。

六爷睡到半夜的时候，不慎踢翻了烘床的火笼，一沾火星，屋子着火了。很快，火焰冲到了半空。人们喊啊叫啊，一片混乱。

为了不让火势蔓延，老省忙上房断梁揭瓦。花嫂说，你一个人能干得了什么呢。于是上去帮他。

可是，人少力薄，火越烧越大，突然轰的一声，花嫂、老省倒在了火海之中。

灾难无情人有情，下雨的早晨，老庄在一片悲痛声中送六爷、花嫂、老省上路，纸钱在空中飘飘悠悠。

回来，五奶奶就颤颤地划着火柴，把那堆草垛烧了。

望着草垛被熊熊大火化为灰烬，五奶奶默默地想：在另一个世界上，花嫂老省又有了相会的地方。

原载 2016 年第 3 期《时代文学》

如果走那条路

谢大立

年轻人翻过山梁子，一条路变成了两条，茫然间，看到路口坐着一个人。

"见到有个人由这里经过吗？"年轻人警惕地走向对方，问。右手同时插进口袋里，握住装在里面的枪。

对方说话瓮声瓮气："头上长了双眼睛，我要说没看到，你会信吗？"

凭声音，年轻人听出是位老者，说："能告诉我，他往哪边走了吗？"

老者答："我要说往右边走了你相信吗？你要不相信你就往左边追好了。"

年轻人就往右边走去，走了两步忍不住回头说："你要是坏了我的大事，我可是饶不了你！"

一盏茶的工夫，年轻人回到了三岔路口。老人不但没走，反而变坐为躺，还鼾声如雷。他走近，踢了老人一脚，从口袋里掏出枪来，对着老人一指说："起来！"

老人慢慢坐起来，哈欠连天说："你凭啥踢我？"

"你坏了我的大事！踢你是轻的，我还想一枪崩了你！"年轻人说着，把子弹上膛。

"我坏你什么事，我在这里坐着，一连来了三个人，都是往那边走了。我也有话在先，不相信，你就往另一条路追……"老人不但不承认坏了他的事，对于他的枪，也不显惧色。

"你不承认坏了我的事，你领我去追，追到了，你我相安无事，我不光饶了你，还把聘金分你一半；追不到，就怪不得我了，我得拿你的人头回去交差。"年轻人说着，又踢了老人一脚，吼："起来！走！时间对你意味着什么，你应该知道。"

老人边往起爬，边说："我的头不值钱，我的头也不是那个人的头……"说着，打头往右边的路上走去。年轻人跟了两步，止住步说："你真敢肯定那人是往这条路上走？"老人说："我已经跟你说了，一连来了三个人，都是往这边去了……"

于是他们一前一后地往前走，走到了一个湖边，垂柳拂岸，白浪逐沙，水鸟翩翩起舞，在碧蓝的天空倒映下，远方的河流仿佛玉带轻盈飘动……老人的步子慢下来，最后索性站在湖边不走了。

年轻人吼老人说："走快点，别磨蹭！"

"这么好的风景，临死前，你就让我老人家看个够吧！"

年轻人瞟他一眼说："你要死了，什么病？"

"不是你要我死吗？"

年轻人一愣，说："我干吗要你死？"

"你看，我这病恹恹的身体，你还要我领着你追你要杀的人，怎么能追得上呢，追不上你就要我的脑袋，人没有脑袋不就是死了……你干吗要杀人？"老人说着，突然话锋一转，问。

"谁说我要杀人？"

"你装在口袋里的枪不是杀人的？"

"带枪就是杀人？防人杀不行？"

老人拍着手笑着说："不杀人就好，杀人可是要被枪毙的，被枪毙了钱再多也就白多了……"

年轻人打断老人的话说："你少废话，我要追的人才该枪毙，该枪毙的人枪毙不了，才有人出钱顾我的……你的话太多了，还是把心思放在你的脚步上，我追了他几天，你要是骗我放他跑了，还是那句话，我饶不了你……"

年轻人的话是被一阵箫声打断的，箫声来自前面，前面的湖边上就是草原，有牛羊在那里吃草。一头牛的背上坐着一个吹箫的牧童，牧童的箫声缠绵悱恻，凄风苦雨般。

"看我老人家一话多，把看风景都给耽误了，这听吹箫可不能再耽误了……"老人说着，也不经年轻人同意，一阵小跑，跑到牧童面前说："你吹得真好听！"

牧童把箫递给他："你听走了我的箫声，得还我，给我吹一曲！"

哈哈！老人笑着说："还有这样要人还的？你要我给你吹什么曲？"牧童犯蒙，老人说："曲子有像人哭的，像人笑的，像人舞的……""吹我刚才吹的。"牧童打断老人的话说。老人笑笑说："你吹的也有名，叫'儿行千里母担忧'……"

牧童再一次打断老人的话说："不对，奶奶说，'母离千里心连儿'……"

老人的泪说掉就掉下来了。

牧童怔怔地望着老人问："爷爷，你怎么哭了……"

老人抹抹泪说："没，没，爷爷给你吹'母离千里心连儿'……"

老人的箫声伤心欲绝，眼泪一滴一滴落到草叶上，草叶如挂上了露珠……

老人的箫声把年轻人带回到母亲的身边，他离开母亲时也就牧童这么大，他仿佛感觉到母亲正摸着他的头，在对他说，儿行千里母担忧……

老人的箫声顿消，双膝跪地，对着苍天喊：

"娘呀，儿一时鬼迷心窍杀了人，落得今天有家不能归，也不能在您身边孝敬您老人家……"

年轻人随着老人的哭喊一愣，于心里说："我要是不随这老人来到这里，走那条路是不是也要杀人，到头来落得和他一样的下场？"

原载 2016 年第 11 期《文学港》

帮　　忙

于心亮

李长安是个瓦工，长得挺憨实，也挺实在。三年前因房屋拆迁，我想多赚点拆迁费，找过他，跟他一说，极短的时间，就帮我盖了两间偏房。结算工钱时，我多给了他 200 块钱，他很感激，说以后有啥事，尽管言语声就可以了！

后来我帮他介绍了几个活儿，他干得都很好，有一回被欠了工钱，我还帮他讨了回来。有人认为我肯定从中赚取了好处，其实我没有，无论是雇主还是李长安，都没因我从中帮忙，而表示过我什么……这是真话，没必要撒谎。但有人偏不信，谁呀？我媳妇。

我媳妇啥都好，就是疑心太重，怀疑我在外面养了小三。这令我很苦恼。

应该说说我，现在说读书人，是令人喷饭的。但我的确是个读书人。我每天都读书，脑子里装满了形形色色的故事，这让我觉得挺充实，而且脑筋也变得很活络，比如李长安帮我盖的两间厢房，就让我在拆迁的过程中赚了不少钱。所以读书使人聪明，的确不假。

但就因为我聪明，所以媳妇不信任我，说我费心费力帮李长安介绍活儿，能从中没赚取好处吗？——鬼才信！你不抽不赌，赚了钱干啥，肯定是养了小三。所以跟我闹，要跟我离婚，我上火得不得了，牙龈都烂了，我恨恨地责骂自己到底是图的什么呢？

于是我不再帮李长安揽活了，做热心人净给自己惹麻烦，真是划不来，况且他与自己非亲非故的，我凭什么要那么热心地帮他的忙呢？而且自始至终，我半点好处也没得到，反而还受媳妇冤枉闹得不团结，我这不是吃饱撑的没事找事又是什么呢？

即使这样，媳妇还是跟我闹，要跟我离婚，弄得街坊邻居都对我指指点点的。我是读书人，头脑很聪明，平时还写点东西，喜欢逆向思维考虑事情，比如媳妇怀疑我在外面养小三，我凭什么就不能考虑她是不是背着我红杏出墙而故意要这样做呢？

我被我的想法蛊惑得兴奋不已，于是收拾了一下行装，跟媳妇说我要出差，很远，你开车送我去车站吧？媳妇虽然不乐意，但还是送我去了车站，然后跟我挥手告别。火车到了下一站，我随即下了车，搭乘另一辆火车偷偷潜了回来……都是书上的故事，很好学。

没想到事情的发展，还真如我所料，面对媳妇遮掩的惊慌，我冷静极了。我说过我是读书人，读书人是用脑子来解决问题的，而不是靠庸俗的暴力。比如我就打了电话给李长安，说你不是保证随叫随到吗？那好，现在就来，带上沙砖水泥，过来砌堵墙……

在李长安赶来之前，我跟媳妇说出差的计划取消了，于是就赶回来了。媳妇说你累了吧？还不赶紧去浴室里冲个澡？我说我不累，身上也不脏。媳妇又说你困了吧？要不去卧室里躺会儿吧？我说我不困，这才下午两点钟，怎么会困呢？你该干啥就干啥去吧！

说着话，李长安就来了，果然很快。问我哪里要砌墙？我说储藏间，你把储藏间的门窗给我砌上，一点气孔也不留！李长安诧异地看着我。我说让你砌墙你就砌，别问那么多，一个小时够吗？李长安打量一下，说用不上，说完就叮叮当当地干了起来……

我媳妇脸色煞白。我权作没看见，悠悠泡壶热茶，看起书来了。

一个小时不到，李长安果然就把活干完了。我很满意，递给他 200 块钱，说辛苦了！李长安不接。我说嫌少？那好，给你 400！李长安说于哥，你……是不是有事？你是读书人，故事肯定不少，要不你讲出来给我听听吧？我想了想，就讲了我从书里看到过的故事：

说从前有个国王，发现王后和情人约会，国王很生气，就令工匠将王后情人躲藏的房间给封死了，然后他一边喝酒一边跳舞，直到里面的人活活给憋闷死了……这只是个故事，书上看来的，当不得真的。看着李长安惊怔的表情，我笑呵呵地安慰他。

"可……可是……"李长安艰难地舔一下嘴唇说，"可那毕竟是书上的故事，你……你莫非……"我瞥一眼旁边脸色蜡黄的媳妇，冷笑着跟李长安说："谁敢保证书上的故事就是假的呢？现实中你敢保证就没有发生吗？"李长安听了，没说一句话。

……

一个月后，我跟媳妇离婚了。房子和所有的财产全归我所有。

我想重新装潢一下房子，尤其要拆了储藏间那堵扒掉一半的破墙。打电话给李长安，没想到接电话的是李长安的母亲。问清了我的缘由，老人就哭起来："长安这孩子被抓走了。"我忙问为什么。老人说一个月前李长安夜晚偷偷回家，发现他媳妇在家里偷野男人，火冒三丈的李长安也不知跟谁学的，竟将那个男人砌进了墙里……

原载 2016 年第 8 期《微型小说选刊》

鹅 鹅 鹅

顾景江

裴场长改了三次户口，最后一次改的又到了退休年龄，不得不退了。再改户口，不中了，幼儿园一毕业就参加工作，鬼都不信。

老裴回到家，又摔又摔，整天没有好脸色。儿女们怕他作践出病来，特地买下一湾河汊，拦出十几亩水面，投放一千多只鹅苗，供他放养，散心。儿女们哄他说："老爸耶！如今您又是场长啦！瞧，管理一千多员工呢！"

老裴被眼前这一片，绒球般，白花花涌动的小东西给迷住了。他又有了乐模样。他还真的融入了这个环境。整天提食喂水，梳毛打理，亲昵得很，日出日落挺有意思的。

随着鹅苗渐渐长大，老裴发现这些生灵们，也是一个"社会"。这个"社会"很复杂，也很无序——它们恃强凌弱，溜须拍马，拉帮结伙，偷奸耍滑，林林总总很像人类。老裴决定实行改革，让它们在制度下生存，在等级中成长。他要打造出一批新时代的"样板儿鹅"。

老裴首先把鹅们分成三拨，一处水面一拨，三处水面划为三个分场。每个分场各选出头鹅若干名，任命为分场场长、副场长。他又把一部分大鹅舍，隔离成若干小间舍。抓来能嚷善叫的鹅，塞进其中一间，定名"宣传科"；擒来能咬善啄的鹅，丢进另外一间，定名"保卫科"；提来能吃好喂的大肥公鹅，任命为"后勤科长"。如此一番精心安排，一个机构庞大的鹅场机关诞生了。老裴，在落日的余晖中吹着口哨，欣赏着那一溜明晃晃的"科室牌"，和满院子嘎嘎乱叫的白鹅，心里那叫一个美。他又找到了拥有权力那种感觉。

老裴手下那三个分场可不是随便划分的。那是根据一整套考勤制度弄出来的。一分场是一等鹅，产蛋率高，伙食优厚；二分场自然是二等鹅，食物配给略逊一分场；惨就惨在三分场。这些鹅，大部分是瘸、呆、病、瞎。甭说产蛋率上不去，就连平时吃食，也抢不上槽。所以，它们的处境就可想而知了。

老裴的治场理念是：优中取优，点中选点，以点带面。他采来野花编制了一些花环，用来套在"模范鹅"的脖子上，以示荣誉。一分场佩戴花环的鹅叫"产蛋能手"，享受"飞行员伙食"标准；二分场佩戴花环的鹅叫"先进生蛋者"，享受"机关小食堂伙食"标准；三分场如能出现佩戴花环的鹅，必定称为"后起之秀"。它将被隆重调往二分场。这时候，被调离的鹅一定引吭高歌："嘎嘎——嘎！嘎嘎——嘎！"音儿磁，声儿颤，美不胜收。

老裴每日背着手，踱着鹅步，巡回在三个"分场"和"机关科室"之间。有一天，他看到"后勤科长"正霸着三四个母鹅，轮番踩蛋。他一来气，顺手折下一截树枝追打"后勤科长"。边打边骂："你这臊根！就显你年轻——就显你雄壮，干这号事也不背着点儿人，光天化日，拥妻揽妾，成何体统。我关你禁闭！"老裴说着，拎起大鹅"嗖"的一声，投进附近的老母猪圈。母鹅们隔着栅栏斜着眼瞧了一会儿"后勤科长"，咯咯笑着走开了。羞得"后勤科长"冠都红了，一头扎进猪槽子里，不敢抬头。

老裴那一整套"从严治场，细化管理"政策，推行了很长一段时间。他发现，养殖场的经济效益并没有提高，鹅们的产蛋率反而下降了。更让他难以理解的是：一分场的那些"模范鹅""功臣鹅"们，整天吃得好睡得香，体态逐渐臃肿，行动越发懒散。它们，产蛋吃力，且皮软，形怪。最使老裴光火的是：三分场那群"废物"，轻易不下蛋，偶尔下个蛋，还自个儿急忙转身吃掉了，留下一处处残壳、碎皮。老裴这个气呀！他急中生智，摸出一盒火柴棒，将那批自食其蛋的鹅们上下喙掰开，用火柴棒支起来。口中骂道："畜生！让你们嘴馋。我再抽去你们两成伙食。"开嘴鹅们在"服刑期间"，只能喘气，不能进食，一个个痛苦地摇着头，晃着身子回圈舍了。

老裴惩罚他的"员工"之后，余怒未消，悻悻地回到房间喝闷酒去了。他喝醉了，睡着了。那些支着火柴棒，"受刑"的鹅们一夜之间全死掉了。老裴酒醒后气得抓耳挠腮。他一下子变得苍老许多，用脚踢着死鹅，愤愤地说："奶奶的，这科学改革咋这么难搞！"

原载 2016 年第 10 期《小小说选刊》

上帝的金币

罗世容

杰克办公司，失败；办工厂，也失败。而他的哥哥杰米，办公司，成功；办工厂，也成功。当初父亲给杰米的财产原本很少，但现在他的财产却越来越多。当初父亲给杰克的财产原本很多，但现在他的财产却越来越少。因为多次失败，杰克不得不向杰米借钱。然后他把那些钱投在生意上，结果还是失败了。

怎么会这样呢？杰克百思不得其解，他非常苦恼。

杰克想恐怕只有上帝才知晓答案，只有上帝才能帮他了。杰克经过一番努力，终于找到了上帝。

杰克向上帝说了他的苦恼，请上帝帮帮他。上帝笑着拿出一袋金币，说："我给你一些金币吧。我想我的金币会告诉你一切。"杰克喜得连忙道谢。

上帝说："如果你今天要金币的话，我就给你五枚。如果你三天之后再要的话，我就给你十枚。你是选择哪天要呢？"上帝微笑着看着杰克。

杰克想，今天要，只能得到五枚金币，等三天，那样就能得到十枚金币，我为什么不等三天呢？于是杰克对上帝说："三天之后再给我金币吧！"

上帝笑了，说："你想知道你哥哥面对这个选择，会做出怎样的决定吗？"

杰克当然想知道杰米的决定，于是上帝便让他把杰米叫来了。然后，上帝把对杰克说过的话告诉了杰米，问他是现在要五枚金币，还是三天之后要十枚金币。杰米说他现在就要金币。上帝当真便给了杰米五枚金币。

回去的路上，杰克对杰米说："哥，你怎么这么傻？三天之后，就能得到十枚金币了！"杰米笑笑，说："就为了五枚金币，我就去等三天，值得吗？也许三天之后，我的这五枚金币就能变成数十枚甚至数百枚金币了！"杰克睁大眼睛，就是打死他，他都不会相信杰米手中的五枚金币能变出更多的金币来。

三天之后，杰克和杰米又去见上帝。

上帝对杰米说："我马上就要给杰克十枚金币了，三天前，你只得到五枚金币，你后悔吗？"

杰米笑着说："我一点都不后悔。因为，我那五枚金币已经变成五百枚金币了……"

上帝吃了一惊："是吗？"

杰克抢着回答："是的。我哥四处宣传说他得到了上帝的五枚金币，说要拍卖它们，结果很多人找到我哥要买他的金币，最后，他一枚金币就卖了一百枚金币的价格！"

上帝听了连连点头，对杰克说："现在，你该知道你为什么不如你哥了吧？"

杰克说："我知道了，我不如我哥有眼光。"

上帝点了点头，说："你跟我来，我给你十枚金币。"

　　上帝把杰克带进一间屋子，拿出一袋金币，他放一枚金币在杰克面前，杰克笑了。上帝又放一枚金币在杰克面前，杰克又笑一下……

　　上帝不住地往杰克面前放着金币，杰克想上帝是要把他袋子里的金币都给他吧，不由喜出望外。然而，上帝突然一把抓起杰克面前所有的金币，全都放回了袋子里。杰克吃了一惊，说："你不是要给我金币的吗？怎么突然都收回去了呢？"

　　上帝说："我是在给你金币啊，可是金币就在你眼前，你却不动手啊！"

　　杰克非常生气，说好给的，他怎么会不动手呢？他只是想等上帝把所有的金币都给他才动手啊！

　　上帝说："现在，让我们看看你哥的表现吧！"上帝开门叫杰米进了屋子。

　　上帝对杰米说："我觉得给你的金币实在太少了，真不好意思，现在，我决定再给你一些金币！"上帝说着扬了扬手中装着金币的袋子。

　　杰米笑了，说："你能再给我金币，我非常高兴！"

　　上帝从袋子里掏出一枚金币，放在杰米面前，杰米赶紧抓起来放进了自己的袋子里。上帝又放一枚金币在杰米面前，杰米又抓起来放进了自己的袋子里……

　　上帝不住地往杰米面前放着金币，杰米就不住地抓起金币放进自己的袋子。到最后，上帝的袋子里的金币全没了，而杰米的袋子里则装满了金币。杰米兴奋极了，一个劲儿地对上帝道谢。

　　这时，杰克更加生气了，对上帝说："你太不公平了，怎么把所有的金币都给了我哥呢？那我还有什么啊？"

　　上帝说："不是我不公平，这只能怪你自己不及时出手。你都看到了，我给你哥金币的时候，他见一枚就拿一枚，出手多准多快啊！我就是想收回来，也来不及啊！"

　　杰克拍了一下脑袋，他恍然大悟。这些年，自己的生意一年不如一年，哥哥的生意却蒸蒸日上，不仅是因为哥哥有眼光，还因为他能及时地抓住出现在他面前的机会啊！

原载 2016 年第 8 期《小说月刊》

烈 女 无 名

周国华

钱彪大口喝酒吃肉，一只脚搭在长板凳上。

不知不觉中，对桌多了位白衣少妇，蛾眉轻锁，有一筷没一筷地夹着菜。

钱彪哼起小曲儿。少妇向钱彪这边瞟了一眼，钱彪直了眼，仿佛被那眼神电住了一般，酒杯端到一半竟顿住了。少妇瞧见他的傻样，抿嘴一笑，钱彪这才回过神来，一饮而尽。放下杯，钱彪向少妇抛起媚眼，想不到少妇竟也不动怒，只是羞赧一笑。

钱彪顿时来了兴致，端起酒杯晃过去，说：小娘子，钱某敬你。少妇低着头，娇滴滴地问：敢问英雄来自何方？钱彪哈哈一笑，说：青……在军中当差。少妇抬头，说：哎哟，怪不得呢，奴家瞧您那气概，一定是位将军吧。钱彪眼珠一转，说：好眼力。

钱彪斟满一盅酒相敬。少妇先是推托，架不住钱彪几番相劝，居然喝下一半，那原本雪白的瓜子脸红得跟桃花似的，乐爆了钱彪的满脸麻子。

钱彪干脆坐了下来，开始吹嘘起自己是如何勇猛善战，又如何如何在万马军中，一刀割断敌军主将的喉咙。少妇背过头去，双肩发抖。

钱彪急忙上前，扶住少妇，说：哎，瞅我这破舌头，瞎搅和这些干吗，该割。

少妇定了定神，挤出一丝笑，说：是小女子胆小，哪能怪将军呢。

钱彪立马换了话题，聊起了骑马，少妇听得眼都不眨，一副心驰神往的模样。钱彪暗暗得意，说：想学骑马吗？我教你去。少妇犹豫了片刻，点了点头。

教了半天，少妇也没学会。钱彪干脆坐在少妇身后，在少妇的惊叫声中，健马飞驰着奔向街巷山林。

一直玩到天黑，钱彪带少妇回客栈吃饭。少妇玩得挺开心，斟满酒敬钱彪。钱彪说：慢来。随从拿出一根银针，放到酒菜里试了一遍，冲钱彪点点头。少妇嘴一噘，说：奴家敬你是英雄，可你……

钱彪赶忙说：千万别在意，外面黑店多，怕中招。

钱彪赔了很多不是，少妇这才展颜微笑。两人你敬我，我敬你。少妇不经意地捂着口袋，眼角余光处，随从鹰一样的眼睛让她失望。少妇暗叹一声。少妇很能劝酒，自己却也喝了不少。酒足饭饱后，钱彪搂着半推半就的少妇去了客房。

啊！——半夜里，钱彪低沉而短促的低吼声惊破夜空。随从慌忙赶去。

客房内，随着短暂的几下扑腾声后，花猫般的欢叫声也歇下，再没声响。随从拍着后脑勺笑了笑，自言自语道：瞎想个啥呢！

半个月后，青龙寨寨主“钱一刀”被杀的消息传来，李员外家中又响起一片哭声。钱彪外号叫“钱一刀”，杀人时总是直取对方喉咙要害。一年前，李员外的儿子李云赴京赶考途中，也是被他一刀毙命的，哪承想，这贼竟然也死于这一招之下。

报应啊！李员外拜谢天地。一家人中，李云的夫人刘氏哭得最为伤心：夫君啊，这仇，终于报了！

三个月后，刘氏回了娘家。

刘氏回去后就有点疯疯癫癫了，成天穿着宽大的衣服站在窗口，一会儿哭，一会儿笑。有时候还会说些莫名其妙的话：夫君啊，怪我吧，夫君啊，别怪我！

刘家人说：小姐可怜，过门没多久就守了寡。

半年后，运河上浮起一具女尸，被打捞上来后，有人说好像是秀才李云的夫人刘氏。李家人过来一认说不是，李云被害快两年多了，如果是刘氏又怎会有身孕？刘家人来了也摇头，刘家是书香门第，断不会出败坏门风的女子，一定是从上游漂来的！

女尸落水前脸上显然用刀划了一道又一道，在水里浸泡得久了，面目更是无法辨认。还是刘员外发了善心，花钱雇人给她收殓了，埋在运河的荒滩边，还立了块碑，上书：无名氏之墓。

刘家老夫人在世时，有人在夜里看见她从荒滩那边过来。只是老妇人过世后，再不见有人去过那边。

原载 2016 年第 1 期《作家文苑报》

孤 舟 渡

张爱国

我莫名其妙地陷入了一场战斗，而且，我是战败者。我没命地逃跑着，面前却横着一条宽阔的河。

河面一片血色。

我得到了一只小木船。我跳上船，才划出不远，就见一个黑汉子挥着手跑来，叫着："好人，救救我！救救我啊，好人！"

近了，我看清了黑汉子，他竟然是多年前冒着巨大风险救我性命的恩人。黑汉子也认出了我，高兴地说："真是天不绝我啊！"

我赶紧将小船向岸边靠去。

"好人，也救救我啊！"又一个白汉子叫着跑过来。我一看，他竟是几年前我救下的人。白汉子激动地说："恩人，感谢上天，又让我遇上了您，我有救了！"

"可是，我的船只能带一个人。"我说，"我带你们哪一个呢？"

"恩人，您自己决定。"白汉子想了想说，"恩人，今天，即使您不救我，我也会感谢您的，要不是您当年大仁大义，我早就完蛋了。"白汉子声泪俱下，"恩人，您已经给了我一次生命，我不求您给我第二次了，您带上他吧。"

追兵越来越近，我的船就要到黑汉子脚下了，我说："恩公，这么多年来，我时时刻刻都在想着报答您。今天，终于如愿啦，您快上船吧。"

"恩人，请再接受我最后一拜！"白汉子忽然双膝落跪说，"恩人，这么多年来，我也是一直在想着您，想着怎样报答您。刚才，当我发现是您的时候，我就发誓，等我逃过这一劫，我就永远不再离开您，永远追随着您，永远报答您的救命之恩！"

我不由地停下手中的船桨，看着白汉子。白汉子泪流满面地说："可是，恩人，现在，这一切，都……都没机会了。"

追兵更近了。我对白汉子说："对不起啊，我必须救他。不然，我永远都欠着他……"

"错了！恩人，您今天即使救了他，您还是欠着他的。"白汉子指了指黑汉子对我说，"如果我是他，我会想：你今天之所以救我，是因为我先救了你，你是还我的恩，是理所当然的。"

见我点点头，白汉子又平静地说："其实，恩人，您这一辈子，不论怎么报答他，都是还不清他的恩情的，您永远都欠着他！"白汉子坚定地说，"就像我，即使我还能活上一百年，即使我从此专门报答您，也还是欠着您的，永远欠着您的！"

我浑身一激灵，是啊，黑汉子救我在先，我今天救他，充其量只是还他的恩，我有恩于他吗？我不由得将小船稍稍后退，心想，而他——白汉子，如果我今天再救他一命，那么我对他的恩以及他对我的感激……

"恩人，我活着报答不了您了，但死后我一定会祝福您、报答您的。恩人，我也希望您在以后的日子里，想尽一切办法，报答他！啥事别做，专门报答他！"白汉子死死地盯着我，提高声音说，"虽然您永远也报答不完他！"

我像突然明白了什么，赶紧将小船靠到白汉子脚下，大声说："快上船啊你……"

追兵到了，我和白汉子也到了河中心。当岸上传来黑汉子悲惨的叫声时，我流泪了，但与此同时，一种从未有过的轻松感也悄然袭上了心头。

"恩人，别难受了。"白汉子说，"恩人，快看前方，多美……"

我刚抬头去看，身后，一个十分强大的力就将我猛然一推。我栽进了河里。我死死地抓住船舷，哀求白汉子救我。

"对不起啊恩人，我更是一辈子也报答不了您了！"白汉子流着泪，向着我的手臂，狠狠地抡起船桨……

我大叫一声，醒了，却见妻子的胳膊肘正碰着我的手臂，说："又做噩梦了吧你？"

我看着妻子，颤抖地问："我……我怎么是……是这样的人？"

原载 2016 年第 3 期《意林》

鸡　事

宋　超

　　麦子家一只大公鸡中毒死了，麦子怀疑是邻居土豆干的。因为麦子家的鸡曾经啄过土豆家的白菜，土豆说，再啄老子的白菜，老子毒死它。

　　麦子提着死公鸡去找土豆理论，土豆说，你有证据吗？

　　麦子没有证据，但麦子咽不下这口气。麦子说，我找乡长去，我和乡长是亲戚。

　　土豆不屑，说，找县长都行。

　　麦子和乡长的确是亲戚，那是八竹竿才够得着的亲戚。

　　麦子真的就去了乡政府，乡长不在，办公室的人告诉麦子，乡长去了甲村，况且乡长也不会管一只鸡的事，你应该找派出所。

　　我就要找乡长，我和乡长是亲戚。麦子说。

　　那人一脸坏笑，哪个来办事的不说是乡长的亲戚？

　　麦子说，我就是……话没说完，那人就接电话不理麦子了。

　　麦子气不过，决定还是要找乡长。麦子火烧火燎赶到甲村，甲村有一个特困户的娃儿考上了省里的重点大学，乡长正在村部组织村民捐学费。

　　麦子正要过去跟乡长说事，乡长看见麦子了，乡长先开了口，麦子也来捐款呀？

　　啊，啊……麦子说。

　　麦子碍于乡长的面子，吞吞吐吐半天捐了20块。

　　捐完款，麦子又准备过去跟乡长说事，乡长在接了一个电话后上车走了。麦子问村长，村长说，乡长去了乙村，况且乡长也不会管一只鸡的事，你应该找派出所。

　　我就要找乡长，我和乡长是亲戚。麦子说。

　　麦子又火烧火燎赶到乙村。一户人家的猪圈罩在一片火海之中，乡长领着一帮男男女女正在救火。

麦子，赶紧来救火。乡长朝麦子喊。

啊，啊……麦子说。

麦子碍于乡长的面子，摸摸索索半天只好冲了过去。

火灭了，麦子刚刚在家里换上的一件新衣服烧了碗口大几个窟窿，麦子心疼了一阵子，又准备过去跟乡长说事，乡长在接了一个电话后上车又走了。麦子问失火那家人，主人说，乡长去了丙村，况且乡长也不会管一只鸡的事，你应该找派出所。

我就要找乡长，我和乡长是亲戚。麦子说。

麦子又火烧火燎赶到丙村。乡长正和丙村村长说事，没有麦子说事的机会。

赶紧吃口饭，不行了去城里吃也行，今天说啥都要把城里的打井队请来，不然，你们村上千亩的稻田就毁了……乡长说。

好，咱几百号村民就等乡长你这句话了。村长说。

那就上车走。乡长说，一头就扎进了车里。

麦子还想跟着进城，转念一想，来来回回得花 100 块钱车费，如果当天赶不回来，还得花 200 块钱住店，就回去了。

三天后，麦子终于在乡政府找到了乡长。这回，麦子终于和乡长说上了话。

土豆毒死了我家的鸡，乡长，你可要为我做主呀！麦子说。

啥事？一只鸡？乡长问。

一只鸡。麦子说。

乡长顺手从包里掏出 30 块塞给麦子说，不就是一只鸡吗？我替土豆赔你了。

乡长，不是钱不钱的……麦子说。

不是钱，那是啥？乡长问。

是一口气，乡长，你得为我做主呀！麦子说。

我们是亲戚……麦子还说。

回吧！回吧！乡长说，朝麦子挥挥手。我们五百年前是一家人，我们都是亲戚，何必为一只鸡的事上纲上线呢！

麦子讨了没趣，灰溜溜回到家里，一脚把地上的一只盆踢飞起来，"咣"的一声落在了土豆的院坝里。

谁呀？没长眼睛呀？土豆在屋里喊，出来见是麦子，土豆又撇撇嘴说，你亲戚不是乡长吗？怎么了？没给你申冤呀？踢盆子出哪门子气呀，有本事明天去找县长呀，兴许县长也是你家亲戚呢！

麦子的脸气得铁青，但麦子没有去找县长，麦子和县长不是亲戚，就是八竹竿再加八竹竿也扯不上亲戚。麦子还是去找乡长，麦子觉得无论从亲戚的角度还是普通老百姓的角度都该乡长管。乡长正在开会，麦子推门进去，乡长朝麦子挥挥手，示意麦子等等再来。麦子一直等到下午，乡长才把会开完，没等麦子开口，乡长先开了口，上次不是已经跟你说了吗？怎么了，没听明白呀？

听是听明白了，就是一口气过不去，乡长，这回说啥你都得为我做主呀！这事要是没有结果，你说我这脸往哪儿搁，狗日的土豆还不笑死我？

你这是死要面子活受罪。乡长说。不就是一只鸡吗，小题大做！

你知道养一只鸡容易吗，那我毒死你一只鸡看你心疼不心疼？麦子说。

乡长没时间听麦子的，说，你要没事，就回去吧，我这儿事一大堆。

麦子说我不走，你不解决我就不走！

乡长生气了，叫派出所的老刘把麦子架出去。

过了一会儿，乡长突然闻到一股子汽油味，还听老刘又跳又喊：麦子你想干啥？想犯罪啊？乡长大惊，跳起来就往院子里冲，边冲还边喊，麦子你发疯了？ 30 元嫌少了你说话呀，我马上给你解决还不行吗……

原载 2016 年第 14 期《微型小说选刊》

雕 花 大 床

孙艳梅

玉婉每次从学堂回家，都要到她父亲开的木器行走一遭儿。

她坐在到处都是木屑连插脚的空都没有的木工房的条凳上，为的是看小木匠干活儿。

小木匠的活儿做得真好，雕刻的花鸟走兽像活生生栖息在家具上。玉婉看得如醉如痴。

小木匠却不看玉婉，也不跟身边的玉婉说话。小木匠自顾自地精心雕刻一张婚床。婚床是西街开油坊的赵老爷为他儿子定做的，他的儿子玉婉见过，四肢粗短，肚子圆鼓隆咚，像菊花黄时的一只肥螃蟹。玉婉想真真可惜了这张华美大床。

屋外的阳光长着猫般的脚，悄无声息透过窗棂滑进来，照着小木匠的脸。小木匠"啊"的一声，床腿锯短二寸。师傅们围过来，其中一个照小木匠的头打一下，你这高手，怎会出这样的错？

玉婉情不自禁替小木匠着急，四条腿的床，瘸一条，就算废了。小木匠像安慰她又像自言自语：有办法补救。

几天之后玉婉又去木器行，赵老爷也在那儿。他正拍着小木匠的肩膀喜气洋洋地说，嘿，你这小木匠！我三辈单传，就想子孙满堂，好，好。

玉婉朝屋子一角的婚床瞅去，床脚处竟然精心雕刻出四个圆润的石榴。石榴半开，露出饱满的籽。每个石榴都与床腿衔接得严丝合缝，玉婉不禁暗自惊叹。

父亲给玉婉定了门亲事，县长的二公子，算是高攀。可玉婉不愿意，她跟父亲讲新女性讲爱情。父亲坐太师椅上，呷一口龙井说，啥新女性，我给你明讲了吧，送你进学堂，就是为嫁个体面人家。

玉婉连夜去木器行，师傅都出去耍钱喝酒了，只小木匠坐灯影里，对着一块木头琢磨刀功。

玉婉走过去问，你喜欢我吗？

小木匠的刀掉地上，他边跳脚躲避边惶恐地说，大小姐，可不敢这么说。你是堂堂大小姐，我只是个身份低微的小木匠。

玉婉逼问，你就说喜欢不喜欢我？

半晌，小木匠说，不知道。

玉婉含着泪说，我要嫁人了。

小木匠低下头，像蚊子哼哼，俺给小姐打一张最好的婚床。

玉婉抬头看屋子里的婚床，窗棂走兽，飘檐飞花，床壁雕刻着一套《西厢记》。玉婉忽然发现，崔莺莺的眉眼有点像她玉婉，而张生，活脱脱小木匠的模样。玉婉就热烈地说，你带我私奔好不好，远离这里，到你们乡下，咱们一起看暮色下的飞鸟，听听它们嗓子的好坏，一起看赶着羊群的孩子，吹着短笛回家……

还没等玉婉说完，她就感觉眼前人影一晃，只见小木匠飞快地向屋外逃窜，鞋子跑掉一只，都没敢回头捡。

回家，玉婉答应了父亲安排的婚事。

还没到出嫁的日子，玉婉的学校就停课了，满大街都是誓死抗日的愤怒呼声。被父亲关在家里的玉婉伏在窗前。窗前落只蓝皮花鸟儿，挑逗地瞅瞅她，又飞远。玉婉说，神气什么。一会儿，她从窗户跳出来，拍拍手，歪着头得意地向野外奔去。

玉婉刚把编好的野花戴头上，就听见后面传来一阵狂笑，花姑娘，花姑娘。转身，几个端着刺刀打膏药旗的日本兵正朝着她逼近，逼近。

玉婉无路可逃，羞辱地浑身发抖。忽然小木匠出现了，像天兵天将，他边做着侮辱日本兵的动作边大叫：日本鬼子，死啦死啦的。奔跑中的玉婉看见日本兵放过她，端着刺刀朝小木匠冲去。

晚上，父亲沉重地告诉玉婉，小木匠死了，被日本鬼子用刺刀划烂肚肠。

玉婉眼前一黑，栽倒在地。

醒来，玉婉拿出一把剪刀抵住自己的咽喉，说，小木匠为我而死，我要为他守孝，若硬逼我嫁，女儿宁愿一死。

父亲长叹一声，转身离开。父亲退了婚事，赔给县长好大一笔钱。

一晃几年过去，有一天父亲喜滋滋地从外面进来说小鬼子被赶出中国了。玉婉认真地梳妆打扮，对父亲说，我要嫁给赵老爷的儿子。

看着玉婉憔悴却坚定的目光，父亲叹着气找媒子到赵老爷家说亲。赵老爷的儿媳妇因病已故两年，自然一说就中。

成亲的晚上，玉婉被醉醺醺的肥螃蟹推倒在雕花大床上，她看着床壁雕刻的崔莺莺和张生，心里默念一声"锡文"。

锡文是小木匠的名字。

原载 2016 年第 4 期《小小说大世界》

穷人的尊严

原上秋

那年我在县里读书。每到秋冬季节的星期一，我总是第一个与降临我们村子的黎明曙光擦肩而过。有时候到了学校，东方才起白色。我必须在上课铃响之前赶回学校。我去学校的十几里路程的感受，就是半条篮子玉蜀黍和红薯干面杂合干粮的重量。那是我一个星期的口粮。在我上学的第二年，这样的口粮也难以为继。

又是一个星期一的凌晨，我娘为我做干粮。她把面缸的底儿扫了个净，做了六个杂面馒头。她带着歉意说，不够吃半路再回来拿。我知道家里断粮了。那天，父亲的举动令家里的气氛一下子紧张起来。他进屋的时候，背上背着一个草篓子。和他一起进来的，是一股浓浓的植物香气。掏开篓子里覆盖的青草，露出几个青幽幽的玉米穗子。我和娘马上明白了，这是爹趁人不备，在生产队的地里下了手。我们心里一阵紧张。要知道，如果让看秋的抓住，是要被批判的。我爹呵呵一笑，装出很轻松的样子。他撕开几个穗子，放到了锅里。他说，一会儿带走几穗，在长身体呢，不能饿着读书。我和娘不说话，起身离开了。

我扛着杂面馒头篮子出门的时候，我爹拿着几个煮熟的玉米穗子往干粮篮子里填，被我挡在了一边。被拒绝的他没有发火，他的脸上带着尴尬的笑。他站立在那里，手里的热玉米一点点变凉。我觉得我爹的行为就是偷盗，我怎么能吃偷盗来的东西呢。

走的夜路多了，必定撞上鬼。后来我才知道，我爹自从那次以后，就没有收手，他的行踪被看秋的人掌握，抓住他是迟早的事情。

终于有一天，我爹的胸前挂着一个大牌子，在每天晚饭的时候游街示众。他敲着一面大铜锣，喊着"不要向我学习"的口号，在孩子们的簇拥中走过一个又一个街道。他那狼狈的喊声在羊各庄的上空整整缭绕一个星期。

我心里苦闷，我为爹的行为感到可耻。

两年后，我考上了郑州一所大学。爹提出要去送我一程，我说什么也不同意。我娘说，让爹送送你吧，第一次出远门。我说，我和他走在一起丢人，他没有一点尊严。

我娘听到我说的话，沉默起来。良久，才像自言自语了一句：你知道啥是穷人的尊严？

穷人的尊严，这是我第一次知道尊严还有阶层。

在大学里，我拼搏学习。我的功课门门优秀，大学二年级还当选为班级学生会副主席，学生文学会会长。我把这些消息写信告诉了家里，家里爹娘很为我的出息骄傲。它成为我的爹娘与邻居们相见永远说不完的话题。

我也得知，家乡土地已经承包。家里不但吃的问题解决了，还允许做小生意了。我爹买了一辆摩托三轮车，奔跑在城乡的大道上，在为乡亲们服务的同时，也给自己带来经济上的实惠。

转眼暑假到了，我爹开着他的摩托三轮车，早早地等在了车站门口。老远，他就和我招呼。我看到他，心里还是有些疙瘩。我决定不坐他的车。我撒谎说我去一个同学家，你去拉客挣钱吧。爹呵呵一笑，说，你回来了，我哪还有心思去挣钱。

我还是没有上他的车，而是朝相反的方向走去。爹拗不过我，就任我而去。只听他在后面喊，我先回去了，你也早点回家啊。

我沿着早年上学走过的路，徒步回家。原先的土路，现在变成了柏油马路，路边歪斜的小树，已经长成了参天大树。我边走边看，一切都感觉亲切。正在这时，前方路上出现一片凌乱。是一个刚刚发生车祸的现场。一辆拉苹果的大车撞在路边一棵大树上，成箱的苹果散落一地。警察用警示条围了现场，一群围观的群众在窃窃私语。从他们的谈话里，我知道有一个骑摩托三轮车的人在见义勇为。

晚上，我从电视新闻里看到了我爹。他是第一个到达事故现场的人。新闻里说，面对散落一地的钱币和苹果，他不动心。两万多元的钱币经过他的手，一分不少地还给了车主，并配合警方维持秩序，还用自己的三轮车，把伤员送到了医院。

这是我爹吗？

在这一刻，我仿佛一下子明白了什么是穷人的尊严。当年他去掰生产队的玉米，是为了让孩子们活得有尊严。他不那样，活命都成问题，更不会有我的今天。这一次，是他用自己的行动，换回一个穷人自己的尊严。

原载 2016 年第 6 期《小说月刊》

变色的蚂蚱

李 建

晓红和小军从小青梅竹马，一起玩到大。高中毕业后，在双方父母的撮合下，他们便订了婚。

订完婚后，晓红到镇上的裁缝店里当学徒，小军则去了大上海当装修工人。临别那天，他们俩来到村旁的大运河畔，像儿时那样欢快地玩耍着，晓红对小军说："小军哥，你别去上海打工了，好吗？我怕你出去学坏了，看多了城里漂亮姑娘就变了心。"

小军笑着说："城里姑娘再漂亮也没有你可爱。哥要出去赚大钱，回来盖大房子给你们住。"说完便随手摘下一片芦苇叶，编织出一只活灵活现的蚂蚱送给晓红，小军说："这只翠绿的蚂蚱就代表着我的心，只要它一天不变色，我的心就永远也不会变，你快把它收好了。"

晓红愣住了，接过蚂蚱说："哥啊！这芦苇叶子放久了会干枯变黄的啊！"

小军一听就傻眼了，但覆水难收，说出去的话要算数啊！便去镇上的商场里买了一台小冰箱，一个人将冰箱扛进晓红家里，然后将蚂蚱装进保鲜盒，放进了冷冻室。

小军去城里打工后，晓红生怕家里跳闸停电，每天都要检查一遍冰箱，看一眼翠绿的蚂蚱才放心，晚上睡觉也特别香。可没想到一年后的一天下午，小军妈找到裁缝店里，不好意思地对她说："闺女啊！我们家小军对不起你，他……他……在城里又找了一个姑娘，叫我告诉你别等他了……"

晓红听后，全身像触了电似的颤抖着，泪水止不住地往下流，晓红哭着说："不会的，不会的，这才过去一年多，蚂蚱还没有褪色，小军他怎么就变心了呢？"

晓红回到家里，小心翼翼地打开冰箱，取出保鲜盒，芦苇编织的蚂蚱还是那样栩栩如生，翠绿翠绿的。晓红心里憋屈，想不通，便打电话问小军。电话那头，小军支吾着说："晓红，人往高处走，水往低处流。我想留在上海，不想再回老家种地受苦了，所以在上海找了一个本地姑娘。"

晓红气愤地说："早叫你别去打工，可你偏不听，你赶紧给我回来。当时我们不是说好了，蚂蚱不变色，你就永远不会变心。"

小军嘟囔着说："这种小孩子过家家的话你也相信，太天真了吧！"说完，便挂断了电话。

晓红不顾父母的再三劝阻，带上仅有的一点积蓄和装着蚂蚱的保鲜盒就去上海找小军。

到了上海之后，人生地不熟，晓红看着四周林立的高楼，傻眼了，不知道该往哪走。打小军电话，他也不接。无奈之下，晓红只好联系了在上海郊区镇上开美发店的老同学，并在美发店里安顿下来，跟老同学边学手艺边找小军。

可是上海那么大，没有联系方式想找到一个人无异于大海捞针，找了几个月，晓红只好放弃了。

几年后，晓红在老同学的帮助下，在上海开了一家属于自己的美发店，因为手艺好，价钱公道，生意非常火爆。她用赚来的钱回老家盖了套大房子给父母住，并听父母说小军在上海早已结婚生子了。

一天傍晚，晓红的美发店里来了一家三口，穿着打扮都很寒酸。男人对女人说："嫁给我这么多年，辛苦你了，也没过上啥好日子。今天是情人节，我请你做个漂亮的发型。"

女人说："浪费这钱干啥，做个头发也要几百块钱，这个月孩子的牛奶钱和物业费还没交呢！能省就省吧……"

晓红听后很感动，这正是她希望中的爱情，虽然贫穷，却能长相厮守，恩恩爱爱。

晓红走上前去迎客，刚想说给他们优惠价，却突然愣住了，这个男人居然就是她日思夜想恨得咬牙切齿的小军。而小军看到晓红也傻眼了，急忙说价格的确是太贵了，拉着老婆和孩子就往外走。

晓红缓过神后，说今天过节，店内所有项目一律三折优惠，才终于把小军女人留下了。

在店员帮女人做头发的时候，小军小声对晓红说："谢谢你帮我保守秘密，我对不起你，这些年一直躲着你，没想到你发财了，在这里开了一家美发店。"

晓红苦笑着说："你没有对不起我，没有你，我也不会阴差阳错干成这番事业，错就错在我当年没有跟你一起出来打拼，我没有看错你，你对嫂子真的很好。"

但之后小军说的话，晓红做梦也没有想到。许多年前的一个傍晚，在上海，小军和同事兄妹俩到宿舍外的小河边喝啤酒乘凉。两罐啤酒下肚后，小军有些飘飘然了，想在女孩子面前逞能，便吹嘘自己是游泳高手，脱去衣服到河里游泳给他们看。

哪想到，刚到河里游了没多远，小军手脚就受凉抽筋不受控制了，扑腾了几下就往河里沉。同事见状赶紧下河救他，可小军被救起来了，同事却不见了，直到第二天尸体才被警察打捞上来。

同事和妹妹从小就是孤儿，在福利院长大，如今妹妹见哥哥去世了，痛不欲生。小军怕她轻生，为报同事救命之恩，便向她求婚，发誓要照顾她一辈子。而同事的妹妹之前对他也有好感，不知道他在老家早已订婚，便嫁给了他。

小军愧疚地说："我不仅对不起你，也对不起她，年少轻狂时犯的错误，伤害了你们两个人。当时，我要强好胜，怕回去说出实情，被乡亲们笑话，父母也不会同意我悔婚，所以才编了那么荒唐的理由来骗你们。"

晓红苦笑着说："唉，如果你当年私下对我说清楚，我早就原谅你了，又怎么会笑话你呢？谁能保证自己一辈子不做错事呢？枉我恨了你这么多年。"说完，晓红走进里屋，拿出一只陈旧泛黄的保鲜盒送给小军的孩子，盒子里装着那只翠绿的蚂蚱。

孩子开心地玩着蚂蚱，几下就将蚂蚱拆开了，变成了皱巴巴的芦苇叶子，时光仿佛瞬间回到了芦苇编织前的日子，一切都还未开始就已结束。

晓红的心结终于被打开了，她长长地舒了一口气，全身轻松了许多。而小军，想将芦苇叶再编织成蚂蚱，却怎么也编不出了，心中五味杂陈，泪水滑过面颊……

原载 2016 年第 10 期《故事会》

排 队 生 活

陈国凡

在虚城待久了，异域人很想念家乡的亲人，决定回去一趟，就往火车站而去。原以为很快就能买到票，没想到售票厅人山人海，早排起了长队，队伍一直延伸到了外面的广场。异域人只好站在队伍的最后，十几分钟过去了，队伍却丝毫未动。异域人觉得不可思议，就问前面的人怎么回事。回答说，有插队的，有预约的，有开后门的，就这样，没办法啦。再问，就不再理人，只顾低头玩手机。队伍仍旧不动，异域人失去了耐心，离开了火车站。看来回家这事得再等等了。

令他惊奇的是，沿途到处是排成长龙的队伍。异域人遂上前询问。

孩子要上学了，大家都争着往好学校挤，名额有限，不早来排队，哪有份儿啊。咱的孩子绝不能输在起跑线上！

起跑线？跑步比赛？异域人不懂，准备再问，人们只管往前挤，哪有工夫搭理他。

高中学校，也是如此，也是父母排成了长长的队伍，被挤得满头大汗，却不见有退缩者。问了才知，原来学校招择校生有名额限制，不早来排队，你就是分数比别人高，也未必能被录取。

大学总不会这样吧？异域人不信邪了，决定去看个究竟。没想到虚城大学里，排队者更多，队伍更长。

为了能拿到孩子的报名表，我凌晨三点就来了，没想到，很多人来得比我还早。

昨晚晚饭，我都是自己带来的，在学校待了快 20 个小时了，没想到还没轮到。

我和老公轮流排队，没办法啊，一个人还真吃不消。

孩子自己怎么不来排队？这是他们自己的事啊。异域人不解地问道。

孩子的事就是我们的事。哪舍得孩子来，哪个孩子不是父母的心肝宝贝。你不是虚城人吧？要不然，怎么会问这么弱智的问题。

我是异域人。异域人不好意思地承认了。

难怪！你怎么这么没爱心，真不知你是怎么当家长的。众人义愤填膺，纷纷指责异域人。

异域人匆匆逃离。一想到将来自己孩子的入学问题，异域人头都大了。一路惆怅着，耳朵忽被不远处一阵喇叭声惊到。

好家伙，好阵势，异域人着实震惊了。但见一超市门口，人头攒动，男女老少皆有，队伍拼命向前，宛如面前是一座金山，就等大家去取。

机会难得啊，大米、油盐、鸡蛋、肉类……通通优惠，通通8.8折。快来啊，过了这个村就没这个店了！高音喇叭不停地喊叫着，诱惑着。人们从四面八方赶来，队伍越来越长。

这还不是双休日呢，异域人看得目瞪口呆，他被汹涌的人群推进了队伍，挤压着，几乎不能动弹。

总算出来了，人人肩挑手提，个个笑逐颜开，异域人也是，他左手二瓶金龙油，右手三瓶饮料，左肩一袋大米，右肩一袋面粉，嘴里咬着一块猪肉，双脚还各绑着一大包，包里装着油盐酱醋味精蔬菜洗衣粉啥的。

我怎么没想到呢？众人看呆了，立马放下东西，又冲进超市，发起了第二轮"攻击"。筋疲力尽了，却不肯放弃，继续"冲锋";呼吸困难了，却不肯回家，继续"作战"。终于有老人倒下了，被送往医院，意识却清醒，用尽力气说，别拉我走，我还要买东西，我要把下半年的东西全部备齐！

回家放好东西，异域人还沉浸在刚才疯狂购物的喜悦中，一刻也不想待在家，遂立即出门。

刚转过路口，又见前面一条长龙，异域人不假思索，立马排队。他知道，只要看到队伍，不要多问，只管排队就是，肯定是好事，肯定有好处。果然，这是一个待出售的楼盘。异域人刚想退出，他实在没钱购房。看看后面几百米的队伍，异域人心生一计，对一个刚冲过来排队的人说，我这位置卖给你，50块，怎么样？那人看看异域人后面几百米的队伍，点头，成交。异域人喜出望外，马上奔到队伍最后面。才一会儿，他对一个刚冲过来排队的人说，我这位置卖给你，70块，怎么样？那人看看异域人后面几百米的队伍，点头，成交。

异域人大喜过望，马上又奔到队伍最后面……

美滋滋地数着排队赚来的几百块钱，异域人决定叫家人都来虚城，每天排队，赚钱。异域人还决定，买小餐桌，买帐篷。今后，家就安在队伍边上了。他还打算出售餐桌和帐篷给排队的人，赚大钱。目前还没人想到这点，得先下手为强。

虚城要排队的地方多了去了，培训买票观影看病购物购房办证……异域人越想越开心，好像真的已经赚了大钱，还买了车买了房，空闲时，就带家人去旅游。对了，旅游也得排队啊，咱就一边旅游一边排队，把旅游花去的钱赚回来。

可惜，异域人的家人直到现在也没来虚城。

原来，异域人的老家也和虚城一样了，汽车站、火车站、轮渡口，到处是人，到处排队——很难买到来虚城的票。

原载 2016 年第 1 期《喜剧世界》

问　路

许保金

这里的交通太发达了，发达到让我无路可走。东西南北每个方位都有路可行，直的、斜的、弯的，我迷茫地环视四周，不知该往哪里走，我迷路了。

既然迷路了就必须得问路。

对面走来一个老大娘，我忙满脸笑容迎上前去："大娘，您好！"瞧我多有礼貌，不说"你好"而说"您好"，"我向您问个路。"

老大娘瞪了我一眼，说："我们这里没有老中医。"

"老中医？"我纳闷了。

"对，我在这儿住了一辈子了，我们这里没有老中医。"

我还是不解："我只是问个路，不找老中医。"

老大娘又说："我儿子没有灾，我们家人都没有灾。"

"什么灾？"我愈发糊涂了。

老大娘不理我，继续说："我没有钱，也没有金银首饰让你作法，你别想给我调包。"

"什么乱七八糟的？"我有点生气了。

老大娘也生气了："年轻人不学好的，学骗人。"

老大娘走了，我却傻愣愣地站在那儿不知所措。我什么时候学骗人了？

我继续向前走，还得问路。

迎面又走来一个老大娘，我还是满脸笑容迎上前去："大娘，您好！我向您问个路？"

老大娘瞪了我一眼，说："要想喝水，自己去买矿泉水，买饮料。"

"喝水？"我又纳闷了。

"对，别想去我们家喝水。"

我仍然不解："我只是问个路，不喝水。"

老大娘又说："你看清楚了，我耳朵上没戴耳环，脖子上没戴项链，手上也没戴戒指、手镯，你抢不走东西。"

"什么乱七八糟的？"我有点生气了。

老大娘也生气了："年轻人不学好的，学骗人、抢东西。"

老大娘走了，我又傻愣愣地站在那儿不知所措。我什么时候不但学骗人了，还学抢东西了？

我又继续向前走，还得问路。

迎面走来一个老大爷，我仍然满脸笑容迎上前去："大爷，您好！我向您问个路？"

老大爷瞪了我一眼，说："我没有手机，不会中奖。"

"手机，中奖？"我还是纳闷。

"对，我也没有银行卡，我不会去银行给你汇款。"

我愈发不解："我只是问个路，你说的这些跟我没关系。"

老大爷又说："我也不买你的药品、保健品，要想买，我去医院咨询医生。"

"什么乱七八糟的？"我真生气了。

老大爷也真生气了："年轻人不学好的，学骗人，早晚让抓进去。"

老大爷走了，我还是傻愣愣地站在那儿不知所措。我突然明白了，老大爷说"早晚让抓进去",是让警察把我抓进监狱里去。

迎面走来一个大嫂,我问还是不问?不问吧,不知道路咋走,问吧,怕又引起误会。我想了想决定问路,不过在问之前,先给大嫂解释清楚。

于是我对大嫂说:"大嫂,您好!我不找老中医,你们家人都没有灾,我不要你的钱、金银首饰,也不给你调包。我不去你们家喝水,我不抢你的耳环、项链、戒指、手镯。我不会让你去银行给我汇款,我也不让你买药品、保健品。我就是问个路。"我一口气说完了这些,差一点把我憋死。

大嫂瞪了我一眼,说:"你说得还不够,你还应该手里拿个钱包,假装是捡来的,假装给我分钱。你还应该有同伙,唉,对了,你同伙呢?"

我还是个骗子。

我无奈地仰天长叹:"我就是想问个路呀!"

原载 2016 年 8 月 29 日《焦作晚报》

阿沐的漂亮新娘

辛国云

阿沐十岁时得了场重病。病治好了,眼睛却失明了。

阿沐的世界坍塌了,一头扎进无边的黑暗里。

半年后,阿沐从痛苦中走出来,重新面对新的生活。

阿沐虽然眼睛看不见了,但心灵手巧。在妈妈的引导下,阿沐学会了弹钢琴。几年下来,阿沐能弹很大很复杂的曲子了,而且还能自己编曲。阿沐最喜欢的音乐家是贝多芬,最喜欢的乐曲是贝多芬的《命运交响曲》,他知道贝多芬在双耳失聪的情况下,仍旧成为世界上最伟大的音乐家。阿沐最喜欢弹奏的是《月光曲》,因为这首曲子是贝多芬弹给一个盲姑娘听的。阿沐弹着这首曲子,面前就会浮现那个小姑娘如醉如痴听贝多芬弹琴的样子。

很多学校邀请阿沐去给学生弹奏钢琴,以激励学生发奋向上的精神。阿沐还学会了用电脑写作。阿沐的眼睛看不到屏幕，手却能看到，打出的文档错误率极低，明眼人甚至都难做到。妈妈把阿沐的文章打印出来给亲友看，还寄给报纸、杂志。很多报刊发表了阿沐的文章，但没有一个编辑知道阿沐是一个盲人。

转眼间，阿沐二十八岁了。妈妈觉得应该给阿沐成个家了。阿沐也开始想女人了，夜里常常会梦到漂亮女孩。阿沐除了眼睛看不到外，是一个正常的男人。

妈妈说：阿沐，该给你娶个媳妇成家了。

阿沐脸有点红，腼腆地笑着点点头。阿沐害羞的样子让妈妈想起他小时候的很多事。在妈妈眼里，她的阿沐什么都能看得见。

阿沐想找个什么样的媳妇呢？妈妈看着阿沐的脸问。妈妈以为阿沐会说只要心眼儿好，什么样的都行。是啊，一个盲人，还有什么可挑拣的呢？

不料阿沐却说：我要找个漂亮的姑娘做媳妇。

妈妈一愣，盯着儿子的脸。继而，心疼得难受，鼻子一酸，眼泪顺腮滚落下来。阿沐看不到妈妈流眼泪，还沉浸在幸福的憧憬里。

阿沐十岁前眼睛是好的，他知道漂亮女孩什么样子，他们学校有好多漂亮女孩子。可，他现在这样子，除了身体有残疾的，哪个健全的漂亮女孩会嫁给一个盲人呢？

妈妈问阿沐：你眼睛看不到，怎么知道女孩漂亮不漂亮呢？阿沐说：妈妈能看到啊，我的朋友也能看到的。

妈妈的心好像被针扎了一下。

妈妈一直想给儿子找个身体健全的媳妇，如此，阿沐今后的生活才会有依靠。妈妈犯了愁肠，但她不想让阿沐失望，就对阿沐说：当然，阿沐这么优秀，一定能找个漂亮女孩做媳妇。

阿沐开心地笑了。

有一个女孩叫阳子，与阿沐年龄相当。她知道了阿沐的事，主动找到阿沐的妈妈，说要做阿沐的媳妇。

妈妈看着女孩，胖胖的，高高的，但不漂亮，甚至可以说有点丑了——眼睛小小的，一笑，眯成一条缝儿；鼻子有点塌，鼻孔却大，还有点向上翘翻。

阳子对阿沐妈妈说，她听说了阿沐的事迹很感动，她愿意做阿沐的眼睛。

妈妈感动了，觉得眼前这个叫阳子的女孩变得十分漂亮了。

阳子跟阿沐开始交往。他们谈人生，谈音乐，谈文学，也谈将来的生活。

阿沐弹琴给阳子听，让阳子朗读他写的文章。一次阿沐弹着琴，阳子情不自禁跟着琴声唱起来。阳子的嗓子并不好，有点纤细，但阿沐感觉像一股清泉在石上流。

有一天，阿沐突然问阳子：你漂亮吗？阳子脱口说：你不都看……发觉失言急忙改口：你摸摸看呗。阿沐把手放在阳子脸上轻轻抚摩。阿沐摸得很仔细，从额头开始，摸到眼睛，鼻子，唇，下巴，甚至脖颈也仔细摸过了。

——我漂亮吗？

——漂亮。

阿沐和阳子结婚了。婚礼很隆重，亲朋好友都来祝贺。

阿沐和阳子站在台上接受大家的祝福。

台下发出啧啧的赞叹：哇！新娘子好漂亮，太漂亮了！

阿沐幸福地笑着，然后紧紧拥抱阳子。

阳子趴在阿沐耳边轻声说：其实，我一点都不漂亮。

阿沐泪盈眼眶。他觉得，自己的眼睛突然间看到什么了……

阿沐说：你是世界上最漂亮的新娘！

原载 2016 年 5 月 10 日《泰安日报》

财富是一种耻辱

凤　凰

曾奇怪听说遥远的海上有一座小岛，岛上风景秀丽，鸟语花香，人们安居乐业，非常幸福，因此人们把小岛叫作幸福岛。曾奇怪得知有这样一座小岛，于是就变卖了所有的财产，然后只身前往幸福岛。经过一番波折，曾奇怪终于来到了传说中的幸福岛。岛上果然风景秀丽，鸟语花香，人们脸上都洋溢着笑容，看来，人们的确很幸福。曾奇怪兴味盎然地向前走去。

曾奇怪明白，自己的钱，肯定在这里不能使用，得先去兑换，于是他向人打听哪里有银行。对方见曾奇怪是外地人，于是就主动为他带路。不久，曾奇怪就来到了银行，走进银行，工作人员一看他，就问他是不是外地人，曾奇怪点头说是，说他是来换钱的。曾奇怪正准备掏钱，工作人员递给他一张卡，说："我们这里不用换钱。这里面有一万元，你拿去用吧！"

曾奇怪接过卡，笑眯了眼：这里果然幸福，一来就发一万元！曾奇怪道过谢，出了银行，就直奔餐馆。他早就饥肠辘辘，此时有了钱，自然要先去品尝小岛的美味。走进餐馆，曾奇怪一看菜单，全是稀奇古怪的菜名，不管它，他一口气就点了十样。不久，服务员就端来了菜，曾奇怪一看，除了两样是海鲜外，其他的就是青菜豆腐，他顿时大为扫兴，觉得上当了。

服务员看出曾奇怪对菜品不满意，告诉他：不光要吃大鱼大肉，更要吃青菜豆腐，真正给人营养给人健康的，是青菜豆腐。曾奇怪一尝，青菜豆腐竟做得非常好吃。饿极了的曾奇怪狼吞虎咽。吃饱了，曾奇怪到收银台付账。收银员刷了卡，还卡时，还递给他一张小票。曾奇怪一看小票，收银员居然往他的卡里打了一百元。她一定是不小心弄错了，曾奇怪赶紧转身离开。

曾奇怪走出餐馆，乐了：大吃了一顿，居然还给我打了一百元，太棒了！接着，曾奇怪走进了珠宝店。每到一个地方，他都要买珠宝。店里珠光宝气，各种珠宝交相辉映，让人眼花缭乱，目不暇接。曾奇怪最终挑选了一条金项链，五千元。付账后，收银员也给了他一张小票，曾奇怪一看，收银员居然往他的卡里打了五千元，他顿时吃了一惊：这收银员也弄错了？

收银员见曾奇怪吃惊，便说道："先生，我没有弄错，你在我们这里买了东西，我们就得给你钱！在我们幸福岛，不管买什么东西，都不需要付钱，而且会得到钱！"曾奇怪听了更惊了，当然，他更乐了：幸福岛买东西不要钱，而且还会得到钱，这真是幸福岛啊！世上只此一处，我来幸福岛，真是来对了！我要在这里定居！对，定居！曾奇怪想到这里笑眯了眼。

曾奇怪直奔介绍所，准备租一套房子。到了介绍所，一看，居然有一套房子出售，而且只需要十万元。本来，曾奇怪没有这么多钱，但一想到在这里买东西不要钱，还能得到钱，他就乐了：难道我买他的房子，他也会给我十万元不成？曾奇怪把心中的疑问告诉了老板，老板说："先生，是的，你买他的房子，他给你十万元。如果你需要，我马上给你联系房主。"

得到了老板的肯定，曾奇怪果断地说需要买房子。于是老板就给房主打了电话，接着，老板就带曾奇怪去看房子。房子非常漂亮，房前还有花园，有水池，曾奇怪非常满意，于是便买下了。去交易中心办理有关手续，同时，房主还往曾奇怪的卡里打了十万元。曾奇怪问老板需要多少中介费，老板说一千元。结果，却是老板往他的卡里打了一千元。曾奇怪乐坏了。

住进不花一分钱，还倒进一笔钱的房子，曾奇怪笑得差点岔了气：这幸福岛简直就是人间的天堂！以后，我要当神仙！此后，曾奇怪每天都不干活，就是吃吃喝喝，逛街购物，乐此不疲。他想，只要我消费得越多，收入也就越多。看到别人干活，他就觉得别人真是傻到了极点：干活还要给别人钱，却干得不亦乐乎，一个字：蠢！两个字：真蠢！三个字：蠢蠢蠢！

新的一年到来，岛上发布了财富排行榜，曾奇怪以四十万元的财富名列榜首。曾奇怪乐了：才来半年，我就成了岛上的首富。不过，他却发现大家看他的眼光充满鄙视。邻居告诉他：财富越多的人，说明这人享受得越多，奉献得越少，这样的人，大家都瞧不起。一个人，不光要懂得享受，更要乐于奉献。曾奇怪这才发现，那些最开心的人，却是财富为负数的人。

原载 2016 年第 5 期《野马渡》

大秧结大稻

晓　晓

一场大病，让临近退休的痤爷的父亲，心不甘情不愿地断了气。临死的时候，一再交代家人，尤其是痤爷，一定要娶一个像样的高高大大的女人做老婆。

大秧结大稻。这是痤爷的父亲活着时，时常挂在嘴上的一句话。也难怪，他自个儿虽说不出众，倒也与人一般上下，家在城郊，在工具厂上班几十年，人缘口碑都不错。可儿子一出世，立马矮下去了三分。儿子矮不说，还又黑又瘦小，一脸的疙瘩，一块印痕在额头上横贯东西，像挨了一鞋掌，落下个红色的大疤。痤爷的雅号就是这么来的，真名实姓倒没人叫了。这样的形象，扫上一眼，就不想再看第二眼，除非姑娘瞎了眼才会看上他。家境再好有啥用，过日子得天天面对人呀。

唉，只怪老伴太矮小。矬爷的父亲意思很明确，正因为儿子这样，才一定要找一个像模像样的高高大大的女人，要不，那结出的果子不成歪瓜裂枣才怪。

早先偶尔还有残疾的老姑娘或者半道死了老公的苦难寡妇，应个声，父亲一死，值得炫耀的家中唯一的端铁饭碗的人没了，更少了吸引力。一晃，就是三十岁的人了，一家人急得团团转。

已牵了几回线，也得了不少好处，但一直没成正果的姨娘，给出了个主意。到老远的大山里面找，让别人代替相亲，等婚一结，不成也成了。反正也不像附近，能事先了解到真实情况。

这主意还真奏了效。本庄的堂兄弟去相的亲，很标标致致的姑娘，少说也有一米六，叫梅花。家里很穷，已是大龄的哥哥，还等着妹妹的彩礼钱找媳妇。订婚时，也是堂兄弟出面，偶尔来一趟也是。里里外外都好言好语加好处，给堵了嘴，也乐得个助人为乐，瞒了个铁紧。直到热热闹闹娶进门，匆匆忙忙往新房里一推，盖头没揭就黑了灯，矬爷把生米煮成了熟饭。

第二天一早醒来，梅花吓得衣衫不整地就冲出了房，不知道怎么回事。一家人早有心理准备，全围了上来，你一言我一语地开始劝。这一劝，梅花才知道了真相，眼泪一把，鼻涕一把，手舞脚踩，恨不得一头撞在墙上死了。那个羞呀，捂着脸，不敢见人。

三朝回门取消了，打个电话，编了个理由。梅花被关在房里，房门紧锁，寸步不离人。矬爷送一回饭，饭碗被打碎一回；跪上一次，就被梅花揪头发蹬板脚一次；房里的被子衣服被撕得稀烂，东西也都砸得没一件完整的；这样一闹就是半个月，没力气了，也没精气神了，才慢慢缓和下来。

也的确是那个理。爆竹一响，嫁出了门，大姑娘的身子也破了，还能怎么折回头？说出去，会被人笑死。只能怪自己傻，认命吧，就是跟个明星，也是过日子。理慢慢梳理清了，心头的气还在，对矬爷是想打就打，想骂就骂，想不让上床就不让上床。看见矬爷和别人闹矛盾，火上再浇点油，非鼓动得别人对矬爷动手不可，越狠越开心。

矬爷自知理亏，全都认了，再打再骂，笑嘻嘻面对，百依百顺地哄，啥话都听，连起夜的痰盂子都是他倒。一家人也睁只眼，闭只眼，什么事都顺着，这好不容易娶进门的人了，再怎么着也得守住。还指望着结大稻呢。

梅花一听到大秧结大稻就来气，就上火。那天看到代为相亲的堂兄弟，心里像是醋瓶酱油瓶一起打翻了，不是个滋味。突然地，有了个主意，上前笑盈盈地打招呼，套近乎，把堂兄弟唬得像小鸡打昏了头，脑袋想痛了也想不出原因。

从那开始，梅花盯上堂兄弟了，瞅着空子就凑上去。一起上个街，买个什么东西，比跟烨爷在一起的时间还多。再好的男人也经不住勾引，自然而然地，两人就暗地里成就了好事。

梅花怀孕了，全家人兴奋得一塌糊涂，众星捧月一样，比对女皇还恭敬。等的就是大稻呀。一个漂漂亮亮的女娃子出世了，人见人爱，那爆竹放得，比烨爷结婚时还多还响亮。梅花也高兴，暗地里高兴，积压在心里的那股气，这才散发出来。

天有不测风云。孩子刚满一周岁，一场大病落到了梅花身上，跑了好几家医院，也没治出什么效果，倒把一点家底全掏空了。烨爷跑前跑后，比服侍父母还用心，人更黑更瘦，但一句怨言都没有。

躺在病床上的梅花，没了活下去的信心，眼瞅着丈夫不分白天黑夜地服侍自己，不顾一切地奔忙，心里格外地酸，泪水止不住地往外涌。咬咬牙，梅花叫住了丈夫，一只手搭在烨爷的手上，泪水也滴在了两只手上。

治不好了，别再费心吧。我，我对不起你！烨爷说，是我对不起你，害了你。无论如何，我要把你治好。梅花摇了摇头，说，我不是人呀，孩子不是你的。可没想到的是，烨爷非常平静，像与己无关。好一会儿，烨爷叹息一声说，我知道。不能怪你，要怪，只怪当初我骗了你。我们好好治疗，等你病好了，你要是愿意，我们再生一个好了。

这一下，梅花由无声地流泪突然转变为号啕大哭，搭着的手改为了攥，死死地嵌进丈夫的手里。指甲已经陷进了肉里，但烨爷没觉出丝毫的疼。

原载 2016 年第 5 期《奔流》

出狱的日子

王明新

今天是他出狱的日子，两个女人来接他。50多岁的女人是他母亲，30多岁的女人手里抱着个一岁多的孩子。他先拥抱了母亲，然后走到那个30多岁的女人跟前，单膝跪地，深情地说：如果你不嫌弃我，我愿用我的后半生弥补我对你造成的伤害。

要不是那次意外事故，30多岁的女人和这个男人并不相识。

与这个男人相识的时候，30多岁的女人的孩子还在肚子里。孩子出生后，6个月大的时候患了感冒，她抱着孩子去医院看病，在3楼的楼梯上，她看见50多岁的女人手里拿着几张化验单匆匆往楼上走，其中一张化验单从50多岁的女人手里滑了下来，飘落在楼梯上。她弯腰捡起，不经意扫了一眼，"乳腺癌"几个字让她一惊，她急忙去追50多岁的女人。这时50多岁的女人进了门诊室，一个医生对50多岁的女人说，现在是手术的最佳时机，当然做完手术还要化疗，如果你不肯做，我就没办法了。50多岁的女人说，有没有便宜点儿的办法？医生不客气地说，这种病哪有便宜的办法？是命重要还是钱重要？现在不做手术，一旦癌细胞扩散就来不及了，你要想清楚。

可是，唉……50多岁的女人嗫嚅着说。

30多岁的女人再也听不下去了，她冲过去对50多岁的女人说，大姐，看病要紧，如果是钱的问题，我把那些钱退还给你。

50多岁的女人愣了一下，看清来人后说，妹妹我知道，我们给你造成这么大伤害，是那点儿钱无法弥补的，你孩子还小，往后用钱的地方多着呢，我决不能用你的钱，我再想办法吧。说完，50多岁的女人就匆匆走了。

30多岁的女人放心不下，过了几天去看望50多岁的女人。几经打听，她终于找到了50多岁女人的家。50多岁的女人住在一间低矮的平房里，见是30多岁的女人来看她，50多岁的女人从30多岁的女人手里接过孩子，两个人坐下唠起了家常。50多岁的女人告诉她，原来的房子卖了，现在的房子是租的，她男人喜欢喝酒，患肝癌去世，她男人死的时候，她儿子还在她肚子里。她是个清洁工，每天一早去扫大街，下午和晚上去一家饭店包水饺，好不容易把儿子供到大学毕业并有了工作，谁知道竟出了这么大的事。

唠着唠着，两个女人都哭了。

第二天，30多岁的女人就去医院给50多岁的女人交了钱，50多岁的女人做了手术，30多岁的女人每天都去医院看望50多岁的女人。后来，50多岁的女人出了院，30多岁的女人就去50多岁的女人家里照顾她，为她做饭，陪她去医院化疗。50多岁的女人不放心服刑的儿子，想给儿子写信，但刚刚做完手术的她，写信有点吃力。30多岁的女人就为50多岁的女人代笔。儿子回信了，50多岁的女人就拿出来让30多岁的女人看。字里行间，30多岁的女人看出50多岁的女人的儿子是个孝子，也是个好人。50多岁的女人没告诉儿子做手术的事，但儿子每次来信都要母亲不要太辛苦，扫马路的时候注意来往车辆，他一定好好表现，争取早一天出来，等他出来就不让母亲这么辛苦了。他还不止一次让母亲去看望那个被他伤害的女人，说等自己出狱后，要尽自己的能力去帮助那个女人。

信写了一封又一封，30多岁的女人对50多岁女人的儿子了解也越来越多。有一次，30多岁的女人在为50多岁的女人代完笔后，忍不住单独给50多岁的女人的儿子写了一封信，告诉她自己是谁。男人很快就给她回了信，对她为自己母亲所做的一切表示感谢，并说他出狱后会加倍偿还。原来50多岁的女人去监狱看望儿子，把这一切都告诉了他。

从此，30多岁的女人与这个男人开始了书信交往，三天一封，两天一封，甚至一天一封。

终于到了男人出狱的日子。

面对跪在自己面前的男人，30多岁的女人百感交集，一年半前，就是这个男人，在公司加了一夜班，在回家的途中因为疲劳驾驶将自己的男人撞死。

30多岁的女人将男人扶起来，两个人紧紧拥抱在一起。

原载2016年第8期《东方剑》

回 家 过 年

蒋先平

小年上午，工地四面漏风的宿舍里，老刘佝偻着身子，身上横着一床破被半躺在板铺上一边抽着烟，一边听着收音机。

找点空闲，找点时间，常回家看看……听着听着，老刘的眼睛有点湿了。老刘索性坐起身，伸出手，啪的一声把唱得正欢的收音机关了。

老刘离开老家来这里打工快一年了。媳妇常年有病，孩子又考上了大学，家里二十多亩地的收入光孩子上学的花销都不够，更别说给媳妇看病买药了。无奈，从来没有外出打过工，更不愿扔下有病的媳妇外出打工的老刘，还是坐了两天两宿的火车，来到建筑工地，成了一名老打工仔。

刚干活儿那阵，包工头跟大伙儿说了，管吃管住一天给一百五十块钱，工资一个月一算。

果然，干满了一个月，老刘就领到了四千五百块钱。邮家里四千块，剩下的五百块钱老刘放到了贴身的兜里，留着买个牙膏啥的做零花钱。

老刘干活不惜力气，也不舍得请假歇工。他盘算着，到过年回家时能干上十个月，扣除买烟、牙膏和手机费零花钱能带回家四万块钱。这样，孩子上大学一年的费用和媳妇的药费都够了，还能有余钱好好地过个年呢。

谁知，第二个月开始包工头就拖欠工资了。包工头说老板资金暂时周转不开，工资下个月一块儿结算。就这样一拖就是一年。刚进腊月工地就没有活儿了，原本拿到工资就可以回家过年了，可老刘和工友只拿到了第一个月的工资，每个人还差四万块钱工资没到手呢。

老刘和工友天天找包工头要钱，包工头只好领着大伙儿找老板。老板打开空空的皮包，无奈地说，开发商的新楼没有卖出去，他没有给我结账，我就没钱给你们开工资啊。老刘他们跑到当地政府上访，电视台还来了记者采访了他们。后来在政府协调下，包工头和老板一块儿给大伙儿立下了字据，答应明年开春一定偿还欠下的工资。

工友都垂头丧气回家过年了。老刘没有走,他找到包工头说,我想留下来照看工地。包工头高兴地说,好,好,你看工地,我就不用雇短工了。你白天经管一下设备,晚上睡睡觉,吃喝我全管,一天给一百块钱。

老刘算了一下账,回家过年来回路费得七百多块,在这儿看一个月工地,也不用干啥活,能挣上三千块钱,虽然不能回家过年,但多挣三千块钱也值了。

老刘给媳妇打了电话,说工地忙,春节不放假,过年就不回去了。老刘还跟媳妇说,老板说了过年那天干活还给加工资呢。

就这样老刘一个人留在了冷冷清清的工地上。

老刘在板铺上迷迷糊糊睡着了,睡梦中老刘回到了家里,正过年呢,他和媳妇孩子正坐在热炕头上准备吃饺子。这时老刘兜里的手机响了。该死的电话!醒来的老刘嘟囔着掏出了手机。

是快递员打来的电话,让他到工地大门口取快件。

老刘跑到大门口,从快递员手中接过了一个硬纸袋。谁寄来的东西呢?老刘边往回走,边打开了纸袋。

从纸袋里掉出了一张火车票和一个身份证。

老刘捡起车票和身份证,一看是自己的身份证,火车票上印着自己的名字,是从这里回家的车票。

一定是儿子寄来的。前几天,放假在家的儿子打电话要去了老刘的身份证,说办医疗卡村里着急用身份证。也没让他给买回家的车票啊,怎么寄来一张车票呢。老刘嘀咕着。

老刘掏出手机想问问儿子,巧的是,儿子打来了电话。

爸,收到我给你寄的快件了吧?

收到了。你让我往家里寄身份证就是为了买火车票吧?谁让你给我买火车票啊?不是跟你妈说好了吗,过年加班我不回去了。

是我妈让我要来你的身份证的,我妈说在电视上看到你了,知道你没有拿到工钱,身上没有钱,我妈让我去县城给你买了车票。我和我妈算好了,年三十儿下午你就能到家,半夜咱们一家人就能团团圆圆在一块儿吃上年夜饭饺子了。我妈说了,有钱没钱,都要回家过年啊。

一行清泪从老刘的脸上滑落下来。

擦了擦泪，老刘笑了。他在空旷的工地上大声地喊着，回家！回家！有钱没钱，都要回家过年啊。

原载 2016 年第 3 期《微型小说月报》

戚阳的癖好

万 芊

戚阳有个癖好，就是喜欢皮鞋。在戚阳老家陈墩镇的方言中，有一种特定的称谓，就是某物加"斯"，有另一种含义。比如，戴眼镜的，称"眼镜斯"，那便是对戴着眼镜挺斯文的一类人的尊称。还有，常穿皮鞋的，称"皮鞋斯"，那是对穿着皮鞋有钱有地位有威望的一类人的尊称。

戚阳小时候，家里没有一个人穿得起皮鞋。爷爷是渔民，爹妈、叔伯、姨婶也都是渔民。渔民除了赤脚，就是穿草鞋，布鞋也难得上脚。

戚阳跟爹去镇上卖鱼时，看见过人家穿皮鞋的，黑色的牛皮面擦得铮亮，也有在皮鞋底上钉上鞋钉的，在窄窄的石板街上一路走去，一路脆响。穿皮鞋的人，衣裤也讲究，裤缝笔挺，裤管半罩着皮鞋面，走动时皮鞋面的光亮若隐若现。戚阳知道，这就是人家说的"皮鞋斯"。"皮鞋斯"走路往往不紧不慢、有模有样。一路上，有不穿皮鞋的人挺客气地跟他打着招呼。戚阳眼里瞧着，心里在想，这"皮鞋斯"一定不是普通人。

到了 13 岁，戚阳考上了镇上的中学，成了住校生。在学校里住了几天，戚阳便发现，他们学校有两个"皮鞋斯"。一个是他们的校长，新中国成立前的老干部，山东大高个，个儿高皮鞋也大，黄色的翻毛皮鞋，几乎是一踩一个坑。校长挺威严，哪个班级上课纪律不好，只要窗外传来校长大皮鞋的声音，学生们定会一下子变得很规矩，闹声全无。另一个，便是他们的物理老师。物理老师常年穿着黑色的牛皮鞋，每天擦得一尘不染，头发也梳理得忒考究。戚阳听同学讲，物理老师是复旦大学的高才生。物理老师讲物理，忒精彩。戚阳最喜欢的功课就是物理，在一篇《我的理想》的作文里，戚阳就写，我的理想是当一名物理老师。其实，谁也不知道，戚阳做梦也在想，有朝一日自己能像物理老师那样整天穿着锃亮的皮鞋，神气地走来走去。

事实上，读中学六年，戚阳才穿过三双鞋。他读书特别好，为奖励他，他娘从少得可怜的钱里省下来请人做过两双鞋。戚阳非常爱惜，平时不常穿。另一双，是初三时，校长破例给他奖了一双白球鞋。这双白球鞋，他一直穿到高三毕业。

高考时，戚阳如愿进了复旦。

在复旦，戚阳见好多同学穿皮鞋。有一回，他不经意地问一位新买皮鞋的同学，同学的回答吓了他一身冷汗。即使他省吃省用几年也买不起这双皮鞋。

毕业后，戚阳直接进了一个大机关。工作第二年，戚阳终于穿上了用自己的工资买的第一双皮鞋。皮面虽粗，但挺结实。春节回家，戚阳穿着这皮鞋。当年的伙伴见了挺羡慕，都说，戚阳也成了"皮鞋斯"了。

戚阳挺努力，仕途也挺顺利。股长、科长、处长、副厅长，几年就升个一级或半级，手里的权力越来越大。权力大了，钱也多了。钱多了，戚阳对皮鞋内心的窃爱，更是超越了当年。他对皮鞋品位的追求，也越来越高。有一回出国，在人家机场过安检时，戚阳窝了一肚子的气。那安检设备，老外过时不叫，他过时就叫。人家让他脱了皮鞋过安检，安检设备也不叫了。这事对他打击特别大。此后，他再也不穿国产皮鞋了。每次出国，他总喜欢逛人家的皮鞋专卖店，几年下来，他家的鞋柜里已经是名鞋荟萃。就连意大利的朗丹泽、伦敦的约翰·罗布、意大利的菲格拉慕、英国的 Dr. Martens，他也有。有的皮鞋，抵得上一辆小轿车。其实，只有真正渴望的人，才会舍得掏钱买这些踩在脚下的奢侈品。而随着职务的攀升，戚阳的钱已经多得足以拥有世界上顶级品牌的皮鞋了。

当然，戚阳也不是每天都穿这些高端皮鞋的，他也买些比较实惠的不张扬的皮鞋，下基层进工地时穿。每次，在媒体前亮相时，戚阳总是很朴素，包括穿一些很旧的备用皮鞋。

只是谁也没有料到，戚阳会被立案。他是直接从一线工地上被纪检和司法人员带走的。带走后，再也没有出来。这让戚阳很沮丧。他最沮丧的还是那双为了上工地而专门穿的旧皮鞋。没有自由、无所事事的日子里，戚阳一直望着自己的旧皮鞋发呆，自己似乎再也不是陈墩镇人眼里的神气的"皮鞋斯"了。

一日，同监里，收进一名酒驾老板。两人一照面，都说似曾相识，后回忆了几次饭局，居然一起喝过酒。最让戚阳把控不住的是这位酒驾老板脚上的皮鞋。戚阳问，若我没猜错的话，你这皮鞋是丹麦的ecco，国内叫爱步。酒驾老板一脸惊喜，说，正是，没想到，在这小地方，还会遇上您这样有品位的人。戚阳又说，这是今年的新款，价位在2500元人民币上下。酒驾老板愈发惊喜，是的是的，我上个月去迪拜时买的。两人因皮鞋有了共同语言，一下子变得非常投机。

关押的日子到了，酒驾老板将重新恢复自由。临走时，戚阳非常委婉地提出，能不能看在他喜欢皮鞋的份儿上，把这皮鞋留给他。酒驾老板也是个豪爽之人，二话没说，把自己的ecco留了下，穿着戚阳平时装样子的旧皮鞋离开了。

只是，穿着别人的皮鞋，戚阳还是浑身不自在。

原载2016年第8期《小说月刊》

酒 醒 之 后

凌君洋

酒醒了。

张老板怎么也没料到，自己竟然也吃了一回牢饭。醉驾，吊销驾照，拘留一个月。

他的心里交织着苦涩和委屈，本本分分做了大半辈子生意，把原先一家小小的作坊捣鼓成如今有着三四百人规模的工厂，着实吃了不少苦。想到自己这些年来从不走歪门邪道，奉公守法，按时纳税，还让厂里接纳了一些轻度残疾的人做些轻活儿，对这个社会不说是劳苦功高，但至少也算有所贡献吧。怎么就这样稀里糊涂地进来了？

张老板耷拉着苦瓜脸听狱警说了一遍看守所的纪律和作息，酒驾拘留可以不用剃头，听到这个，他原本揪着的心稍稍松了下来。自己的发际线随着年龄的增长越来越高，剃了光头怕是这辈子都长不回来了。

狱警将张老板带到二舍六间后说了几句例行公事的话后便离开了。常年在生意场上摸爬滚打的张老板多少有点看人的眼力，他瞅了瞅屋里的狱友们，连自己在内刚好是五个人，并没有什么面相穷凶极恶的人，而且都没剃头，也就是说应该都是和自己差不多的刑期，大概关个十天半月就能重获自由。

一位四十多岁的中年人和和气气地问张老板："您贵姓？犯什么事儿进来的？"

"免贵姓张，醉驾进来的，您说说，我遇到的这叫什么倒霉事儿，我呀，压根儿就没撞到人！这也要进来蹲着，我真是冤哪！"张老板一见有人跟他搭话，忙不迭诉起苦来。

想不到他这一诉苦，整个监房就跟炸了锅似的，一片哀叹声惋惜声，倒弄得张老板不明所以，中年人苦笑着解释道："连你在内咱一共五个人，倒是有四个都是醉驾进来的，进来的时候大家都跟你似的，都喊冤，还真是邪了门了，你倒说说你没撞人咋会进来？难道跟那小李一样，也是恰好遇到拦路检查的警察了？"

于是张老板便讲了一下他自己的事儿。

原来，周末那天，张老板开车去酒店招待生意场上的朋友，因为是周末，他便没让司机接送，原本想得挺好，酒宴结束后散步回家正好可以醒醒酒，谁想到酒过三巡，一个电话打来，说是工厂里发生工人斗殴，有人受伤流血了。吓得张老板立刻开车回去处理了，路不远，路上倒是没事儿，但醉眼迷离的张老板愣是开错了地儿，把车开到了隔壁的另一家工厂门前，下班时间，保安不放他进去，他就急了，你这保安怎么不给老板我开门？耽误我办事儿出了人命怎么办？当下骂了几句，那保安当即报警，张老板就这么稀里糊涂被拘留了一个月。

听完张老板的事儿，一屋子的人都乐了，中年人接过话茬："您呀，那不算什么，您是老板，等出去了一样该干吗干吗，伤不了筋骨，驾照吊销了也还有司机伺候着。"

张老板一听这话就不开心了："我冤哪，在这儿关一个月，耽误我多少生意？那俩打架斗殴的兔崽子才关一礼拜，为他们操心的我反而要关一个月，当然我是犯了错，但这也太……"

中年人安慰了一下张老板："法律嘛，就是这样铁面无私，犯了事儿，人人平等，您说您冤哪，其实我比您还冤，这摊上了就得认，自己闯的祸，又能怨谁？"

中年人介绍说，自己姓赵，是个基层的副科长，眼瞅着今年可以升个正科，现在出了这事儿，工作都保不住。出事儿前那天晚上，赵科陪领导接待客人，喝了个酩酊大醉，第二天一大早他老婆要他开车去机场接她父母来家里小住，赵科只能打着哈欠上了路，一晃神不小心和别的车发生了剐蹭，两方说不拢便报了警，警察来了之后闻到了赵科嘴里若有若无的酒味，便给他测了个酒精，想不到这隔了一夜，酒精也没散掉，这一测，算是彻底葬送了赵科下半辈子的仕途。拘留半个月倒是小事，但开除公职的处分足以让赵科失去自己的未来。

"我这上有老下有小的，没了工作，以后的日子简直没法想……"赵科说着说着，眼泪就掉下来了。

张老板听完赵科的这番遭遇，心中的不平和愤懑消散了不少，他忽然想起自己厂里那个看仓库的瘸腿老王，就是遇到别人酒驾才被撞坏的，他看着可怜才招了他，老王以前是电工，若腿脚好好的，应该能为厂子做不少事呢。

想到这里，张老板不由得长叹一声："严是严了点，说冤咱们好像也有那么点冤，但就和您说的一样，法律是铁面无私的，醉驾确实害人，我厂里就有一个活范例，咱们这些大老爷们儿，自己做的自己扛，出去后，喝酒不开车，开车不喝酒，生活上有啥难处，上××厂找我，力所能及的，咱一起把这个难关给过了。"

赵科擦了擦眼泪，点点头，他心里盘算好了，出去后，他想开一家广告公司，这严禁酒驾的公益广告，那是一定要好好做的。

原载中国方正出版社 2016 年 9 月版《醉清风》

蛔 虫

朱文彬

都说厉主任是林局长肚子里的蛔虫。厉主任听了大伙儿背地里的议论只是笑笑，心想，蛔虫，多恶心！还有那什么"狗头军师"也是，倒不如"心腹"："师爷""大内总管"等称呼来得文雅写意。

厉主任是局里的办公室主任,上至方针政策,下至扫把垃圾都要管。对了,厉主任虽人称"师爷",却是个女的。可别小瞧这巾帼女将,拼起酒来爷们儿也敌她不过,纷纷瘫倒在她石榴裙下。再说了,上上下下,里里外外,这厉主任都能弄得妥妥帖帖,稳稳当当。人才哪!

关键是,这厉主任成了精了,她能钻进人的肠子里去,把你所思所想都摸得清清楚楚、明明白白。蛔虫这名号,可不是浪得虚名的。

这不,林局长"除裤"(在当地方言里,"副"与"裤"同音),由副局长"扶正"的当天晚上,厉主任就安排了一张饭桌,是在毫不起眼的花木园艺场里,外面入口一关,这里就是神不知鬼不觉的桃花源,任你酒酣耳热、纵情声色也无妨,绝对安全。

林局自然是坐上首。席中早按官位级别落座,全都是林局长"除裤(副)"过程中的鼎力推手。厉主任居末座,出出入入跑前跑后的,她在这里的官位最小,但为林局长从忝副局长末席、被认为最没机会的角色一跃成为"正印"局座,她出了多少谋、划了多少策啊!

三杯酒落肚,第一轮小高潮过去,气氛稍减,这时厉主任变戏法般地拿出一盒东西交给林局长,是簇新、烫金的名片,上面"书记、局长"的名衔格外显眼。林局长一见眉开眼笑,说,下午才任命,晚上就发名片,小厉你这是什么速度?

厉主任说,正常速度,落实组织决定,不过夜。

一片欢呼声中,林局长用派对发新名片的方式,完成了他的局长加冕礼。

日子一天天过去,厉主任凭着她的蛔虫本能,帮林局长实现了他的一个个愿望:出访美、欧、俄,出版专著,树立林氏威权,开创工作新局面……

局长不在的时候,厉主任的高跟鞋敲打着局机关的走廊地板,凌厉张扬,风头甚劲。哪天要是厉主任的高跟鞋轻悄得像只猫儿一样,那准是林局长在局里,他喜欢静。

本来,林局扶正后空出一个副局长的缺,只要林局长一句话,厉主任就可以按组织程序"上位"了。但是林局长一直按兵不动,他葫芦里究竟卖的什么药?他肚子里的那条"蛔虫"这回也糊涂了,琢磨来琢磨去,仍是猜不明想不透,如何是好?

正面不行,厉主任就来个曲线救国——她不满足于做林局长肚子里的蛔虫,她还要做局长夫人肚子里的那条蛔虫。局长夫人在同系统里一个事业单位任办公室主任，厉主任就设法在系统内成立一个"妇女干部之家"的组织，开展的第一项活动就是出国考察妇女工作。局长夫人想去日本看樱花很久了，一直苦于没有机会，这回厉主任把"妇女干部之家"的出访方案递到局长手里，局长大笔一挥，"同意"，于是樱花之旅就成了。

浪漫的樱花温泉之旅回来，厉主任和局长夫人成了无话不谈的闺密。枕边风一吹，厉主任的"上位梦"也八九不离十了吧？

偏偏天意弄人。这林局长虽然有着不为人知的政治资源上的先天优势，却是个格局狭小的人。他一边享受着厉主任的"蛔虫式"贴心服务，一边又暗暗嘀咕着：这人精把你心思都摸透了，可不得了，这不等于赤身裸体毫发毕现地暴露在她面前吗？她要是哪一天心生歹意，我这小命还不是捏在她手心里？再说，做个办公室主任已经把手段玩得出神入化了，要再上位做个副局长，就是我原来的那个位子，不更不得了？位高权重，功高盖主，等她羽翼丰满，再联合别人来搞我一下，我又哪里是她的对手？

于是，厉主任还是过她的"蛔虫人生"，林局长还是做他的林局长，他扶正后留下的那个缺，被一个"空降兵"填了满，局机关，仍是一如既往地四平八稳运转着。

厉主任，这回瞄上了"空降兵"，决意要做他肚子里的那条蛔虫。不承想，新的蛔虫人生还未开始，她就被纪委请去喝茶了。

原载 2016 年第 7 期《佛山文艺》

二　　姨

王维新

二姨是一位终生勤劳，命运多舛的农村女人。自从丈夫去世后，她把儿子拉扯大，供他考上了大学。大四那年暑假，儿子回家来看望母亲，巧遇村里一个小孩在水库边玩水落入水中，为了抢救落水儿童，二姨的儿子奋不顾身跳入水中，孩子救上来了，他却落入深潭，再也没有上来。

儿子遇难后，二姨孤苦伶仃，侄女菊花就把她接过去一块儿生活。菊花在镇上的工厂里上班。她走了后，二姨觉得自己在家也没有什么事情可干，总不能吃闲饭吧。她拎了一个蛇皮袋，找了一个铁钩，出去捡垃圾，饮料瓶、黄板纸、泡沫板等，凡是能卖钱的废品她都捡，她以此想挣点钱贴补家用。

有一天，二姨在垃圾山里发现一个黑色的塑料袋，打开一看，她吓了一跳，心脏怦怦直跳，里面全是崭新的百元大钞。她从来没有见过这么多钱，怎么办？她犹豫了一会儿，把钱袋拎回家，等侄女回来。

侄女今天去公园相亲，是她师傅介绍的，对象是一个公司的职员，名字叫白杨。不大一会儿，侄女气呼呼地回来了。二姨一看这架势就知道没有看上人家，赶紧给她倒了一杯水，笑着说："没有相上不要紧，咱们再重新找。"侄女气呼呼地说："他就没有来！"

二姨坐在侄女跟前，对她说："告诉你一个好消息，我捡到钱了。"菊花愣怔怔地看着二姨，摸了一把她的额头："二姨，您没有发烧吧，大白天说梦话，是不是穷日子过怕了，想钱想出癔症来了。"

二姨站起来，从她的卧室拎出一个黑色塑料袋，打开放在侄女面前，整整20捆崭新的百元大钞。菊花的眼睛从来没有睁得这么大，她半张着嘴，半天说不出话来。

二姨告诉她在什么地方捡的。菊花突然哈哈大笑："真是天无绝人之路，我们成了有钱人了。"菊花搂住二姨说："咱用这些钱买一辆小汽车，我拉着您去旅游，让您去见见世面。您活了半辈子连火车也没有见过。"

"可是，"二姨说，"菊花，这钱不是咱们的，不能随便乱花。"

菊花说："你捡钱的时候，有人看见没有？"

"没有。"

"那就好办，这是天上掉给我们的馅饼。"

"不行，这种事情不能做。咱们平白无故的，哪来这么多钱，人家不会怀疑吗？"

"就说是您儿子的抚恤金。"

"我儿子的抚恤金早都还了欠账，谁不知道。"

他们两个正说着话，菊花的手机响了。她打开翻盖接听，只听是白杨打来的，声音很大："菊花，对不起，我去晚了，不是故意的。我告诉你，我摊上大事了。"

"什么大事？"菊花没好气地问了一句。白杨在电话里沮丧地说："我取了20万元现金，装在黑色塑料袋里，准备去给人家原料厂付货款，刚放到我的办公室地板上，老板打电话让我过去。我回来时，塑料袋不见了，问打扫卫生的阿姨，她说让她当垃圾给扔了。我不相信，我怀疑是她拿去了。我给你说一下，我要到公安局去报案。"

菊花合上手机，滚倒在沙发上："让他找去吧。"二姨听到了电话的内容，她又把袋子里的钱数了数，正好是20捆。她说："这些钱可能就是白杨丢的。给他送去吧。"

菊花翻身起来，严肃地说："凭什么说就是他丢的，也许他的钱真的被那个阿姨给黑了。再说，就算是他的，咱们不说，他们怎么会知道。"

"那，那这个对象你还要不要？"

"有了这20万元，我什么对象找不着，干吗非得找他啊。"菊花说着走进卫生间说她要洗澡。

二姨坐在那里，思想斗争很激烈，她总觉得拿了这个钱是不对的。她拿起菊花的手机，给白杨把电话打过去："你是不是丢钱了？"对方一个劲儿问她是谁，二姨说："你不要管我是谁，我捡到一笔钱，不知道是不是你的，你到街心公园的亭子里等我，我去和你对质，如果真是你的，我就给你。"对方连说好好好。

二姨轻手轻脚锁了门，提上钱袋来到街心公园的亭子里，有一个穿短袖衫的小伙子在那里焦急地踱步。

二姨走上前去问他："你叫白杨？"白杨非常惊奇："你怎么知道我的名字？"

"这个你别管，你只回答是或者不是。"

"是。您是？"

"我就是给你打电话的人，你告诉我你的钱有什么特征？"

"20万元，每1万元一捆，袋子里有取款小条，不信你看看。"

二姨在袋子里摸索着，找出了一个银行机打的小条子，让他说出账户号码，她一看没有问题，就把钱交给了他。

白杨感激地跪在了二姨面前："谢谢您谢谢您，您是我救命的活菩萨。"看到二姨简朴的穿着，估计家里生活也不怎么富裕。白杨取出两捆钱作为酬谢硬要塞给二姨。

二姨坚决不要，她转身就离开了。回到家里，只听卫生间的平板电脑还在放音乐，二姨回到自己的卧室躺在了床上。

卫生间门被打开了。菊花头发湿漉漉的，穿一身家居服出来了。她坐在沙发上，打开电视，正在选台。门铃响了，菊花起身前去打开单元门，白杨拎着两盒礼品走了进来。

"你不是去报案吗，跑来干什么？"

"报告你一个好消息，我的钱找到了，这天底下还是好人多。"白杨说，"我是过来给你报告这个喜讯，同时，为我的失约向你道歉。我第一次登你家的门槛，想请你的家人出去一块儿吃个饭。"

菊花说："我家就我和二姨两个人。"说着，去敲二姨卧室的房门。不一会儿，二姨走了出来。白杨大为吃惊："原来是你！"

菊花有点莫名其妙："你们两个认识？"

白杨说："岂止认识，她是我的活菩萨。"

菊花一时莫名其妙，呆呆地望着二姨，二姨笑了。

原载 2016 年第 6 期《财富》

蔺 大 晖

赵长春

蔺大晖也算是袁店河上下的一个奇人。

蔺大晖聪明。读书，他过目不忘。看戏，一场新戏，一遍后，出将入相，才子佳人，丫鬟相公，所有角色的台词、唱腔、手法、身段，他都能来一遍。有一年，袁店河年集上，有人设棋摊摆阵，应战者眼看要赢，设摊者悔棋，就乱了棋盘。争吵间，一旁观战的蔺大晖上前劝解说："听我说，刚才两位的棋局在我心里记着呢。事情总得有个公道……"就这样，蔺大晖凭着记忆，硬是复原了两人的棋路，从第一步到悔棋时，所有人心服口服。棋罢，蔺大晖腰一躬，接了赢者的赏钱，到杂货店买了麻油，趁着夕阳，回了丰山寺，在长明灯下读书。

那时候家穷，蔺大晖在寺里读书。读累了，就到袁店镇上转一转，缓缓头脑。寺破，香火不旺，住持无精打采，神像们也一个个灰头土脸。蔺大晖来寺后，每天坚持扫院子，上香，点起了长明灯。油快没时，蔺大晖就想办法，那住持也落得个清闲，只管敲木鱼。这样，丰山寺就有了些气象。住持怕蔺大晖想抢自己的位子，蔺大晖笑了，摇摇手中的《大学》，"放心。我两年后一定能中秀才。"说着，剔了一下灯芯，继续看书。

是的，蔺大晖是老辈子时的袁店河奇人，光绪三十三年（1907）中的秀才，两年后，宣统皇帝即位，蔺大晖以拔贡生的资格做了教谕。对此，丰山寺的住持说蔺大晖有神助。还是蔺大晖在寺里读书时的某一天，大雨，可是来寺读书的他一身干爽。住持说，当时他就站在廊檐下，眼瞅着蔺大晖远远地从雨中走来，走得不慌不忙，还左顾右盼。蔺大晖进了寺院，继续读书。住持实在忍不住，问蔺大晖。蔺大晖说，有人给他打伞，很大的伞。这样说着，住持瞥见了墙角的两个罗汉塑像，一个左肩，一个右膀，都有点湿润，就明白了什么，赶忙取过一块干布，轻轻擦拭干净……对此，蔺大晖不置可否，淡淡一笑。不过，丰山寺的香火在蔺大晖中秀才后就旺起来了。况且，蔺大晖后来又做了教谕。

教谕，官不大不小，主管全县的文庙、教化和生员教育。蔺大晖干得认真。不过也就是两三年后，1912年，大清国没了，"中华民国"成立了，蔺大晖竟然干起了县长。这也正常，国号换了，孙中山大总统还得保持地方稳定，得有人干活。口碑极好的蔺大晖就成了县长。

蔺大晖当县长了，全县的事儿都得管，回家次数就少了。少归少，不过，回家的规矩没有变：先问母亲安好，再见妻儿。也有些变了，给母亲的体恤多了。以往，无非是一包卤肉、半盒点心。现在，银圆，金链，怀表，天津卫的麻花，道口的烧鸡……如此如此。这些，老母亲也就是过过目，转身就叫儿媳过来，一一嘱咐或收存好，或一家老小分享。不过，有一天，儿媳突然给婆婆跪下来，说了下面几句话："妈，以后，咱得管管大晖……他的俸禄足够咱吃喝了。"

老母亲心头一震。

几天后的一个傍晚，蔺大晖回来，又是大包小包的东西。老母亲没有立即打开看，而是问起了前两天让老三给他捎去的十个猪蹄收到没有。老三是家里的一个使唤下人，很牢靠。可是，蔺大晖记得是八个猪蹄，他很爱啃的袁店河袁家烤猪蹄。蔺大晖一愣，心里一闪，赶忙谢母亲，"收到了，您忙吧。"就出了屋子，来到前院，悄然喊出了老三……

"冤枉啊，少爷，蔺大县长！老夫人给我的就是八个猪蹄啊！啊，你去再问一下，你先别打我呀……"听着老三的哀求，老母亲和妻子来到了前院，蔺大晖赶紧迎了上去，"妈，我替您管教一下老三！"

"大晖，你错了，就是八个猪蹄！"老母亲手指头哆嗦起来，"你是一县之长，可不能这样断冤案，更不能乱收人家的钱……你媳妇说得对：你的俸禄就足够咱吃喝了，咱得知足！"

蔺大晖身子一抖，差点跪了下去，被他媳妇扶住了。

从此，蔺大晖再没有往家乱带东西。

抗战时期，解放战争时期，蔺大晖一直做着县长。新中国成立后，他还当了两年县长。

原载 2016 年第 5 期《短篇小说》

灵魂的重托

厉剑童

他蛰伏在地道的出口处，肿胀的小眼睛死死盯着对面几十米远的那道铁丝网，像一条随时准备攻击的蛇。穿过这道铁丝网，再有几十米就是国界线。

等等，再等等……他反复告诫自己，不能冲动，千万不能……他强忍着，等待着。

他把重现了不知多少次的过往又在脑海里回放了一遍。如果说所有的人都能让他暂时放下，唯独有一个人他放不下，一辈子都放不下。他觉得他亏欠这个人太多太多，他想再见这个人一面，就一面。若是能对他亲口喊出那个憋了许久的字，也就了无牵挂了。

这个人是他叫了三十多年的叔——继父。

他知道，母亲带着他嫁给继父那年，他八岁，上小学一年级。继父待他比亲儿子还要亲，甚至为了他瞒着母亲做了节育手术。

继父待他恩重如山，他却从没叫过继父一声爹。

从科员到副科长、科长、副局长，一直到局长，他一路顺风顺水。他是继父最大的骄傲。每当有人提到他，继父的鼻子眼里都是笑。

每次回家，继父都有意无意地跟他讲历史上那些廉吏的故事，讲自己从电视上看到的那些出事官员的新闻……他知道继父的良苦用心。可大权在握的他还是没能把持住自己，做了金钱和美女的俘虏，并且不能自拔……

他每天胆战心惊，生怕哪一天东窗事发。

就在一个月前，嗅觉敏锐的他意识到情况不妙，他只身一人，带着500万元巨款，匆忙连夜潜逃，像过街老鼠昼伏夜出，东躲西藏，一直跑到这边疆小城一个人烟稀疏的偏僻小山村。

他对这里并不陌生。小山村对面几百米处就是边境线，那里拦着一道铁丝网，有边防兵巡逻。他在这个废弃的村子里，找到了那座熟悉又陌生的颓败的老房子。那是他姑家的房子。他小时候来过几次，还意外地发现了这座房子的东山墙下，有一个很深很深的地道。他曾好奇地走进这个地道，发现地道的出口就在距边界线几十米处的一道山沟里。姑姑告诉他，这是姑父家当年为躲鬼子修的密道。姑姑还告诉他，除了他，没有第二个外人知道这个地道。而姑姑早在十几年前去世了。

一连多日，他吃喝拉撒睡都在这里，一边养精蓄锐，一边等待机会，试图越过事关生死祸福的那道铁丝网。他必须得过。可远处的边防巡逻兵让他不敢轻举妄动。

几天的休整让他的大脑稍微放松了片刻。

不能再犹豫了。

他心意已决，今天，今天必须爬过这道铁丝网，不然夜长梦多。

鬼使神差，他脑子里再一次浮现出和继父在一起的一天天、一幕幕：继父用自行车驮着他送他上学；和他在院子的桂花树下一起品茶；周末一起在葡萄藤下的小石桌上小酌……

他觉得心里暖暖的，很温馨，久违的笑意油然泛上他的脸庞。

如今，这一切都将一去不复返了。可他固执地想再见继父一面，完成当面喊他一声爹的念头。

现实让他觉得这只是一个梦。

他重重叹了一口气。

就在这时，几名警察从天而降，一个个铁塔一样屹立在他的前面，他急忙转过身，可后边也被一堵人墙堵住了。他没有任何退路。他蒙了，呆了，傻了。完了，一切都完了。他颓然地垂下那颗曾经傲视一切的头颅，将一双手伸了出去。

其实，他知道会有这么一天，只是没想到来得这么快。一个疑惑牢牢占据他的心。这个地道除了他再没人知道，警察是怎么找上门的？难道是自己哪里不小心留下了蛛丝马迹？他反复回忆着出逃的每一个细节，却始终找不到答案。

当警察带着他走出地道，迎面看到坍塌的墙根下站着的那个人时，他一愣，旋即明白过来，是他——是养育他几十年把他视若己出的继父亲自将警察带到这里来的！蓦地，他想起小时候那一次自己曾绘声绘色地向他介绍地道探险的情形，可万万没想到……他红肿的眼里喷出熊熊的火焰。

他恨恨地盯着他。他从他身边擦肩而过的一刹那，他忽然高高地举起手。他下意识地往一边一躲，却发现那只手没有落在他的脸上，而他手里却多了一根枯草。那是他从他头发上摘下的一根枯草。

他心头一热，两行豆大的泪珠滚落下来。他下意识地停住。朦胧中，他看见眼前的他是那么瘦小，头发凌乱着，头顶像戴了一顶白帽子。他嘴唇、两腮哆嗦着，牙齿打着战，一只眼睛红肿着，默默看着他。他的一条腿歪斜着站着，好像随时都可能跌倒。

片刻，他缓缓转过身，对着他，嘴巴哆嗦着，张了两张，喊出的却是一如既往的一声：叔！他哽咽了。扑通，跪在他面前，重重地磕了三个响头。警车载着他，顶着寒风，鸣叫着，朝远处驶去……

他被扬起的尘土裹着，一言不发地站在那里，目光茫然地看着卷着尘土远去的警车，他像沉睡了许久似的，一下子清醒过来，猛地往前跨了两步又倏地停住了，霎时，一行混浊的泪水从那只老眼里汩汩流出……

他喃喃自语，老赵啊，老赵，兄弟我对不起你，想当年你我并肩作战，却被犯罪分子暗算，我毁了一只眼、一条腿，而你却为我挡了一枪，牺牲了自己的生命……我对不起你啊，辜负了你的重托，没有照顾好你的儿子，不，咱们的儿子，我有愧啊，等到了你那边咱俩再和以前那样，一起大碗喝酒，让我当面向你道歉……可今天的事，我只能这么做，因为你说过，我们都是纪检人……

原载 2016 年第 1 期《小说月刊》

化 妆 师

郭焕平

　　星期四下午放学的时候，老师说本周六开家长会，要求家长带笔参会，会场上要做一份关于家庭教育的试卷。老师强调，尽量让爸爸妈妈来参加，爷爷奶奶知识水平普遍不高，答题不规范，影响班上整体成绩，最好不要叫他们来。

　　瑶瑶不怎么高兴，回到家里也是板着一张脸。爸爸是个长途货车司机，到很远的地方送货去了，四天后回来。瑶瑶想起了妈妈。说是想起，其实对妈妈也没有深刻的记忆。从四岁算起，妈妈就出去了。四年了，妈妈没回来过。瑶瑶问过爸爸，妈妈在哪里？爸爸总是回答，妈妈在一个很远的地方做生意，等赚够钱，能买一套大房子了，就回来。

　　瑶瑶拨通了那个电话，喂，是妈妈吗？我想妈妈了！

　　对方传来一口标准的普通话：

　　是啊，瑶瑶？妈妈也想你，等妈妈赚到很多钱了，回来就给你买一套宽敞明亮的大房子住。

　　妈妈，后天开家长会，老师要求妈妈去，不要爷爷去。

　　那叫爸爸去啊？

　　爸爸送货到很远的地方去了，后天不能回来。

　　瑶瑶，妈妈求求你，再原谅妈妈一次，下次开家长会，妈妈一定回来。

好的，妈妈。

瑶瑶，在家要好好学习，等你考试得到 100 分了。妈妈一定回来看你。乖，快九点了，赶紧上床睡觉。

好的，妈妈。

周六早上，瑶瑶和爷爷走到学校门口时，瑶瑶说，爷爷，到教室了，你就说是我爸爸，千万不能说是我爷爷。

爷爷不知怎么回答，转过身子，一串泪水滚落下来，只好悄悄地用袖口擦掉。

一个月后，期中考试卷子发下来了。

看着试卷上的 100 分，瑶瑶高兴得像一只小兔子，连蹦带跳跑回了家。

喂，妈妈，我告诉你一个好消息，这次考试我语文得了 99 分，数学得了 100 分。

瑶瑶真棒，但不能骄傲哟，要继续努力啊！

对了，妈妈，我们班上琪琪考试不及格，她妈妈打她屁屁了。

瑶瑶要是考试不及格，妈妈也会打你屁屁的。

那我一定要好好学习。老师说下周六开家长会，妈妈一定要回来哟！

周六，到了家长会时间。

早上七点，瑶瑶来到学校大门口等妈妈。一直等到八点半，来了一位浓妆艳抹的女子：石灰一样白的脸，漆黑的浓眉，乌黑的眼眶，猩红的嘴唇。

女子喊瑶瑶。瑶瑶不敢答应，害怕是骗子。

女子用普通话说我是妈妈，是妈妈呀！

瑶瑶还是不敢确信，问女子，那你知道我的生日吗？知道我爸爸的名字，还有爷爷的名字吗？

女子全都用普通话做了正确回答。

瑶瑶又问，妈妈，你为什么要化这么浓的妆啊？我们班上同学的妈妈都不化浓妆，他们会笑话我的。

女子说，妈妈是化妆师，这是妈妈的职业呀！难道妈妈不够漂亮吗？

瑶瑶没回答，反正不再追问了。

半年后的一次单元测验，瑶瑶全都不及格。老师急了，通知瑶瑶家长去学校交流意见。瑶瑶叫老师通知妈妈回来。老师给妈妈打通了电话，说明了情况。妈妈答应回来。

瑶瑶回家没给爸爸说。再次打电话要妈妈回来。

三天后，妈妈来到了学校。还是浓妆艳抹，还是一口标准的普通话。

老师先是劈头盖脸地把妈妈教训了一顿，说天下哪有你这样的妈妈，一点责任心都没有，连自己的孩子都不管。妈妈愣着不说话。

瑶瑶看见妈妈挨了老师的批评，连忙说，老师，这次测验我是故意没把题目做完的。

老师问为什么？

瑶瑶说，妈妈说过，我要是不及格，妈妈就会回来打我屁屁的。

老师转过身又将妈妈教育了一番，说你这当家长的只顾赚钱，不管娃子学习，还配当一个妈妈吗？妈妈愣着，一句话都不说。

老师说，瑶瑶以后不准再胡闹了，要做一个诚实的孩子，快，上课去。

瑶瑶说，只要妈妈经常回来看我，我就一定不撒谎。说完，亲了妈妈一口，上课去了。

瑶瑶走后，女子说，老师，其实我不是瑶瑶的"妈妈"，我是瑶瑶的小姨。

老师问瑶瑶的妈妈呢？

女子说，瑶瑶的妈妈是一名警察，在四年前执行一次公务时，倒在了劫匪的枪口下，再没爬起来，为了让瑶瑶有一点念想，我们一直瞒着她。

老师愣着，好久都不说话。

原载 2016 年第 8 期《山东文学》

灯　　事

顾聚星

冯二在大连打工半年没有回家了，他非常想念媳妇凤燕。凤燕长得白白净净，就是脾气有些火辣。这几天恰巧工厂检修机械，他便有机会回家一趟。

想到回家，他心里像装满了糖罐子，怎么想怎么甜。在回家之前，他冒着海风到海边拾了一些海鲜等海物，他知道凤燕喜欢吃这些。在他起身之前，他拿起手机准备给凤燕去个电话，可他立即把手机放下了，他笑了，心想不告诉凤燕，看看凤燕见他突然回来，是一种什么样的惊喜？

冯二坐了一天一夜的火车，晚上八点终于下了车。

冯二越走离家越近，可是当他走到自己的房前时，屋里没有灯光，院子黑黑的一片。冯二想凤燕可能图省电闭灯了。

正在他想的当儿，窗子忽地一闪灯亮了，冯二顿时高兴起来。他要走进院子的时候门突然开了，接着走出一个男人来。冯二一惊急忙躲到仓房的后面，夜风很大，呼呼地刮来。这个男人走过仓房时，冯二看清楚了，是村长王喜军。冯二满心的喜悦一下子滑了坡。他想，村长这么晚来我家做什么？一想跟才闭灯的情景，他的火气一下子蹿到了头顶，他不知怎么推门进了屋。

凤燕正在找着电视节目，她见冯二进屋了一惊，问道："你怎么回来了？"

冯二脸色大变，喘息着说："怎么，怕我回来啊？"

凤燕说："你说什么啊？"凤燕的脸色也有些变了。

冯二手哆嗦着说："你装得挺紧啊，我问你，王村长到咱家来做什么，我见到咱家灯闭了，不一会儿又亮了，王村长就从屋里出来了？"

凤燕一听这话，两眼立即流出了泪水："你想要做什么，他来了又能怎么样？你怎么能随便就诬赖人……"凤燕话还没有说完，伸手就给冯二一个嘴巴子。

冯二想，你招男人还敢打我，性急之下他一回头见到了擀面杖，顺手就操了起来，重重地落在了凤燕的脑袋上。生气的时候下手很重，冯二却没有觉出来，凤燕一句话没说就长拖拖地躺在了地上。

这时邻居听到了打架声，过来一看凤燕吐白沫了，冯二站在一旁傻眼了。邻居们问："你咋把凤燕打成这样？"

冯二这时清醒了，吞吞吐吐地说："我、我家的灯闭了，我没有走进院子灯就、就亮了，不一会儿王村长就从屋里出、出来了。"

邻居们一听，明白了，是难以启齿的事。于是邻居们叹口气说："那你也不该下这么狠的手啊。"

邻居们把信儿送给了凤燕的妈妈，妈妈知道事情的原委后，哭着说："我的闺女作孽啊。"

凤燕很快被送进了医院，冯二被乡派出所带走了。

经过检查，凤燕大脑已经出血，生命非常危险。

乡派出所经过调查，知道了冯家的事祸起王村长。乡政府的领导非常气恼，可王村长委屈地说，他是去了冯二家，可事实并不像他们想的那样，于是他向乡领导汇报了事情的经过。可是两家人都不相信王村长的话，没有王村长走出冯家的门，就不会发生今天的事情。现在凤燕说不出话来，不能听一面之词。最后乡领导承受不了两家的压力，撤职了王村长。

王村长是四十岁的人了，又是退伍军人，他当了几年的村长还没有犯过错误。现在这么大的事意外地压在了他的身上，他感到非常委屈，没想到清廉的自己，竟然碰上了这样的事情。凤燕要是醒不过来，说不出实情，他浑身长嘴也救不了自己。

现在的情况是，凤燕躺在床上，冯二家没有钱，有钱能打工吗？贫困的农村都是穷底子，凤燕妈家也不富裕。虽然事情都怪在了王村长的身上，但是王村长没有就此沉默下去，他没有完全怪罪冯二，他想一个男人，见到自己家的灯闭了，又亮了，又从屋中走出一个男人来，搁在谁身上都受不了。于是王村长还是先救人，为了恢复自己的清白，他一定要帮忙治好凤燕的病，最后王村长张罗了两万元钱，给凤燕妈送去了。有了钱，凤燕转到了省医院。

在省医院，不几天传出了好消息，凤燕醒过来了，虽然她还不能说话，但她在病枕上流出了眼泪。又过了一段时间，凤燕终于说出来了话。

原来这天晚上，凤燕正在看电视剧《乡村爱情》，正看在节骨眼上，电一闪走了，屋中一片漆黑。凤燕以为走电了，可到外面一看，家家的电灯都亮着。她想是自己家哪条线路断了，可她不懂电。这时，王村长恰巧路过。凤燕赶紧叫住王村长说："王大叔，我家的电没了，你会修吗？"

王村长说："好吧，我检查一下。"

王村长进屋用手机的微光一查，是保险盒的锈丝断了，王村长很快就接上了，灯忽的下子亮了。

凤燕说声谢谢，王村长开门走了，就这样被回来的冯二碰上了。

王村长和凤燕说的情节对上了号，两家没有疑问，乡领导也非常满意，王村长又重新走上了工作岗位。

妈妈问凤燕："你怎么不先向女婿说明？"

凤燕流着泪说："我还没有来得及说，谁知他下手那么快啊。"

冯二早就从拘留所出来了，他说："都怪这灯灭了又亮了，我冤枉了王村长，又差点失去老婆。"

后来凤燕也觉得事情的巧合，也怪自己的脾气火辣，她原谅了他。

不久，两口子一起出外打工去了，俩人表示一定挣钱把王村长的两万元钱还上。

原载 2016 年第 6 期《小小说大世界》

五十五个信封

朱红娜

六月天，孩儿脸。刚刚还烈日炎炎，突然就乌云密布，狂风大作，掀起漫漫灰尘。

"下课。"老师一声令下，学生就像放飞的鸽子。有调皮的同学冲进操场，与豆大的雨滴亲密接触，尽情放逐童年的顽皮。

班主任邓老师在办公室备课，正准备下一节的课。

报告老师。邓老师抬头一看，是班里的何皓皓同学。

有事吗？老师问。

老师，我放在书包里的 200 块钱被人偷了。何皓皓慌慌张张，一副难过的表情。

哦，怎么回事？

放在书包笔盒里。今天不见了。

知道谁拿了吗？或者怀疑哪个了吗？

不知道。

老师，这钱是我妈前几天给我买鞋的，我没买到鞋会被妈妈骂死的。你一定要帮帮我，你就告诉我妈，说我的钱被人偷走了。何皓皓急得涨红了脸。

你不能亲自告诉你妈吗？

我妈不相信我的。求求你告诉我妈好吗？

你不想找回自己的钱了？

也不知谁偷的，不找了。何皓皓嗫嚅道。

邓老师定定地看着何皓皓，想从他脸上找出一些蛛丝马迹，但何皓皓一直低着头，不敢看老师。

这个一贯调皮捣蛋的学生今天似乎变了一个人。难道就因为 200 元钱？

不行，我一定要帮你找回来。邓老师很坚决地说。

课上，邓老师说，今天的语文课，我们就别开生面来上。今天不讲课，我先给大家讲一个故事。

同学们齐齐鼓掌。

很多年前，有一个学生，家里很穷，一天，同学们出去游玩，在游玩的时候，他捡到 10 元钱，当时 10 元钱是一个不小的数目，对他来说更是能起到很大的作用，可以买到很多自己一直想买而没买的东西。看看周围并没人注意到他，他赶紧把钱装到裤袋里了。一阵"咚咚"心跳以后，他装作若无其事的样子又跟大家一起玩了。后来丢钱的同学发现自己的钱丢了，急得哭了。那同学心里很不是滋味，很想把钱掏出来还给人家，但他始终没有掏出来，毕竟 10 元钱对他的诱惑太大了。但是，回去以后，他一直不敢花这 10 元钱。以至几十年后，这 10 元钱一直成了他的一个心结，也成了他人生的一个阴影。他，就是我的一个小学同学，那个丢钱的人就是我。他让我一定要把他的故事告诉我的学生。

邓老师语气沉重又严肃地说，今天，何皓皓同学的 200 元钱被人拿了。邓老师顿了顿，也不拿眼睛扫描全班同学，双眼向上，左手反复将短头发向后拢，若有所思。

同学们你望望我，我看看你，仿佛要看出谁是偷钱的人。

邓老师接着说，如果要找出偷钱的人一点也不难，只要把大家的书包和口袋翻一遍就可以了，很简单。但是，这样拿了钱的同学就烙上了一个小偷的印记。我为什么说拿而不说偷，就是因为你们还是孩子，见钱起贪念是难免的，犯点错误也很正常，我不想因为你们一时的糊涂，给你们的心灵蒙上一层阴影。我也不会让你亲自把钱交上来，我不想知道你们谁拿了何皓皓的钱，在我眼里，你们都是一群可爱的孩子。

邓老师亲切的话语，如春风细雨丝丝缕缕飘进同学们的心里。

但是，钱一定要还给何皓皓同学。邓老师以不容置疑的口吻强调。

现在，我给你们每人发一个信封，拿了钱的同学回去后将钱装进信封里，没拿钱的同学在信封里装两张白纸，封好后下午交给老师，好吗？如果拿了钱的同学这样还不肯还的话，你就真的无药可救了。

好。同学们异口同声地说。

下午，除了何皓皓以外的55个同学的信封都投到了一个纸箱里，邓老师一封封地拆着信封，从一封封信封里抽出的两张白纸向邓老师表白着同学们的纯洁，51，52，53，54，55。全都是两张白纸。

果然不出邓老师的意料。

邓老师将早已准备好的200元钱从一个信封里抽出来，大声地宣布：同学们，何皓皓的200元钱还回来了。

课室顿时掌声雷动。

唯有何皓皓同学一脸诧异。

下课了，何皓皓怯生生来到了邓老师办公室，将200元钱还给邓老师：邓老师，我错了，钱让我玩游戏了，我不敢告诉我妈，所以想了一个歪点子，这钱是你的，我不能要。何皓皓头更低了。

我知道。邓老师很平静地说。但你怎么跟你妈交代？如实告诉她？你妈那么辛苦赚来的钱，就被你这样花了，非气死不可。

但是，你的钱，我不能要。何皓皓倔强地说。

我们来个约定怎么样？邓老师语气和缓。

什么约定？何皓皓抬起了头，好奇地望着邓老师。

为了不让你妈伤心，也不让你妈骂你，我们就保守这个秘密，这200元钱你先拿去买鞋，但条件是以后再也不许玩电脑游戏。邓老师说。

何皓皓沉默不语。

就算是我借给你，行吗？等你以后长大工作了，再还我怎么样？邓老师把钱塞给何皓皓，满脸慈祥。

好，老师，我一定会还你的。我们拉钩。何皓皓伸出右手食指，与邓老师的右手食指紧紧扣在一起，使劲拉了一个钩。

原载2016年第3期《微型小说选刊》

好运到来时

徐　东

我在电线杆上发现了一则招租广告。

一个男人要找个愿意陪他说话的人，条件是可以免费住那个男人的房子。不过愿意这样做的人要和男人签合同：最少要在那儿免费住上半年时间。如果提前搬走的话，要付 6000 块钱作为违约金。我抱着试一试的想法，见了那个男人。

男人四十多岁，单身，他同样单身且富有的妹妹为他请了一位保姆，照顾他的生活起居。男人很高，很胖，两腮的肉高过了鼻子，眼睛小得几乎看不到有眼球在滚动，手臂比一般人的大腿还要粗许多。他不爱说话，平时习惯了用点头或眨眼来表达。他喜欢倾听，激动的时候喉咙里会发出呜呜噜噜的声音，在黑暗中让人感到他是头怪兽。

我和那个男人签了合同，搬了进来——看得出，男人对我的话十分感兴趣，因为他喉咙里发出的声音更响了。

一开始，我也不习惯对一个不怎么说话，只愿意倾听的人滔滔不绝说话，可是很快我就发现，我需要那样一位倾听者——我借机可以讲一讲我东奔西跑的经历，以及我对世界的看法。谁都无法想象，一个瘦小的男人在另一个高大肥胖的男人面前，不断地说话是一种什么样的情形。我觉得正在利用说话给一个气球充气，一点也不夸张，我在梦中看到那个肥胖的男人飞了起来，整个人飘到了天花板上。

还不到两个月时间我就说尽了想要说的话，而且身上有了惊人的变化。因为我发现我胖了很多，而这几乎是从来没有过的事情。那个胖男人却瘦了一些，给人的感觉是，他会继续瘦下去。他在听我说话时不再贪吃，很安静——似乎是把我说过的话当成了食物，而这有利于他减肥。后来我越来越无法面对一个无话可说的人了。在我试过几种想让男人开口对我说话的方法之后，对他失去了信心，不得不向他提出要离开的想法。

　　我没有交押金，行李收拾起来也简单，只要我悄悄走开的话，我肯定男人不会追上我，讨要违约金。不过我还是希望获得对方的谅解。我编了要离开的理由，说和他相处的这段日子虽然短暂，却是我此生难以忘记的经历，可是我准备到另一个城市去发展了，必须要离开北京。因为我需要挣钱买属于自己的房子，在一个地方住下来，再也不东奔西跑了。

　　没想到他却说，你要是同意，从今天起这套房子就是你的了。如果你不接受，那就按合同规定，拿出 6000 块的违约金。

　　我以前对他说过自己的若干次租房搬家的经历，并戏说人生的意义在于折腾，老在一个地方生活是没意思的，想必是对他起到了某种作用——我从他不多的话语中也明白，他也想过要放弃拥有的东西，希望到外面广阔的天地里闯一闯。

　　我根本不相信他所说的话，可从他的表情看，他是非常认真的。不过，我不应该得到那些本不属于我的东西，因此我用眼睛看着他，真诚地说，虽然我需要房子，可我无法接受您的这种馈赠。

　　男人叫来他的妹妹，没有想到他妹妹竟然也同意他的决定。当我面对那对兄妹的时候，我简直感到是在做梦。因为只要我同意，立马就可以跟男人的妹妹去房产局办理有关产权手续了。那件事儿甚至让我觉得即使有梦想可以实现，也不见得是一件好事情，因为那会让人感到失去了自己。

　　最终我还是拒绝了。我拒绝的代价是必须付出 6000 元的违约金。直到我跟朋友借了钱，把违约金交到那个男人手中时，他的妹妹仍然说，你真正想好了吗？我说，我想好了。她说，能告诉我，你为什么不要唾手可得的房子呢？我摇了摇头说，我也说不清楚。

　　我忍不住把这件事讲给朋友们，没有一个人相信这是一件真实发生过的事情。有好几个朋友认为，如果真是那样，我应该接受那个男人的房子，为什么不呢？可是，我为什么一定要接受呢？像这类的好事我遇到很多的，只要愿意做出让步，听从别人的安排，愿意像别人一样生活。

　　就在今天，男人的妹妹还给我打来电话，非要约我再谈一谈。见面后我得知，那个男人已经离开了家，不知到哪里去了。当我面对那个漂亮的，和我年岁相当的女人时，我觉得她是真实的。如果我愿意，她还可以嫁给我。在那件事上，我又犹豫了。

原载 2016 年第 2 期《草原》

耳　病

杜春成

今天是周三，又到了和老板约定见面的日子。

刘望春收拾打扮好，准时来到一栋别墅大门前，那大门是用生铁做的栅栏大门。门前，两个保安在门口巡逻，一只藏獒趴在地上吐着猩红的舌头。

两个保安打开大门，"旺旺"，藏獒叫了两声，摇着尾巴站起来，用嘴巴亲了亲刘望春，它就到一边去了。

来了。喝茶。老板把已经泡好的一杯龙井茶放到茶几上，随即坐到真皮沙发椅子上。

刘望春心里很感激老板，五年前，刘望春在工地打工，由于耳朵有毛病，没有听见工友们的提醒，不小心从三层楼高的地方摔了下来，摔得不省人事。老板没有嫌弃他，出钱医治，顺便还治好了他的耳病。

说来奇怪，那次事故后，刘望春的耳朵变得出奇的灵，一百米内的任何声音，他的耳朵都能听得清楚。有一天，刘望春尿急，到一家公司上卫生间，听到了另一家公司与自己公司竞标一项市政工程的标的。为了报恩，刘望春把听到的消息告诉了老板，老板重新做了投标书，公司顺利竞标成功。

老板奖赏了刘望春一万元，专门成立了信息部，刘望春既是部长，也是工作人员，还不用到办公室上班。平时，他就到有业务往来的单位转悠，把听到的消息直接向老板负责，一月汇报一次。

最近，老板可能遇到了棘手的事，要求刘望春整天围着县政府转悠，要他特别注意与谭副县长有关的声音，要求每周三汇报。刘望春想，谭副县长是分管开发建设的，老板多次在他那里拿项目，现在一定是想从谭副县长那里拿更大的项目。

谭副县长最近很少提及项目的事，只有一次，他对秘书说，上面要对两年的招投标情况进行审查，你要把材料补充完整。刘望春把与谭副县长有关的内容说了出来。

老板从椅子上站了起来，在客厅里迈着步子。几分钟后，老板又坐到了椅子上，端起茶杯，慢慢喝了一口，也许是茶太浓了，老板又吐在了痰盂里。喃喃自语："怎么会这样？"

刘望春望着老板，他那个样子好吓人。不知道是自己哪句话得罪了老板。刘望春站起来想离开，老板没有发话，是不能离开的，那是老板的规矩。于是，他又坐下来，不离开，又不知道怎么安慰老板，只好把眼睛盯着天花板。

刚才，遭茶水呛着了。老板很快恢复了威严，把一张纸条递给刘望春，你把它记住。

刘望春接过纸条一看，是一处地名，明白是老板安排自己去偷听那个地方的声音。他按照以前的规矩，把纸条还给老板，站起来告辞。

现在是特殊时期，你每天来我这里。刘望春出门时，老板再三嘱咐说。

那是一栋很旧的大楼，进进出出的人很多。刘望春打扮成过路人，用自己的耳朵仔细一听，里面的谈话有十几起，有的声音威严，有的声音温和。说的是大吃大喝、公车私用等方面的。刘望春想，这些事是政府工作人员的事，与自己的公司无关，他看了看手机上的时间，快到下班时间了，他无精打采地准备回家。

刘望春刚走出几步，一阵陌生的声音传到了他的耳朵。他一下子精神起来，立即停下脚步，假装找人，来到大楼的过道上，屏住呼吸，用耳朵仔细听。办公室传出一个人的声音，这件事情牵涉到利达公司和谭副县长，大家要保密，不许外传。

接着，另外一个人的声音传了过来，利达公司向谭副县长行贿一百万元，拿到了县里几处开发工程。公司还聘用了耳朵有特殊功能的人，四处偷听工程的招投标底标，给开发区造成了数千万的损失，相关部门正在核查，一旦核查属实，就组织采取措施，挖出硕鼠。

那公司就是自己上班的公司，自己犯罪了。刘望春听得心惊胆战，额头上浸出了汗水，几次想站起来，脚都是软的。

下班了，明天见。一群人从办公室出来，在楼道上打着招呼。

刘望春站在楼道口，看见有人出办公室。立即三步并作两步下楼梯。由于心急，刘望春一脚踏虚，从楼梯间滚到了地面上，他晕了过去。

第二天，刘望春醒了。他躺在医院的病床上，一位穿西装的中年人走了进来，微笑着问候他。

刘望春望着问话人，指了指自己的耳朵说，大声点，你说的什么，我一点也听不见。

这时候，医生告诉中年人说，刘望春的耳膜摔碎了，失聪了，他永远听不见声音了。

原载 2016 年第 8 期《微型小说选刊》

信　任

余显斌

他一个呼哨，在积雪的旷野打着旋子，远远传开。随着口哨声，远处一个红点跳动着，跌跌撞撞滚来，越滚越近，是只小小的狐狸。

小狐狸毛茸茸的，如一个小小的红线团，额头有指蛋大一块白毛，珍珠一样。

这是只才出生不久的狐狸。它胖乎乎的，蹲在他面前，一双亮亮的眼睛望着他，眼睛里跳跃着喜悦、快乐和顽皮。

它知道，他拿了可口的食物。

因为，从第一次遇见他，直到现在，他都这样，从未断绝。果然，他笑笑的，手一扬，竟然是它最爱吃的鸡肉。

它跳起来去抢，他呵呵笑着，摸着它的头道："别闹别闹，放好了吃。"

为了避免被雪弄脏，他拿块油纸铺在地上，放好鸡肉。肉一放下，小狐狸就扑过来，使劲嗅着，流着哈喇子，回头望他一眼。他在旁边吸着烟，向它挥下手，小狐狸吃起来。

半只鸡吃完，它小小的肚皮胀得鼓鼓的，更像个毛茸茸的线团了。

接着，它抬起头，亮亮的眼睛期待地看着他。

它知道，接下来，他会逗它玩，带着它跑，这些，从相遇到现在，也从没断绝过。也因为如此，它从一只生性胆小的小狐，变成了只爱亲近人的小狐。

果然，他拍拍它的头，在雪地跑起来，快活地笑着。它跟着跑，一路翻着跟头，发出稚嫩清脆的叫声。

两个点，一红一黑，在雪地翻滚着。

玩得差不多了，他喊一声："回了！"一挥手，走了。小狐狸舍不得，跟着他，轻轻叫着撒娇，好像没玩够似的。一直到他走远了，不见了，小狐狸才回过头，回到山林，回到自己隐秘的洞穴里，偎依着母亲，做起一个个香甜的梦。

一直这样，大概两个月吧。

那天，雪特别大，四野一白，小狐狸没吃的，饿得叫。老狐狸也饿得浑身发软，几乎断了奶水。

几次，小狐狸跑出洞，又失望地哼哼叽叽跑回来。

上午时，雪地响起一声呼哨。小狐狸一听，多了下耳朵，跌跌撞撞，跑了出来，球一样滚到他面前，扯他的裤脚，跳起来，抢他手中的鸡肉。

他笑骂："馋东西，饿坏了。"

他把肉放好，很大一只烤鸡。

小狐狸扑过去，流着口水，摇摆着脑袋撕咬着。

这时，那边土坎上，一只狐狸露出头，是那只老狐狸。它小心地看看，小狐狸正在大快朵颐。肉的香味，远远飘来，它也流出了口水。

它小心地爬上土坎，一步一步靠过来。

它可能清楚，自己一身火红的皮毛太珍贵了，会引来无数的贪婪和阴谋，所以不得不小心。可是，这次它仍上当了。

刚走几步，它踏着一个机关，是个钢夹，"喔"的一声夹住它的脖子。钢夹力道很大，传来骨头碎裂声，还有老狐狸的惨叫翻滚声。

这夹子，是他下的。

夹子必须有一定重量，机关才能绊动：小狐狸不行，老狐狸恰好。

他要的，是老狐狸的皮子。这样的皮子，想要猎到，难如登天。因此，市场价忒好，几万元一张。小狐狸的太嫩，没人要。

因此，他想了这么个办法。

小狐狸停住了，抬起头，眼光中，一片迷茫疑惑。

他扔了烟头，扑过去，一把抓住被夹的老狐狸，再回头，小狐狸已不见了。

那只老狐狸的皮，他卖了三万多。

他笑笑，数着票子。他知道，还有一个三万元在山林里等着他：一年后，小狐狸长大，他会想法猎来的。

一年一晃就过去了。

他上了山，果然看到了那只长大的小狐狸，皮毛比它母亲的还红还净，额头那块白毛，仍珍珠一样；但眼光变了，不再纯蓝，而是闪着白白的光。显然，它也认识他，蹲在那儿，长长叫了一声。

他已跟踪它几天，办法用尽，也无法到手。

他举起猎枪。

它一跃跑了，雪地里一条红线，弯弯曲曲，弹弹停停。他打不中，就追。

雪很厚，狐跑起来有些艰难，他眼看就要追上，猛扑过去。那只狐一拐，转了个弯。他扑空了，只听"哐"的一声，接着一声惨叫，他晕了过去。

醒来时，他的一只手已断。

这山里，下夹子的人很多，他中了别人的一个夹子。

手好后，他再也不敢打猎了。

山中，也再不见那只红狐了。

原载 2016 年第 6 期《小小说月刊》

换了一种方法

赵　新

沟里村的老人有种忌讳，忌讳有人当着他的面问他多大岁数，一问心里就扑腾一下子，就腻烦，就老不愉快，就感到会有什么不吉利，好像问话的人咒他该死不死似的。崔三老汉就是其中的一位，他的岁数严格保密。

话说这二年沟里村跳起了广场舞，那些白了头发的满脸皱褶的老太太也和小闺女小媳妇们一样，又撅屁股又扭腰，在小学校的大操场里跳得红啊火啊的，简直是如痴如醉，忘乎所以。那天晚上崔三站在旁边正看得起劲时，猛然被一个叫二毛的小伙子推进了场子里；进了场子以后，老汉就不由自主地跟着人家蹦跶了几下，比画了几下。谁知这一蹦跶，这一比画，让他感到挺新鲜，挺过瘾，挺舒畅，挺惬意。他恍然大悟，好哇，妙哇，原来生活还可以这样有趣。

二毛在场地旁边拍着巴掌呼喊：好，崔三姑父；姑父崔三，好！

人家跳完了时，老汉还想跳。

散场以后崔三很激动，很兴奋，身体晃晃悠悠，好像还在那支乐曲里。崔三说：二毛，我原来以为跳舞有多么多么难，多么多么了不起，其实也就是那么两下子，敢跳就行！

二毛说：姑父，你真行，你比她们跳得还活泼，还花哨。你瘦，你轻盈，你灵巧；她们又胖又笨又憨，可没有你那两下子！

老汉笑了：是吗？

二毛说：当然是。姑父老当益壮，姑父青春不老，请问姑父今年多大岁数？

二毛本来是好意，是夸奖老汉身体轻巧，腿脚敏捷，比实际年龄年轻许多；可是崔三早已经恼了，阴沉了一张脸问：小子，刚才你问我什么？你不记事了吗？

二毛愣住了：姑父，我没说别的呀，我就问问你的岁数……

崔三怒火中烧：狗东西，敢问我的岁数，胆大包天了。回家问你爹问你娘去，就你小子没礼貌，缺管教！

老汉怒气冲冲地走了，留下二毛孤零零地呆在那里。二毛想，笑话，这事和我爹我娘有什么关系？不让问拉倒，扯淡，你有什么了不起？

回家之后二毛还是问了爷爷。爷爷告诉他老人们的岁数不能随便问，老人们害怕问这个，讨厌问这个，那是心病，你问了就触到人家的疼处了，人家当然不高兴。二毛说明白了明白了，谢谢爷爷的点拨，谢谢爷爷的教诲。

且说崔三老汉那天晚上在舞场里那么一跳，竟找到了一种奋发向上的感觉，找到了一种愉悦昂扬的旋律，以后得空就去跳得空就去跳，竟成了沟里村头号舞迷。3个月后镇上举行广场舞大赛，沟里村表现近乎完美，拿了第一；崔三抖着一把胡须，拿着一杆旱烟袋，在舞台上跳疯了舞圆了，给沟里村增光不少。

颁奖会上镇长问崔三：大叔，人家跳舞的都是女同志，您却是个老汉，您不觉得挺有意思吗？您不觉得不好意思吗？

老汉回答：不跳不知道，一跳真奇妙。没有什么不好意思。既然男人能做到的事情女人能够做到，女人能做到的事情男人为什么不能做到？

镇长说：老人家，您的舞跳得真好。如果没有那把胡子，我还以为您是个小伙子呢……告诉我，您今年多大岁数？

老汉的心扑通扑通跳腾了几下，眉头就皱起来了，呼吸就不顺畅了。真是哪壶不开提哪壶，你非问我的岁数干什么？告诉你吧犯忌讳，不告诉你吧你是镇长，你不是我们村的二毛。想来想去老汉还是很和善地笑了，老汉说镇长你猜吧，你猜我多大岁数了？你可以慢慢猜，下次见面咱们再接着说。

下次见面要等到哪一天呢？他也不知道，镇长也不知道。

半年以后县政府举办全县广场舞大赛，沟里村又拔得头筹，崔三的表演又给村里增光不少。颁奖会上县长握着崔三的手说：老哥，跳得好跳得好，说说你跳舞的感受如何。老汉回答：县长，一言难尽，妙在其中！县长说：老哥，你步伐矫健，活力四射，你今年多大岁数，活得这样潇洒，活得这样自在逍遥？

老汉的心又扑通了几下子，但是马上明白了这是县长问话。县长是县里的父母官，可不敢为难他。老汉笑得很灿烂：谢谢县长夸奖；我岁数不大，刚过花甲，刚过花甲！

从县城回到村里，崔三在街面上碰见了二毛。二毛跑上来说：姑父，祝贺你，你可光荣啦，县长给你颁奖啦！老汉说：二毛，那得谢谢你，是你让我学会跳舞的；你要不推我那一下子，没有我的今天。二毛说：姑父，镇上让我统计咱们村的模范夫妻，说是要给奖励，我看你和我姑姑就是这方面的榜样……老汉说：那当然，我俩结婚40年就没红过脸。二毛说：那你多大岁数结的婚？老汉回答：25，我25岁结的婚。

老汉乘兴而去，这里却感动了二毛：换了一种方法，他就摸清了崔三的真实年龄，老汉还很高兴。

原载2016年第4期《山东文学》

春 节 赶 场

万俊华

芳龄 29 岁、研究生毕业的小肖，是一家外资企业部门骨干。人虽长得美丽动人，却因平时工作繁忙，接触男生较少，所以至今未婚。

春节前夕，父母放下狠话来：这次春节回家七天，你什么也别干，任务就是一个——相亲。没找到男朋友不准回单位。

真是可怜天下父母心，也不知母亲从哪儿弄来那么多"极品"男生，照片看上去，还一个个都令人怦然心动的。

父命难违，自己也确实成了"剩女"一个，小肖只好遵从父命，答应牺牲今年假期。正月初二上午，赶场前往指定地点开始了赶场式相亲。

都说公务员是"铁饭碗"。自然，母亲要她见面的第一人选是小王。因为他是政府机关干部，有车有房。

9 点零 5 分。一来到百货大楼门前，小肖一眼就看见一位样子比照片上老多了的男子。

你是小肖吗？这位男生问。

是的。你是小王？小肖回问。

大家都很忙的，希望以后约会不要迟到。小王严肃地说。

正在他开始诸如"你在哪儿工作""有没有车坐""单位福利多吗"等一连串提问之际，突然，他的手机响了起来，在连说三个"是是是"之后，丢下"单位有事，改天联系"一句话，便急忙开着边上的奔驰走了。

跟我用这种口气说话，不知到底是个什么级别的官？出于好奇，小肖让母亲找介绍人问清小王的底细，原来他就是一位机关后勤处司机。

在小肖坚持不再与文化素养低的人见面之后，正月初三下午，母亲又赶紧帮她在"入围名单"对象中挑选了一位姓李的学农的博士生。

下午 3 点，他们在一家西餐厅见面。

身着一件红色外套的他，端庄地坐在小肖对面，给小肖第一印象不错。小肖庆幸自己能遇上这么一位男生，如果不出意外，作为朋友交往下去，是可行的。但她转而又心生疑惑：这样阳光的男生，怎么会没有女朋友？

他们相互聊了几句客套话之后，情况来了。在这样的场合，男生竟然与小肖谈起了什么果树栽培、鱼类养殖等等专业技术知识。弄得这位学经营管理的小肖，开初还配合他似懂非懂地点点头。后来实在是听不下去了，只好说了声"拜拜"起身走人。没想到小李先是一愣，而后居然对小肖说：我还没说完呢。吓得小肖落荒而逃。

唉，文化程度低的没有素养，文化水平高了的又读书读傻了。怎么办？看来，还是选个本科生见一下面吧，也许有戏。

正月初四晚上8时准，小肖在一家烛光迷离的咖啡屋，相会了本科生小宗。两人一见面，小宗就递来一张名片，嗬，还是个当官的，保险销售经理。从外表看上去，小宗虽算不上帅哥，倒也是五官端正，上下清爽。小肖心中窃喜：看来，能与这等男生为伴，也不枉此生。

看到小宗没有点饮料的意思，小肖主动要了一杯可乐，并问他：你要什么饮料？

谢谢。小宗微笑着回话：我有这杯开水就行了。

你为何选择了这个职业？小肖无话找话地随意问了一下。

这个职业不好吗？小宗不愠不火地说：告诉你，那是因为你不了解它。

我没有这个意思，小肖赶忙灭火：你千万不要介意。

于是，小宗侃侃而谈，并讲述了一对恋人因车祸，男生死亡，女生得到一笔意外保险赔偿，从此衣食无忧的故事。原来男生因为爱女生爱得太深了，就为自己买了一份意外保险，受益人就是他的这位女朋友。

没有这份意外保险，这位女生能一生衣食无忧吗？小宗总结性地说：所以说，我们这个职业，是世界上最光荣的职业。

小肖实在是越听越听不下去了，于是便站了起来，欲转身离去。

这时，小宗也跟着站了起来，挡住小肖去路。小肖以为他是要向她道歉，没想到小宗说出了这么一句让她终生难忘的话来：我只要了一杯水。

埋完单走出咖啡屋，当小肖还未从刚才那一幕活剧中走出之际，接到一条信息，打开一看：无缘情侣，仍是朋友；若买保险，与我联系。

这样的相亲，还有必要进行下去吗？小肖立即跑到火车站，买好了明天去工作城市的火车票。与母亲说了一下总经理找我有急事后，就像躲瘟神一样，义无反顾地提前两天离开了这个让她天天盼着回来、却又不愿久留的地方。

原载 2016 年第 4 期《阅读》杂志

珍贵的元旦礼物

顾振威

北风怪兽一样号叫着，雪花纷纷扬扬地落着，天地间成了个冰雕玉砌的世界。

呆呆坐在教室内，望着窗外纷飞的雪花，我的心情阴沉得就像是这时的天空一样。本来学校已安排元旦这天放假了，因这场骤然而至的大雪学校改变了主意，元旦这天回家团圆的愿望成了泡影。

放学铃响后，同学们蜂拥着去了伙房，我仍然百无聊赖地坐在教室内。正是在这个时候我听到了最熟悉的声音。抬头一看，满身是雪的父亲满面挂笑地站在教室门口。

我惊喜地站起来，问道，天下着大雪，你怎么这个时候来了？

父亲嘿嘿笑道，听支书说今天是元旦。一年只有一个元旦，元旦不来看你，我吃不好饭，睡不好觉啊。今天是元旦，我给你带来好吃的了。走，快到学校大门口去。

父亲没顾得拍打身上的雪就拉着我的手向外走去。来到传达室，我看到传达室里放着一副剃头挑子。父亲弯下身子，揭掉锅盖，从小锅里端出一碗饺子。

快趁热吃吧。父亲一脸慈祥地说，天还没亮我就起来赶集割肉了。你娘给你包好饺子后，我让她先下两碗。我怕给你送来后凉了，就借来你三叔的剃头挑子。我把饺子盛在瓷碗里，把瓷碗放在用来烧水的小锅里。我来时在锅下面添了劈柴。你看，到现在劈柴还没有燃完。

接过满满一碗饺子，我的双眼湿润了，哽咽着说，你也吃，你不吃我就不吃。

父亲怪道，你快趁热吃吧，我还要急着赶回去吃你娘下的饺子。

我知道父母一定舍不得吃饺子，剩下的饺子一定会等到周末时让我吃掉，就把另外一碗饺子递到父亲手里。

你先吃，父亲笑着说道，你吃过我再吃。

我的一碗饺子吃光后，父亲端起饭碗，往我的空碗里扒了一个饺子后，微笑着说，你再尝一尝香不香。

我吃后点着头说，香，真香，我从来也没吃过这么香的饺子。

父亲又往我的空碗里扒了一个饺子，微笑着说，你再尝一尝烂不烂。

烂，真烂，我从来也没吃过这么烂的饺子。

你再尝一尝咸不咸。

不咸，也不甜，盐放得正好。

你快尝一尝皮子薄不薄。

皮子不薄也不厚。

你快尝一尝凉没凉。

不凉，还热着呢。

你快尝一尝好吃不好吃。

好吃，真好吃。

你快尝一尝饺子里放没放葱。

放了，我吃出葱味了。

你快尝一尝饺子里放没放姜。

放了，饺子有一点辣。

没放。你不爱吃姜，我就没让你娘放姜。你快尝一尝放没放白菜。

我不尝了，我吃饱了，这半碗饺子你吃吧。我把饭碗递给了父亲。

父亲的笑僵在了脸上。呆了片刻后，父亲慢慢地说，孩子，今天是元旦，你不知道我心里有多高兴。别人家的孩子能欢天喜地过元旦，咱家虽穷，我也要让你欢天喜地过元旦。我天不亮就起来赶集了，我和你娘忙活大半天，就是想让你吃顿热乎乎的饺子。饺子吃到你嘴里，甜到我心里，我要是吃下这半碗饺子，走到路上我准会扇自己的嘴巴。孩子，你就赶快吃吧！

我含泪吃下半碗饺子。

父亲将两个空碗放在小锅里，眉开眼笑地说，我要回去了，你快回教室学习吧。

父亲担起挑子，踩着咯吱作响的积雪，慢慢走了，他要回到5里外的家中吃上午的饭。他高大的身影渐渐消失在我的泪水婆娑的眼中。

公元1986年的元旦，尽管天寒地冻，风雪肆虐，我的心中却温暖如春，因为元旦这天我吃了满满两碗饺子，这两碗饺子就是父母送给我的能温暖我一生的最珍贵的元旦礼物。

原载 2016 年第 1 期《红领巾》

火　车　上

刘江波

李四被人流挤进了车厢，像一条随波逐流的鱼，身不由己。这个时间坐车的多是通勤人员，县与市之间，总有这样一群人早出晚归。他在车厢中艰难地穿梭，双手紧紧搂着那套卷子，庆幸市里的同学有力度，帮他淘到了几乎成绝版的高考押题卷，也庆幸还能买着带座的票。

034号上已经坐上了人，窝在那儿打盹儿，看那身材，足足是李四的一倍半。李四小心地碰了碰他，壮汉不情愿地瞥了他一眼，亮出了一张通勤票。李四急忙举起车票，他知道火车站的规定：通勤票享受票价的优惠，就不能享受座位的优势，这座位应该是自己的。

壮汉恼怒了，怒目圆睁，一把夺过李四的车票，狠狠地扔在了地上。李四气坏了，没见过这么粗鲁的人，他不知道是该上前据理力争，还是该找列车员反映。气氛变得僵硬起来，李四和对方对峙了几分钟后，决定妥协，他觉得这个时候不能节外生枝，跑了一天才跑到这套卷子，他应该平平安安到家，把卷子交到女儿李思莹的手里，这才是最大的胜利。

就在李四准备低着头往前挪动的时候，036号一位老大哥站了起来，一拍李四，"坐我这儿吧，我往前走走，几分钟就到家了。"

李四连声道谢，坐下来的时候瞄了对面的壮汉一眼，看他撇撇嘴又闭上了眼睛，李四感叹，同样是坐车的，人和人的差距咋就这么大。看来人还得有文化，否则永远像这个粗人一样，只会仗着身体强壮来动蛮①。

他把试卷铺在小桌子上，翻看着里面的题型。这套炒得沸沸扬扬的卷子，县里早就抢得空空的，仿佛得到了这套卷子就拿到了通往名牌大学的金钥匙。李四今天是特地请了假，到市里跑了一整天，几乎跑断了双腿，总算是央求着教育口的同学，通过关系弄来了一套，他可不想让女儿输在这一套卷子上。想到女儿，李四有无限的感慨：寒窗苦读了十二年，连过大年都在刷题，成绩也一直名列前茅，是爸妈的骄傲，是老师重点培养的对象。一切的付出，总会得到回报的。李四看了几道题，觉得挺有特点，欣喜这一天的罪也没有白遭。猛然间对面的壮汉醒了，用力推了李四一把，原来李四压了他放在桌子上的帽子。李四厌恶地摇了摇头，这种人不可理喻，估计根本就没睡，否则哪会知道自己压了他的破帽子。

火车停了两站，再有两站就到家了。李四准备把卷子收起来，手机响了，老婆的声音都变了调："学校……出事了，下了晚课，孩子们……出去买吃的，让面包车剐……剐倒了好几个。"

李四的头"轰"了一声："你说清楚，有没有思莹！"

他的声音像打雷一样，周围的人惊愕起来，那壮汉这回真醒了，瞪圆了眼睛盯着李四，可李四浑然不知，他握电话的双手颤抖，听着老婆的回话："群里……有送饭的家长说，看见有咱家闺女……你别着急，我正往那边赶……"

李四颓然松手，手机滑落到了地上，旁边的乘客赶紧帮他拾起来。李四瞅都不瞅一眼，他盯着窗外，黑乎乎的树木田野正飞一般地往后退着，他的心里一片茫然。曾经最快乐的事，就是带着女儿到郊外疯玩，父女俩上树摘李子，到花丛里追蝴蝶，有时候还会在草地上打两个滚……可怜的思莹，有多少日子没见她露过笑脸了。每天凌晨两点多才躺下，五点钟就得唤她起来，她经常会说，爸，我累啊，让我睡一会儿吧。可李四怎么能让她睡？大家都在拼呢，也许落下一堂课，就会丢掉一分，丢一分，全省名次就得落下几百名啊！

李四突然骂了句："妈的，学什么学，考什么考啊！"他疯狂地撕着押题卷，

---

① 动蛮：方言。指动手打人等野蛮行为。

撕完数学撕英语，边撕边扔，碎纸片像一只只翅膀残破的蝴蝶，七零八落地飘落下来。周围的人见他情绪不对，纷纷躲避，壮汉身上落了好些"蝴蝶"，他站起来刚要吭声，却见李四"忽"地站起来，红了双眼，把更多的纸片子扔在了他的头上。壮汉一双眼睛睁得像豹子一样，和李四血红的双眼对峙着，终于他低骂了一句"有病"，抓起帽子，转身走了。

李四累了，垮了，他瘫在椅子上，伏在小桌子上，哀哀痛哭，侥幸逃脱被撕碎命运的还有语文卷，此时也被他的泪水濡湿了。"只要把女儿还给我，不让她上学了，不让她高考了，不让她出国留学了，就留在身边，当个服务员，当个小保姆……都行啊，都行啊！"

李四泪如雨下，手机又响了，他抓过来，犹豫了一下，生怕听到那种噩耗……

"喂，爸，"李思莹的声音传过来，"你别担心，是我班同学，伤得也不重，我没事……"

李四陡然间来了精神，从地狱又回到了天堂："孩子，没事就好，没事就好。那套卷子淘来了……语文，剩下的，我明天再跑一趟。思莹，你听爸爸说，这套卷子有做的价值，咱们不能输在这一套题上啊……"

放下手机，李四看了看周围，做出个歉意的笑容。接着他把语文卷拿起来，小心地擦了擦上面的泪水，又试着揭开两页看看，想了想，他拨通了一个号码："老同学，还得求你，能不能再帮我淘一套……"

原载 2016 年第 9 期《小说月刊》

琅　琊　王

林华玉

民国初年，军阀割据，民不聊生，盗贼横生。盗墓贼刘三花重金买到了一张汉代琅琊国国君墓葬的图纸。他又花了整整两年时间找到了墓葬的所在地——山东胶南县琅琊镇的一座高大的土丘。他知道靠自己之力进不了墓葬，就另外物色了两个同乡张青、李立。

三个月之后，三个人凭借那张图纸，终于找到了墓道，打开了墓门，三个人极为兴奋，顾不得休息，就要进入墓道。

进入墓道之前，刘三让其他人点燃了手中的火把，张青不解地说："咱们都有强光矿灯，还点那个火把干什么。"刘三说："古墓内常年与世隔绝，空气稀薄，如果火把熄灭了，就说明墓中氧气不够用，我们就不能往前走了。"张青才恍然大悟。

这是一条长长的甬道，圆拱形，高五六米，有无数块青砖垒砌而成，三个人小心翼翼地约莫走了几十分钟，前边一道石门挡住了他们的去路，这道石门约有几千斤重，三个人上前推了推，石门纹丝未动。

刘三取出那张图纸，发现其中的一幅图画的正是这扇石门，不过旁边还画着一个怪兽图案，像是麒麟，又像是贔屃，刘三就举起火把在旁边的墙壁寻找起来，就在离石门一米开外的地方，还真的发现了有这样一个图案的青石，刘三用力一按那块石头，就听见轰隆隆一声巨响，那扇石门就向两边开启了。

李立见石门已经开启，就一脚踏了进去，刘三此时正低头端详那份图纸，忽然觉得不妙，他大叫一声："小心……"话音未落，从墙的两边忽然射出无数只短箭，李立躲闪不及，就被那些暗器射成了蜂窝煤。刘三、张青目瞪口呆了好长时间，张青一伸舌头说："真的是机关重重，防不胜防呀。"

两个人参考着那张图纸，一路小心翼翼地往前摸索，躲避着墓里存在的流沙、翻板、吊石等机关，花了好几个小时，终于到达了一个比较大的墓室。

琅琊王的棺椁就在这大墓室的中间，棺椁通体为黑色，高约一米半，宽约两米，棺椁的周围用金粉绘着龙的图案。想着里边有众多的金银财宝正等待着自己，刘三二人觉得呼吸急迫起来，他们快步走近棺椁，用撬棍一起撬动棺椁盖，棺椁盖被打开之后，墓主人就映入两人的眼帘，但见他身穿龙袍，肌肉丰满，面目如生，如同睡熟了一般，他的身边，堆满了金银、珍珠、玛瑙……两人禁不住一起喊了起来："这下发大财了！"

刘三看到这么些奇珍异宝，他可不想与人分享，他的腰间别着一把锋利的匕首，他悄悄地拔了出来，对准张青就刺了过去，张青惨叫一声就倒在了地上。

刘三踢了他一脚，说："兄弟，你不要怪我，老话说得好，人为财死，鸟为食亡，人不为己，天诛地灭……"他的话音未落，忽然间，棺椁中的琅琊王睁开了眼睛，接着坐了起来，刘三正在惊骇之时，琅琊王竟然开口说话了："你不就是想要荣华富贵吗，本王让给你！"说完他伸手拉住刘三的衣领，把他拉进了棺椁。

恍惚之间，刘三像进入了一个宫殿，上好的白玉铺造的地面闪耀着温润的光芒，檀香木雕刻而成的飞檐上凤凰展翅欲飞，青瓦雕刻而成的浮窗，玉石堆砌的墙板，一条笔直的路的尽头一个巨大的广场随着玉石台阶缓缓下沉，中央巨大的祭台上一根笔直的柱子雕刻着栩栩如生的龙纹，与那宫殿上的凤凰遥遥相对……

殿内的金漆雕龙宝座上，坐着一位器宇轩昂的王者，再恍惚之间，那王者竟然变成了刘三，他吃着西域进贡的葡萄，喝着透着琥珀光的琼浆玉液，左边，十几位身穿盛装的乐者正在为他鸣钟击磬，乐声悠扬；殿下，几十位身材曼妙的女子正伴着音乐翩翩起舞，衣袖飘荡……

接着又有几位武士抬来了好几个箱子，打开之后，一阵炫目的光泽从里边闪出，里边全是金银财宝，刘三问："这是哪来的？"那位武士说："王爷，这都是您的臣民孝敬给您的！"刘三又指着宫殿、美女，说："如此说来，这些都是本王我的？"武士说："是的，都是您的，琅琊国所有的一切都是您的！"刘三哈哈大笑，心情好极了，他连饮三杯。

刘三喝了十几盏酒，酒虽美，但后劲极大，刘三觉得眼睛睁不开了。这时，一旁的一位侍女俯下身子，轻启玉唇说："王爷，您累了吗？"刘三惺忪着双眼，说："本王……本王是累了，快扶本王去睡！"那侍女忙将他扶起，走向寝宫。

寝宫内，檀木作梁，水晶为灯，珍珠为帘，范金为柱。六尺宽的沉香木阔床边悬着鲛绡宝罗帐，帐上遍绣洒珠银线海棠花，风起绡动，如坠云山幻海一般。榻上设着青玉抱香枕，铺着软纨蚕冰簟，叠着玉带叠罗衾。殿中宝顶上悬着一颗巨大的明月珠，熠熠生光，似明月一般。刘三太困了，顾不上欣赏寝宫的布置，就躺在宽大舒服的龙床之上，沉沉睡去……

三十年后，一条高速公路要经过琅琊王墓，省考古研究所对其进行了抢救性发掘，考古人员打开严密的琅琊王的棺椁之后，惊奇地发现，虽历经两千多年，琅琊王的尸体面目如生，就像刚刚睡着一般，他的脸上竟然还带着满足的笑容。

　　考古人员雇用了附近村庄的几十位村民参与挖掘，其中一个七十多岁的老大爷看到了棺椁里边的墓主人，他惊叫起来："这不是俺们村的刘三吗？"考古人员问起来才知道，原来就在三十年前，他们村有一个叫刘三的村民，某一天离奇地失踪，刘三家里人发动了所有的村民都没有找到，没想到他竟然躺在这棺椁之中……

原载 2016 年第 10 期《微型小说选刊》

杜兰的麦子

秋子红

　　收割机到了地头，杜兰一下犯愁了。

　　杜兰家的地是前几年跟人换到一块的，公公、婆婆、两个孩子加上她和丈夫春生，拢共七亩多，满地的麦子，一片黄澄澄，眼看都已透熟了。可是，丈夫春生到现在还没回来，杜兰明白，恁大一块地的麦子，就是将自个儿累死，也没法一个人用架子车拉回村里。再说，收割机上三个割麦师傅，五大三粗，都面生生的，自己一个女人家，到时算账，还不是自个儿吃亏？！

　　割麦师傅咬着烟，操着生硬的甘肃口音问，掌柜的，割，还是不割？

　　杜兰仰着脸说，割，咋能不割？！

　　话虽这样说，杜兰还是拧着脖子，目光不住朝四处睃。

　　野地里空空荡荡，别人家的麦子，大多割完了，露出满地白花花的麦茬子。杜兰张望了一会儿，终于看见远处一绺麦子后面，闪着个人影。细细一打量，是在镇街上开家电维修部的李勇。

　　李勇家的麦子早割完了，正举着木叉，在拢地里的麦秸秆呢。

　　杜兰往地上头跑了几步，朝着远处喊，李勇，李勇，快过来，给嫂子帮忙收麦子。

　　李勇远远应了一声，将木叉插在一堆麦秸秆上，然后走到地头，发动起了三轮车，突突突开了过来。

到了收割机前，李勇给收割机驾驶室和收割机旁两个割麦师傅一人递过一支烟，然后自己点上一支烟，问，一亩多少钱？

七十块。

李勇说，能不能少点儿？

割麦师傅说，不能再少了，再少就贴赔羊肉卖枣儿——亏本了。

李勇说，咋恁贵，我前天还是六十块钱割的。

听李勇这么一说，割麦师傅软着声说，那就六十五块吧，再不能少了。

李勇说，行。然后朝身边的杜兰说，割吧。

割麦机调过头，李勇朝驾驶室里的割麦师傅说，割好的麦子就不往蛇皮袋里装了，直接卸到我三轮车车厢里。

割麦师傅说声好，就将收割机开进了地里，哗哗哗割起了麦子。

李勇到底是个大男人，三轮车突突突跑了四五个来回，杜兰的麦子就收完了。

算账时，一个割麦师傅背着手，跨着步，从杜兰家的地上头走到地下头，然后又从地下头返回地上头，说，拢共七亩二分多，就收四百七十块钱吧。

李勇说，零头就算了，四百五吧。

割麦师傅说，行。

天擦黑，杜兰去叫李勇吃晚饭。走进李勇家院子，李勇跟媳妇儿秀秀已将饭碗端在手里。杜兰说，李勇，去嫂子屋里吃饭。李勇努努嘴，说，我不正吃嘛。杜兰说，李勇，多亏你帮嫂子忙了。李勇笑着说，小菜一碟的事，这算啥啊！秀秀也在一旁帮腔说，就是，这算啥事啊！

麦子收完后，杜兰拿着五十块钱，要给李勇。

看见杜兰手上的钱，李勇沉着脸说，嫂子你是打发叫花子吗？三轮车拉一回二十块钱，最起码得一百块钱。见杜兰从身上掏钱，李勇换了个笑脸，说，啥钱不钱的，算了算了。

杜兰说，李勇你就收个油钱吧。

秀秀也在一边说，李勇，就收二十块钱吧。

李勇瞪了秀秀一眼，说，咱没见过二十块钱吗，不收！

秀秀红着脸，也说，算了算了，都在一条街上住着，啥钱不钱的。

一天，杜兰正在屋里看电视，像是一阵风忽然刮进电视机里，电视屏上的图像扭了扭，变成一条条床单布样的花道子，最终"啪"一声，图像没影了。杜兰知道，电视机坏了，可这么笨重的一个大家伙，自己怎么将它送到镇街上？杜兰给李勇打了个电话，李勇说，不用送了，等我晚上回来修理修理。

后来，据街上一些眼尖的女人说，李勇是天擦黑进杜兰家的，出来时，已是大半夜。

几天后，杜兰在屋里，听见李勇和秀秀吵架，低一声高一声的，满街道都能听清楚。杜兰出了门，见几个女人躲在门廊里，抻着脖子朝李勇家门口张望。

杜兰不解地问，为了啥啊？

一个女人回过头，上下打量了下杜兰，一张脸似笑非笑说，李勇和秀秀吵架，难道你杜兰还不知道缘由？！

杜兰愣了愣，后来头一低，脸烧得整个耳朵都红了。

年根上，春生从外面打工回来。进了家门，春生正想跟杜兰亲热亲热，忽听见爹在上房屋里喊自己。

进了上房爹娘住的屋里，春生说，爹和娘都好着吧？爹却板着脸说，春生你一年累死累活在城里挣钱，可家里有人给你把绿帽子挣下啦！

后来，娘在春生耳边一嘀咕，春生的脸先白着，白着白着又红了。到最后，春生嘴唇哆嗦着，脸全白了。

第二天一早，镇上人看见，春生跟李勇结结实实干了一仗。李勇家电维修部橱窗的玻璃让春生砸碎了，两个人扭绞在一起，虽说很快被人拉开了，但李勇的嘴角，还是挨了春生一拳。好多人满意地说，这个春生，还不愧是个裆里夹蛋的！

夜晚，春生腋窝里夹着一瓶酒一条烟走进李勇家的院子。看见李勇，春生搔搔头皮，说：李勇，咱哥俩是打穿开裆裤就一块儿长大的，你李勇是啥人，我春生心里还不清楚？可满街道的人都那么说，不打你一拳，你让哥以后在镇上怎么做人？！

原载 2016 年第 3 期《秦岭文学》

愿 望 清 单

巴图尔

在鲁西西抽屉里有一张发黄的单子，单子上写着不少人名和数字。她要不说，没人知道上面记录着什么。鲁西西说，这是一张我的愿望清单，每个人名就是一个愿望。

鲁西西是一名外科医生，每天干着救死扶伤的事，从早忙到晚，回到家里就已经疲惫不堪了，有时，连吃饭的心思都没有了。丈夫说：干吗那么拼命呢？这些年，你没少把闯进鬼门关的生命救了回来，对得起那些患者了，咱们也问心无愧了。鲁西西说：佛门说，救人一命胜造七级浮屠。我不知道七级浮屠是多大的量级，但我知道救人一命，一定是功德无量的事。

其实，她也想尽力而为就行了，可是她一想到愿望清单，就无法让自己得过且过。疲惫与一条生命相比，自己那点儿疲惫又算得了什么呢！在这张愿望清单上的人，他们都遭遇了飞来横祸，当他们的生命游离在阴阳两界时，鲁西西争分夺秒地和死神做斗争，有的她把他们的生命捡了回来，有的人还是走向了不归路。看到一个个鲜活的生命瞬间陨落，这是她最为心痛的时候，她总是怨自己的医术不够精湛，没有把那些生命抢救回来。她就把这些人的名字记在那张愿望清单上，然后再记下他们某年某月离去的时间。鲁西西说：希望这张单子上的名字再也不要增长了，我想，我的心里会好受一些。

她一看到这些人的名字，就能想起那一张张面孔，时刻提醒着自己，必须全力以赴和时间赛跑，和死亡赛跑。决不让一个生命因为自己的原因而撒手人寰，多挽回一个生命就挽回一个，生命在面对死亡的时候，是那么的无奈，是那么的无助，又是那么的脆弱。在那个时刻，她是唯一能给予他们帮助的人。是的，她没有理由推卸自己肩头上的责任，因为，自己是白衣天使，是拯救他们生命的白衣天使，不管自己再累再不想动，只要一个电话，不管半夜几点，她都不会拖延一秒钟，在她的心里，也许早到一秒钟，就会从死神的手里抢回来一条生命。

从医已有三十多年了，她也该退休了。可是她办完了退休手续，还是每天出现在办公室里，出现在病房里，病号说，鲁医生，我感觉今天好多了，手能慢慢地动了。鲁西西也会很高兴地说：是吗，来，我看看。嗯，就是好多了，用一些药过些日子再看看。

每次看到那些人生遭遇这样横祸，那些生命大厦将欲倾倒的病人的时候，她把他们从死亡线上拉了回来，在慢慢的医治中，他们又都绽放出生命的光彩与活力，这是多么令人欣慰的事情，这是她内心无比骄傲的事情。

鲁西西医生呀，退休了就该在家安度晚年了。可是，你还是坚持上班，真是我们医务工作者的楷模呀。院长说：我们要为你下聘书，高薪聘请回我们医院，要鼓励老同志发挥余热，为我们患者解除病痛。你们这些老医生是我们医院的宝贝，也是我们社会的宝贝。

我不为钱，只有愿望。鲁西西说：愿所有的人都健康长寿，所有的人远离灾难，在我的愿望清单上再也不有新的名字。让我为愿望清单上的那些人祈祷祝福。大家都静静地听着，鲁西西停顿了一下说：我希望医生失业医院关门，那就好了，没有了灾难，没有了病魔的折磨，这该是多么美好的世界。

院长带头鼓起了掌。

每天上班第一件事，她还是要拿出那张愿望清单，念一念那些陪伴她多年的老朋友的名字，为游走在天国的他们祈福。是呀，她从没有想过自己从事的是多么崇高的职业，只是干着自己应该干的事。她常常想，假如自己有回天的本事多好，这张愿望清单上就不会有这么多人的名字了。有时，她自己也常常叹息，就算没有回天的本事，年轻的时候，医术再精湛一点，这上面的人名也会少一些呢。

真的老了。鲁西西躺在病床上，看着吊液一滴一滴往下滴着。坐在床边的老伴，手里拿着一张比较破旧的牛皮纸，念着上面的名字，每念一个，她就会说出这个人是发生什么事故死的。念到谷长寿这个名字的时候。鲁西西说：唉，这个人哪，名字叫谷长寿，可真不长寿，三十几岁就死了。他死于1997年，是一场车祸，身上到处是骨折，要是我退休后的技术嘛，他就不会死了。可是呢，那时候，我的技术不如现在，死了，唉，真是可惜呀。

老伴念到最后一个，王月星。

鲁西西说：这是愿望清单上最后一个了，他是我退休后，唯一一个上了愿望清单的人。是个建筑工地的小工，不慎从三四层楼上摔下来，送到医院就没有生命体征了，可他是躺在我的手术床上死的，我也把他记在上面了。我愿他们在天国都过得好，我希望他们别记恨我。

老伴儿说：别太在意这些事了，谁也没有怨恨过你，多少人想感谢你还来不及呢。养好身体要紧，等你病好了，多治好几个危重病人，多拯救几个生命，什么都有了。

不可能了，我这把老骨头恐怕也快了。鲁西西说：我要和这些愿望清单上的人见面了，他们会把我当朋友还是敌人呢？他们不会合起伙来揍我一顿吧？

你别胡思乱想了，闭上眼睛睡上一觉。老伴儿帮她掖了掖被子说：睡吧。

原载 2016 年第 14 期《小小说选刊》

房间里有监控

袁省梅

清明节时，陈静跟小可妈妈请假说回家扫墓去。

星期天，陈静趁小可睡着了准备拉箱子走时，小可妈妈挡住了她，看了眼她脚边的箱子，努努嘴，按理说吧陈老师，我们没有权利看你的箱子，可我的睡衣丢了一件，一件睡衣丢就丢了，不值得大惊小怪，可陈老师你不知道，那件睡衣是美国的三姨给我的，也不是说美国货有多好，也就五六千，是我喜欢那件睡衣，而且还一次没穿过，你说丢了多扫兴。

陈静听出味来了，旋即，就恼火了，愤怒了。后来，张姐和姐妹们听说了后，都嫌她太客气了，她们说，应该把东西砸到那女人脸上去，她太欺负人了。陈静没有。陈静对小可妈妈说，你怀疑我？说着她就把箱子里的东西左一件右一件地往外扔，最后，干脆把箱子提起来，哗地一下兜底倒下。

小可妈妈扫了一眼地上，扭身进了卧室，叫陈静进来看，冷冷地说，也不是我乱说乱找，前几天你来过我卧室，视频里有。前几天，陈静确实去过小可妈妈卧室，是小可的皮球滚了进去，她把球捡了就出来了。陈静还没说话，就看到屏幕上的她。她的脸一下火烧般灼烫。她没想到小可家安装了视频，而且，她的卧室也有摄像头，她在房间换衣服、睡觉、跟孩子游戏，视频上都有。陈静想这个视频小可妈妈看，小可爸爸看，爷爷奶奶呢，也会看吧。她张张嘴，不知说什么好，好像自己做了见不得人的事般心跳得纷纷乱，眼泪倏地流了出来，喊了句，你太欺负人了。拉着箱子跑了。身后，小可醒来喊她的声音尾巴一样追了出来，她没有停下脚步。

清明节过后，她回到家政公司，她还没说话，主管说，我都知道了，这种事情不奇怪，那么小的孩子在咱手上，家长怎么放心，对吧？咱要从家长角度多想想，现在你单方面毁约，工资会受到影响。陈静说，无所谓。其实呢，陈静说无所谓的时候，心里一直想着小可，每天她都想着小可。小可不是她带的第一个孩子，却是她带的时间最长的。小可刚生下来，她就过去了。小可挑食，吃饭得哄着，喜欢喝果汁，睡觉不老实，爱蹬被子，胆小，喜欢棉布碎花衣服，喜欢听小动物故事，喜欢合欢树花的香味……再去的保姆，几时才能了解这些啊，就是小可妈妈，白天上班，晚上也不叫孩子跟她睡，跟孩子玩一会儿，就叫她带了去，对孩子也没有多少了解。

你这不是闲操心吗？张姐笑她，叫她以后遇到类似的家长，一定不要客气。她这是侵犯人权，张姐说，咱就是个保姆吧也是凭了苦挣钱，又不是白拿，凭啥受他们侮辱，何况阿静你有幼师文凭，不怕找不到工作。

陈静是幼儿师范学院毕业，分到一家企业幼儿园，工作没两年，企业倒闭了。陈静笑笑没说话。她在想十点了，小可该喝果汁了，春天天气好，喝完果汁，该带孩子去楼下的小公园晒晒太阳，看看桃花，还有小草小虫，也要教孩子认认。或许就是因为她的经历，她一直认为，她们不是单纯意义上的保姆，她们整天跟孩子在一起，是孩子的家庭教师。在公司，主管也称她们是老师，主家呢，也唤她们老师，孩子们也唤她们老师，可她知道，对他们来说，这不过是面子上的客气，内心里，每个人都当她们是保姆，是伺候人的人，可以随意呼来唤去，甚至可以随意辱骂。比如小可妈妈，竟然给房间装了探头监视她。

主管劝陈静再想想，小可妈妈等回话。原来，小可妈妈请求主管劝陈静再到她家。

陈静还没说话，手机响了，一接，是小可。小可哭着陈阿姨陈阿姨地喊她。陈静的眼泪哗地流了出来。小可妈妈在一边说，陈老师，对不起，以前是我不对，为了小可，请你回来吧。

张姐凑在电话上说，不能招之即来挥之即去吧，你得给个说法。一旁的姐妹也都叫陈静不能回去。

陈静却开始收拾东西。她觉得又不是小可的错，何苦要让孩子承受大人间的矛盾呢。

工资呢？

没说。

那视频的事呢？

陈静摇摇头，说，我就是放不下小可。

原载 2016 年第 1 期《小小说选刊》

暗龛里的牛头骨

墨　村

在我们涅阳西南乡，只要一提起兽医世家"李先（生）儿"，可谓家喻户晓。但没人知道我们家黢黑的东屋暗龛里，供奉着一只高大的牛头骨架。小时候的我，从来不敢靠近东屋，一对弯角顶着红布的大牛头，鼻梁早就不见了，露着白森森的鼻骨，两只成了黑窟窿似的牛眼，盯得人直打冷战。我爷爷一再叮嘱我，嘴巴一定要上好锁，若是说出去，就是李家的败家子。我心里一直纳闷，爷爷为何要把这牛头宝贝样的藏着掖着呢。

直到文革结束时局稳定，退了休的我爷爷才向我揭晓了这一秘密。

那时候的我爷爷是公社兽医站德高望重的兽医师，我爷爷的高明医术，在偌大的涅阳，无人能望其项背。

1966 年，全国山河一片红。我爷爷成了反动学术权威。在公社棉花库大院里，我爷爷站在高高的马扎上，身子弯成九十度，接受革命群众的大批斗。

我爷爷一向看中重点培养的一位姓刘的徒弟，血脉贲张，揭发我爷爷资产阶级享乐思想严重，下乡出诊利用手中的权力，向贫下中农索吃要喝，在东门大队一口气喝下八个荷包蛋。老实交代，有没有这事？

去年秋天，老街东门大队正在犁田的黄牤牛，突然倒地，口吐白沫，呼呼直喘，任凭掌鞭儿吼破喉咙，手中的牛皮扎鞭挥舞成狂风暴雨，牤牛就是起不了身。两条碗口粗的杠子穿过牤牛的身下，十几个青壮劳力用力往上抬，可牛的四条腿就是认不了地。求助电话打到了公社兽医站。

我爷爷飞身跨上毛驴的脊背，一路急奔，在横跨一沟坎时我爷爷竟被颠下了驴背……

到了现场我爷爷吩咐人提来一桶井拔凉水，挽起袖管，拿出一只筷子粗的三棱针，伸手捉起牛舌，在翻起的牛舌舌根处，三棱针对着一条暴起的血管直直刺入。牛血喷涌而出。我爷爷捞起水瓢，不停地冲洗牛舌根，血水哗哗……半个小时过去，牤牛竟一挺身，奇迹般地站了起来，我爷爷却一屁股瘫在了地上。直到此时，人们才发现我爷爷在驴背上的那一颠多么可怕，划破了的右腿裤管处，硬生生擦掉了一块巴掌大的皮肉，濡湿了裤管的鲜血已经干结，而伤口却与裤管粘在了一起。

生产队长为了补偿我爷爷，安排人烧了一碗鸡蛋茶，里边打了八个荷包蛋，并放了一把白糖，亲眼看着我爷爷喝下，才放了行。

我爷爷说，是是是，我交代，有这事儿，我吃了东门八个荷包蛋。

徒弟刘一听，蹿上批斗台，厉声喝道，老实交代这些年你吃了我们革命群众多少鸡蛋？不老实，就砸烂你的狗头！把你打翻在地，再踏上一只脚，让你永世不得翻身！我爷爷说，我下乡看病，主人非要烧鸡蛋茶，我不喝，他们就怀疑我不全心全意为人民服务，我没有办法。

徒弟刘吞咽了一口唾沫，别东扯葫芦西扯瓢，说，到底多少？

我爷爷说，记不住了，估摸着大约有一箩筐或一筛子。

徒弟刘又吞咽了一口唾沫，上蹿下跳，红卫兵小将们，听到了吗？这一箩筐一筛子鸡蛋，孵成鸡娃，鸡娃长大再媲蛋，媲的蛋再孵成鸡，孵成的鸡再媲蛋，不就是成千上万的鸡吗？他这破嘴，是要吃空咱社会主义红色江山啊！

会场上响起一阵排山倒海的吞咽口水声，红卫兵小将们都气红了眼睛，振臂高呼："打倒剥削阶级李先儿！""打倒反动学术权威李先儿！"有人一脚踹翻了我爷爷脚下的马扎，我爷爷重重地摔倒在一片口水与拳脚飞舞的汪洋大海中。一红卫兵夺过旁边一妇女纳了一半还扎着钢针的鞋底，不停地扇在我爷爷的脊背上。我爷爷身上的白衬衫，立刻被鲜血浸染，怒放成一朵朵刺眼的梅花。

我爷爷的惨叫，像无数的破布条，在会场上空扯过来扯过去，隔壁东门生产队拴在牛场上的牛们突兀受惊，哞哞乱叫，一个个牛头左右乱摆，围着牛桩，拼命挣扎。一时间狼烟与吼叫四起，草沫与屎尿齐飞。

眨眼，群牛挣断了缰绳，撑豁了牛鼻，拔掉了牛桩，它们不顾伤痛，哞哞吼喊着，呼隆隆尾追着一头黄牻牛，撒开四蹄，一路狂奔，旋风般冲入了会场，只见那头黄牻牛瞪着铜铃般的血红大眼，鼻子喷着团团白雾，在人群里风卷残云般横冲直撞，直挺着一对弯角，见人就抵。牛群疯了！红卫兵小将们恐怖地大叫着，四散逃命。

黄牻牛低头不停舔舐着浑身血污的我爷爷。我爷爷挣扎着抬起右手，抚摩着坚硬的牛弯角，与黄牻牛泪眼相望。

多年以后，黄牻牛无疾而终，我爷爷流泪买下牛头，悄悄带回了家。

原载 2016 年 8 月 18 日《百色早报》

费钱的女孩

韦健华

那阵子，远由的眼睛与心一起跟着柳芳动，这是一个十六七岁情窦初发的小男生的表现。

柳芳不是班里最漂亮的女生，但远由却是班里最优秀的男生，几乎所有的老师都说他会考上清华、北大。那是原来！自从他的眼睛盯在柳芳身上后，成绩明显下降了，下降的程度与瞟柳芳的次数成正比。

女孩子比男孩子成熟得早些，柳芳从远由那经常偷偷瞟过来的眼光里知道了他成绩下降的原因，成了全班最早知道这个原因的人。

一天，柳芳在回小杨村的路上拦住远由问："你喜欢我？"柳芳问得很直接。

远由就像偷东西被失主抓住了一样，尤其是被自己喜欢的人抓住了。他非常尴尬，看着自己的脚面，就像小偷在等待失主的惩罚。

"你喜欢我是你的权利，谁也没权指责你。"

远由没想到柳芳会这么说，他琢磨着柳芳下面会不会雷霆般的大怒。

就在远由等下文的时候，柳芳说出了这么一句来："关键是你喜欢得起我吗？我是很费钱的女孩，你得挣很多钱才能养得起我。你喜欢我就得让我幸福，让我幸福起码得让我过上好日子吧！你知道要让我幸福得花多少钱吗？"

柳芳这话戳着了远由的痛处，整个县就他们那个乡最穷，在那个乡他们村是最穷的；在他们那个村，远由家虽不是最穷的，但也在中下水平。为了远由上重点高中的钱，他们家可是借遍了所有的亲戚。

"你也不是没有机会，你考上一所重点大学，就能找到好工作，有了钱才能让我生活得好一点嘛！不过，在此之前我是不会理你的。"

柳芳说得没错，她家的条件真是不错，在这乡里绝对算得上富家了，关键是她还有一个资产上百万的表叔和一个在县委组织部当科长的舅舅。

听了柳芳的话，远由心中燃起了希望，他实在是太喜欢柳芳了，他知道自己家的情况，根本就没办法让她过上好日子，更别说门当户对了。他唯一的办法就是考一个好学校，这样才能缩小自己与柳芳的差距，考个好大学对他来说也不是一件很难的事。后来，他每天只要一看到柳芳，那做习题的劲就特别大。

一年后，远由真考上了清华大学，柳芳考上了本省的一所高等专科学校。当远由把录取通知书拿给柳芳看时，柳芳那神态比自己考上清华大学还高兴。不过，当远由表示爱她时，柳芳只是平淡地说了句："还得把书读好了才能有好工作，才能养活我这个费钱的女孩，才能让我过上好生活。"

到了大学三年级，班里好几个出身高干家庭的女同学向他展开了攻势。远由也开始在想柳芳的那些话，什么"我是很费钱""你得挣很多钱才能养得起我"……那些话里似乎都是为了钱。这些话在远由的脑子里滚来滚去，滚得次数多了，远由的脑子里也就滚出了一个"决定"。他从此就再没跟柳芳联系了。毕业后，远由留在了省城工作，跟一个处长的女儿结婚生子，为人夫人父了。

岁月如梭，一眨眼十五年就过去了。这年，远由从省城回到家乡办事，遇到同学周云，才知道柳芳已在一年前患癌症去世了。他情不自禁地想去柳芳家看看，他还想去看看柳芳的墓。

走进柳芳的家里，大厅里挂着柳芳的遗像。看着柳芳的遗像，远由不能不想起以前那个漂亮、可爱、让人着迷的柳芳，就连"我很费钱的""你爱我就得有钱让我过上好日子"这些话都仿佛变得亲切了，眼泪也从远由的眼睛里流了出来。

这时，从房间里出来一个十四五岁的小姑娘，看着满脸泪水的远由，问："您是远由叔叔吗？"

远由强忍着眼泪，点了点头。

"您真是吗？"小姑娘几乎有些天真地又问。

远由拿出了自己的身份证与工作证递给小姑娘。

小姑娘从里屋拿出一个纸包着的东西给远由，说："我妈妈走之前说如果您来了就把这给您。"

远由打开纸包，里面是一个日记本。他迫不及待地翻开，这是柳芳高中时写的日记。看着看着，远由的眼泪就停不下来了。

当看到"我只有用这个笨办法来激励他读书，我也知道以后我在他眼里将成为一个贪图钱财与享受的女孩"时，远由的泪水已变成了倾盆大雨。

原载 2016 年 1 月 8 日《清远日报》

今夜如此宁静

桔 子

天完全黑下来了，只见老爹抬了抬手，同时努了几下嘴。

淑娟不解，便将耳朵贴近老爹想知道是什么意思，听不清。她捏起老爹枕头边的纸巾给老人家拭去了嘴角上的白沫。不料老爹仍然在费劲地抬手，淑娟急了，嘴巴快探到老人耳朵上了，问他，然后将耳朵贴近老爹的嘴唇，这听清了，老爹原来是说"天黑了"。对呀，可老爹为什么还是一个劲儿抬手呢？费了一番周折，淑娟才弄明白，老爹意思是指窗帘，淑娟从床头起身轻柔地拉上了窗帘。一边回头拉亮了大卧室里的大灯不说，接下来按着了老爹床边的台灯，大卧室登时亮堂堂的了。

老爹轻轻地点了点头，表示满意。淑娟遵从老爹的意愿，这才又把卧室的门轻轻关上了。

夜晚如此宁静。

老爹尽管重症在床，但他的呼吸早过了鼓风机一般响动的阶段了，及至这一个夜晚，反而变得轻微起来了。淑娟仍旧慢腾腾抚摩着老爹的一只胳膊，打了那么长时间的吊瓶，可怜一只手臂，不管手背还是前臂，全是一块块的瘀青，还有些肿胀。

淑娟就一直这样坐在老爹旁边，尽力和老人做着交流——他们有时候也说一些话，虽然老人家语言不那么清晰了，但这又有什么呢，人在很多时候，声音的轻重缓急往往代替了语言的含意，何况又是当眼下这么一个境况呢。可能，老人家的要求也并不高，知道有人在陪伴自己也就是了，可能是这样吧。时间就这样一点一点过去了，淑娟摩挲着老人的胳膊，看着看着，就不免起了一个联想……鼻子有点堵，许是因为困乏呢？她就慢慢起身，到洗手间去了片刻，手托了一块温毛巾过来，先擦拭了一下老爹的额头、脸颊，接下来拭老人的胳膊。老人一直处于半醒之间，他感受到了淑娟的好意。他兴许知道快到三更时分了，于是有些不好意思了，嘴角扭一下想做出一个笑容出来，以示对于面前这个女子的报答。老爹以前是很有些身份的，做完了这个动作之后，他想探讨探讨严肃的问题，可又怕人家笑他软弱，就先表明了态度说："我不怕。"

奇怪，原本吐字混浊的老人家，这一个时刻倒像变了一个人了——这么说有点夸张，反正他有些神清气爽了，可是事实——他清爽地向淑娟说出了"我不怕"三个字之后，就又长时间陷于停顿，淑娟接话不是，不接也不是，一下子愣在那里了。她只好捏起老爹枕头边的纸巾给他拭去了嘴角上的白沫，不料这个时候老爹又说话了，老爹没说他不怕什么，只是说了一句连贯的话："我这个岁数可以了，我爹才活了六十多。"然后就做出一副安然入睡的表情，就这样一直持续了一两个时辰，估计天麻麻亮了的工夫，老爹凹陷的眼窝突然急速动弹，淑娟知道，可能到了一个什么关口了吧，禁不住有些紧张。

头前的话听清楚了，老爹先说的是"门——门，"紧接着就嘀咕出了一长串短促的字眼，淑娟揣摩可能是一些人名，果然是。老爹的意思弄明白了，他让淑娟快去开门，因为他看见他当老板（高官）的儿子、女儿以及出国的孙子们回来了！正在门口呢。淑娟就快步过去开门，老人想象的热闹场面并没有出现，门口和整个夜晚一样宁静。待淑娟心情沉郁地慢慢回到床边，不知老人什么时候居然侧卧过来身子了，淑娟的两只手，握紧了老爹的两只手，直到那双枯槁的双手慢慢冷却。

回到家，淑娟开了门锁，三步两步奔到里屋，见瘫在床上的男人早在等待她呢，还挣扎着想坐起来，淑娟按住了他，男人心疼地说："老婆，又一宿没睡？""唉，干的就是这个活嘛。"淑娟在男人身边打了个小瞌睡，就到了厨房忙活起来了。刚给男人端上来吃了，很高兴又接到一个电话，说让今天晚上到某地某地去。男人建议淑娟歇一个晚上吧，淑娟摇了摇头，说："这个雇主可是给现钱的。"

原载 2016 年第 8 期《天池小小说》

口袋里的秘密

四　海

父亲突然从乡下赶来，这使我颇感意外。

正值酷暑，父亲上身却穿着一件灰色的旧衬衫，外面套着一件脏兮兮的蓝大褂，脸上胡子拉碴的，像是在工地干活的农民工。

"您咋来了？"话一出口，我顿觉有些后悔。作为儿子，咋能对常年待在村里、和自己见不了几面的父亲这样说话。

可父亲听后并不在意，他问道："听说你正筹钱买房？"

我一时语塞，不知父亲从哪儿得到的消息。

"人这辈子，娶亲、添子、购屋都是大喜事，咋不告诉爹呢？"父亲说着，解开外衣的纽扣，露出里面那件衬衫，只见衬衫的口袋鼓鼓的，袋口用别针紧封着。父亲哆嗦着双手，好容易将别针一个个取下，从里面夹出一张银行卡，放到我面前的桌子上。

"这里有10万元。"父亲说，"爹没本事，没攒上什么钱，上个月爹把村里的那处老院子处理了，连房带地卖了6万元，后又卖了几头牛，凑了个10万元的整数。本想这次拿现金来，又怕路上有个闪失，只好到镇里的银行办了张卡，你啥时用，直接去取就是了。"

"卖了老院子，您连住处都没了，以后咋办？"我不免担忧起来。

"别考虑爹，爹一大把年纪了，今天说不上明天的事。再说，你村里的老叔那儿还有间闲置的破窑洞，我拾掇了一下，能遮风挡雨就行了。"父亲说完，又拿起别针，小心翼翼地将衬衫的口袋慢慢封好，用手摸了摸，这才放下心来。

"这钱您还是拿回去吧。"我劝道，"您上了年纪，我们又不在身旁，万一有什么事，身上没钱不行。"

"我能有什么事？"父亲笑笑说，"即便有个头疼脑热的，也不用去医院，那是白扔钱，有钱还是留着你买房，才是正理。"

我听了踌躇着，半天无语。

午后，妻子在给女儿洗衣服时，拿出一件我穿过的衬衫，递给父亲说："您的衬衣也脏了，脱下来，把这件换上，我顺便帮您洗洗？"

父亲听了先是一愣，下意识地捂了捂那个用别针封好的衬衣口袋，后退着身子，摇头道："不用，刚洗过没几天，不脏。"

妻子见父亲执意不肯，也就不再勉强。

晚上睡觉时，我去给父亲送睡衣，见他躺在床上还穿着那件衬衣。我说："您衣服也不脱，咋能睡得舒服，来，把睡衣换上。"我边说边上前帮他脱衣。

父亲听后急了，忙坐起身，裹着被子说："不用换，这样挺好，爹习惯了闻这汗味，要是换上这睡衣，爹还真睡不着觉了。"

我见父亲又倔强起来，只好苦笑着，随他而去。

夜里，妻子悄声问我："你注意没有，爹这次来举动怪怪的，一直护着衬衣上用别针封好的那个口袋，里面像是藏着什么值钱的东西。"

"爹能有什么值钱的东西？"我翻了个身，不以为然道。

"不会是存款单吧？"妻子打趣道。

我听了摇头道："什么存款单，咱娘死得早，他又没有退休金，来钱的渠道，无非是每年在村里养几头牛、几只羊，如果真有钱，还要卖房子给咱凑钱？"

"那会是什么呢？"妻子依旧猜测不已。

"别瞎想了。"我说，"无非是装了几个路费，怕路上丢了。唉，人老了，都是这样。"

妻子听了这才不语。

第二天，任凭我和妻子怎样挽留，父亲都执意要走，他说家里还有几只羊需要喂养，临走时托付给了老叔，老叔也忙，还是早点回去为好。

谁料，父亲走后的第二个月底，老叔突然打来电话说："你爹病危，速回来办理后事。"

我听了呆若木鸡。

当我和妻子风风火火赶回村里那个破窑洞时，父亲已经撒手离去。冷清的屋子里，只有老叔和几个本家亲戚围在他身旁，不住叹息。

"到底是咋回事？"我强忍着悲痛，询问老叔。

老叔看看我，又瞅瞅一动不动的父亲，摇摇头，一句话也没说，扭过脸去。

在整理父亲换下的衣服时，我一眼看见了那件灰色衬衣，袋口依旧用别针封着。我颤抖着取下别针，发现口袋里是一张纸，打开后，呆了，原来是一张医院出具的癌症晚期诊断书。

原载 2016 年 1 月 31 日《兵团日报》

姐　妹

马学全

玲子和芳芳是同时招工到这家国有企业上班的，不同的是，玲子家在农村，芳芳家在城里。玲子和芳芳同住一间宿舍。玲子住宿舍，是因为家远。芳芳住宿舍，则是因为家里人多住房小。

那时候工资低，单位食堂又是大锅饭，玲子嫌食堂的饭菜粗陋，便在宿舍里支起了锅灶。玲子在家的时候跟她妈学了一手好茶饭，每当下班，玲子的饭菜香味便飘出宿舍，弥漫整个楼道，诱得人直咽口水。芳芳不会做饭，但吃过一次玲子做的饭菜就不肯回家了。下班后，她宁愿陪玲子去买菜，回来后给玲子打下手。

宽子也从农村招工来，和玲子同一个车间上班，住在单身宿舍的另一头。宽子不会做饭，只能吃食堂的大锅饭。

周末，食堂的大师傅休息，宽子没地方吃饭，只能吃馒头。

宽子身材高挑，脸皮白净，是个腼腆的男孩，跟人说话的时候眼睛总是盯着地面。

周末，玲子和芳芳买菜回来，在楼道里与下楼的宽子相遇。玲子问他去哪里。宽子说去外面。玲子问他吃饭了吗。宽子支支吾吾。玲子知道他没吃饭，就邀他一起吃饺子。宽子爱吃饺子，在家时经常缠着他妈包饺子，自从招工进了城，很少吃到饺子，玲子叫他吃饺子，馋虫早已涌上喉头，但他却摆摆手，说你们吃吧。玲子知道他脸皮薄，说一起走吧。芳芳也说，走吧。宽子犹豫着，可我……我啥也不会。玲子说，不会我们教你，一回生二回熟。芳芳附和道，就是，我们两个一起教你。宽子不自然地低下了头，跟在玲子和芳芳身后上了楼。

玲子和芳芳一个摘菜，一个和面。宽子插不上手，就拿起床上的一本书翻看。不一会儿工夫，饺子馅拌好了，面皮也擀好了，两个姑娘开始包饺子。宽子也想试试身手，可半天也没包好一个饺子。玲子说，你还是看书去吧，我俩一会儿就包好了。芳芳也说，看书去吧，不用你搭手。宽子说，那我去接水，就拎了水桶去水房提水。

自那以后，玲子做饭的时候便时常想着宽子。在车间里遇到宽子，玲子问他食堂最近都吃啥，并邀他周末来宿舍一起做饭吃。宽子嘴上答应着，但却一次也没来。

一次，玲子做饭的时候有意多做了一个人的，直到吃饭的时候，才假装手底下没把握住分寸，故意问芳芳多出来的饭怎么办。芳芳说放着下顿吃。玲子说，剩饭菜下顿就不好吃了，要是再有一个人就好了。芳芳想了想，要不叫宽子来一起吃。玲子怕芳芳看出自己的心思，就说宽子会不会已经吃过了。芳芳说，我去看看。

　　几分钟后，芳芳和宽子一前一后回到宿舍。宽子狼吞虎咽吃完玲子做的饭菜，说你们的饭比食堂大师傅做得好。玲子借势说，那以后常做给你吃。宽子不好意思起来，说我以后给你们买菜。

　　下个周末，宽子果然买了好多菜。可他刚把菜放下，就有人来叫他加班。宽子对玲子和芳芳说，你们自己吃吧，不要等我了。

　　玲子做好饭，芳芳说要去看宽子回来没有，恰巧在楼门口遇到宽子。芳芳说，饭做好了，就等你了。宽子说，不是让你们先吃吗。芳芳说，你是客人，你不来我们怎么能先吃。宽子没再说什么，跟着芳芳回到宿舍。看着宽子大口吃着自己做的饭菜，玲子心头升腾起一股甜丝丝的滋味，暖融融的。

　　隔三差五，玲子就会多做一个人的饭，可她又不好意思去叫宽子，就让芳芳去叫。有时候，玲子会盛满一碗饭，让芳芳帮她送给宽子，并让芳芳问宽子，他想吃什么。芳芳每回都能把玲子的心意带到，并带回宽子的谢意和想吃的饭菜。

　　在车间里，玲子和宽子偶尔相遇，她能感觉到，宽子的眼神里多了一层内容。玲子想，自己的心思宽子肯定明白。她等着宽子向自己表白的那一天。

　　就这样过了好久，玲子也没等来宽子的表白，却听到了芳芳和宽子恋爱的消息。

　　玲子去找宽子。宽子告诉她，芳芳做的饭好吃，让他有了家的感觉。原来，芳芳一直都告诉宽子，饭菜是她做的。

　　当天，玲子换了一间宿舍。

原载 2016 年第 2 期《林中凤凰》

老　巴

王晓峰

　　老巴叫巴天福，老家是豫东上蔡人，1965 年 11 月从老家来到李庄子矿当了一个采煤工，后来因在井下出事故砸断了一只胳膊调到地面看了澡堂。这一看，就是二十多年。

1987年前后，国家为了照顾煤矿工人，专门出台了一项政策，在煤矿工作工龄超过20年以上的，可以办理农转非。

老巴刚好够条件。老巴有四个孩子，上面三个大的是女孩，那时候已经成家。最小的是个儿子。老巴说是农转非，其实也就是转了老婆和儿子的户口，但令人遗憾的是，老巴这个唯一的儿子，竟然还是个憨憨。

老巴的儿子叫大仓，并不是实憨，只是心眼不够数，能吃能喝，干活也有力气。刚来矿上时，一些和老巴年龄相仿的工友爱逗大仓玩。问他，大仓，昨晚你妈和谁睡觉？大仓就说，我妈和我爹一起睡。又问，你怎么不跟你妈一起睡？大仓回答，我爹不让。如此智力，在老家自然找不到老婆。当初老巴把老婆儿子的户口农转非，最主要的原因还是为了儿子。那时候，在矿上找工作不像现在这样难。老巴就托他的老乡，在矿人劳科当科长的马季给儿子找了个打扫厕所的工作。

在20世纪80年代末，能吃上商品粮就已经不容易，何况，儿子还有工作。于是，老巴就开始张罗托人给儿子找媳妇。

矿上的女孩自然没有能看中大仓这样的。后来，就有人给大仓介绍了个曹家洼的姑娘。姑娘叫桃子，初中毕业，模样倒也端正耐看，她一心想借自己的婚姻跳出农门，因此，见面的第一次，她就给老巴家提了一个条件，就是结婚后一定要参加工作。

老巴也知道自己的儿子，能找到桃子这样的媳妇算是烧了高香，为了儿子能娶上媳妇，他又托马季给自己按工伤提前退了休，让桃子接了班，然后非常大度地同意让桃子先上班，再结婚。为了以防万一，老巴托人去民政上先给大仓和桃子办了结婚证，只是没办酒席。那一段，老巴脸上出现了少有的笑容，走到哪儿都是笑眯眯的。

桃子被分配在矿井口充灯房上班。

只是令老巴没有想到的是，桃子上班不久，就被运输区区长李大明的儿子看中了。李大明的儿子李杰从小在矿上长大，经多见广，不到一个月就把桃子哄到了床上，把生米做成了熟饭。桃子自然也愿意嫁给李杰，只有老巴一家蒙在鼓里。

直到后来桃子怀孕,老巴一家才知道此事,但此时为时已晚。因为论权势,人家是一区之长,自己只是个普通的退休工人,论儿子,自己的儿子更不如人家儿子,只好吃了哑巴亏。最后,没办法,老巴只得让大仓和桃子离了婚。

大仓和桃子离了婚后,老巴就病了。但大仓因为死心眼,却不管不顾,仍然整天吵着老巴要媳妇。

有好事的就把大仓领到井口充灯房,指着桃子说,那就是你媳妇。桃子一见大仓,也是心里有愧,但无论怎样哄也哄不回去大仓,没办法只好给李杰打了电话。

李杰正在上班,听说这件事,立即赶了过来,后就打电话找来街上几个坏孩子把大仓揍了一顿。

再说大仓被人送到家,老巴一看儿子被揍得鼻青脸肿,咽不下去这口气,拖着病身子,就去矿上找了矿长。

矿长打电话把李大明叫过来臭骂一顿,让他妥善处理这事。

当天晚上,李大明就提着礼品来到老巴家给老巴赔罪,并说,事已至此,他家愿意把桃子接班的指标钱拿出来。

按说,事情到此也算圆满了。

不料,后来事情又起变故。运输区副区长张海因和李大明关系不和,听说李大明的儿子抢了别人家的老婆,李大明不仅不制止,还大力支持,便想借此机会把李大明弄下台,就指示人以老巴的名义写了揭发材料。

第二天,张海就找到老巴家,让老巴签名。本来,昨晚,李大明走后,老巴已经想得差不多了,但现在经张海三说两不说,心又动摇了,也觉得李大明欺人太甚。于是就签了字。自己则睁一只眼闭一只眼,躲回老家去了。

李大明纵子强抢他人妇的材料被寄到了矿务局纪委,书记一看大怒,立即责令李庄子矿严厉处理。

纪委书记发了话,矿长也没能保住李大明的职务。最后,李大明被免职,桃子接班的指标作废,从哪里来还回哪里去。

想想这一切,老巴就像做了一场梦。

原载 2016 年第 2 期《洛神》

红裙子女人

焦　辉

　　马军把烟头弹向夜空，烟头亮着落下来，掉进胡光的衣领里。胡光咧着大嘴，龇着大板牙，飞快地脱掉 T 恤，瞪着眼想发火。马军忙指指左边的马路。

　　一个穿红裙子的女人进入两个男人的视线。女人骑着电动车，慢慢过来，夜风吹动红裙子和长发，很美。胡光的大板牙嘎嘣咬响。

　　马军不知道胡光为什么恨红裙子，恨所有穿红裙子的女人。马军问过胡光几次，他要么含糊着回答，如同新开封的糨糊，或者转开话题，像突然转向的卡车。马军也恨穿红裙子的女人，原因他在很早的一个晚上已经告诉胡光了。那个晚上两人去离工地不远的小饭店喝酒。

　　马军说："我救过一个红裙子女人，她躺在马路边，肇事车早跑没影了，我抱起她，身上和手上立马沾了血。万幸，女人活过来了，倒霉，我成了肇事者。红裙子女人的家人冤枉我，我不分辩，只等着她醒来。红裙子女人终于睁开了眼睛，她有气无力地指指我，没说一句话。后来的事，唉，我赔了个倾家荡产，女朋友也离开了我。"胡光接口："穿红裙子的女人，是世界上最可恨的人。"他的眼里燃烧着两团火。马军当时想问，如果是同一个女人，今天穿红裙子，是可恨的人，那明天穿蓝裤子，还可不可恨呢？

　　俩人又一次喝完酒，无聊中决定惩罚一下穿红裙子的女人。最后商定，碰见红裙子女人，吓唬她一下。俩人在小树林里待了一会儿，也就吸两根烟的时间，马军把烟头弹进胡光的衣领里时，红裙子女人出现了。

　　红裙子女人骑着电动车经过树林，胡光噌一下蹿出去，一把抓住女人的挎包。女人尖叫一声，摔在路边。胡光摁住女人，用手捂住女人的嘴，扭头喊："快来。"马军跑过去，站在胡光和女人旁边，不知道该干什么。胡光一把掀起女人的红裙子，女人两条白花花的大腿露出来，女人死命挣扎。胡光歪头冲马军吼："快来帮忙。"马军有些恼火，问："你干什么呢？"胡光不理他，刺啦撕烂了红裙子。马军弯腰摸一块砖头，啪一声，胡光满脸是血。马军扶起女人，说："快走吧。"女人抽泣着骑上电动车，很快消失不见。胡光和马军绝交了。

马军在工地干了半年多，觉得没什么意思，就进了一家大型连锁超市干理货员。随着时间的流逝，他对红裙子女人说不上来恨不恨了，因为每天都有很多红裙子女人来超市买东西，进超市就是顾客，顾客是要笑脸相迎的。过了两年，马军辞职了，回家乡县城开了个小超市。

马军把全部心血投在小超市里，没一年，小超市干大了，马军雇了几个女孩。有个叫小倩的女孩，喜欢穿红裙子，她肤色白皙，红裙子一衬，显得俏丽。小倩干活认真，人聪明，责任心强，马军有事外出，就把超市交托给小倩。小倩把超市料理得井井有条。

马军越来越觉得红裙子好看了，走在街上，眼睛总会被穿红裙子的女人吸引，或者被服装店里的红裙子吸引。红裙子，火红的颜色，是对生活的热爱，是生命的激情，是喜庆吉祥的象征，看着想着，脑子里跳出小倩的身影。

马军三十二岁生日那天，特意打扮了一下，穿上红衬衫蓝裤子，皮鞋擦得能当镜子，人显得格外精神。他拿着新买的一条红裙子去超市。路口有警车响，警车后面跟着一辆卡车，车上站着几个面色铁灰的人，这几个人很快就会被正义的子弹终止罪恶的生命。马军忽然愣了，卡车上有个熟悉的身影，是胡光，他胖了些，眼睛盯着马军看，眼神像中箭的狼。胡光张嘴说了句什么。卡车呼啸而过。

进了超市，马军走到小倩身边，轻声喊："小倩。"小倩停止忙碌，用手背擦汗，问："老板，什么事？"马军双手缓缓地把红裙子捧到小倩面前……

原载 2016 年 4 月 3 日作家网

母　亲

韦延才

我赶回来时，母亲已经是奄奄一息了。还没踏进家门，父亲就急切地说：

"快去看看你妈，她有很重要的事情要向你交代。"

我急匆匆地向母亲的房间走去。母亲半躺在床上，背上垫着一张厚厚的棉被，她双眼无神地半睁着。"妈，我回来了。"我大步走上去，坐在床边，拉着母亲的手说道。

母亲的手也拉住我，头吃力地动了动，看着我说："有件事情，你回去后一定要帮妈办好。"

我点着头，说："别说一件，就是十件，只要我能办的，我一定给办得妥妥帖帖的。"

母亲看我的目光有些兴奋，但在这弥留之际，这丝兴奋看起来没有一点光亮。我心里揣测着，母亲还有什么重要的事情没跟我说呢？十几年前，母亲到小县城里与我一起居住，帮我照看孩子，孩子上学之后，她说什么也不肯再留在城里，硬是要回农村老家去。后来，每年我都把母亲接到小县城里去住几天。但母亲每次来总是住不习惯的样子，没几天就嚷嚷着要回去。每次回去前，母亲也总要跟我交代一些事情，比如工作不要熬夜，孩子的教育要怎样怎样等等。

父母是穷苦人家出身，家又在农村，没有什么贵重的东西。而关于生命、关于家庭、关于为人处世等的事情，母亲已经不知说了多少遍，还有什么她放心不下的事情呢？

母亲已是一副皮包骨头的样子，在医院里她大概已经预知自己时日不多，让我们尽快把她接回家里。按照我们本地的风俗，老人过世后以入土为安，而又必须在尚有气息时接回家里，否则是不能进入家门的。进不了家门便会成为游魂野鬼。我们明白母亲的意愿，因此在征求了医生的意见后，把她转回了农村老家。看着母亲这个样子，我的鼻子酸酸的，深觉对不起她。虽然后来生活比以前有了很大的变化，但还是没能让她尽享天伦之乐。母亲在我这里小住的时候，那时因为我不时要下乡，妻子又是朝去晚回，有时候我不能回来买菜做饭，母亲已经70多岁了，不会使用电器，我便叫她到附近的一家饭店里买个饭吃。起初母亲不肯，她是担心多花钱，说饭店里一顿饭，足可以让一家人吃上一天了。我说不就是10块钱吗，在家里还要水电煤气呀、洗碗洗碟呀，费用差不了多少，还省下一摊麻烦事呢。在我的执意要求下，母亲才勉强同意。

晚上我回来的时候，母亲却是一脸的高兴。她笑着告诉我，她中午去饭店吃饭了。我说味道还不错吧。母亲说味道当然是不错，要不人家饭店怎会那么多客人呢。

我点点头。母亲说，并不单单是饭菜合胃口。我有些不解地看着母亲，母亲说："今天我中奖了。"

"中奖？"我不解地问道。

母亲说道，她吃完了饭去结账，老板看了看她，拿出一个抽奖箱，让她抽奖。结果她中了奖，奖励是减免她的一顿饭钱。

想不到饭店也搞这样的抽奖活动呢。我说："妈，您的运气真好。"母亲笑了笑。我接着道："那以后我们不在家的时候，你也去那饭店里碰碰运气。"

那饭店名叫"老何饭店"，是一个姓何的中年人开的，起初我与饭店的老板并不认识。自从母亲在他那里吃饭中奖后，我才逐渐对他有所了解，原来他与我们是同一个镇的人，多少还算得上是老乡呢。

后来，母亲每次来城里小住，当我们有事不在家无法弄中午饭的时候，中午这一餐母亲就到老何饭店里去解决，每次老板都会让她抽奖，中奖的概率自是逢抽必中。当然后来的那些中奖，是我受了何老板的启发，事先给了他钱的……

母亲拉我的手动了动，吃力地说道："你还记得我去老何饭店吃饭的事吗？"

我一边点头一边说："当然记得，妈您的运气特好，每次吃饭都中奖。"

母亲的嘴角咧了咧，像是做微笑状，但看上去表情却是痛苦的。母亲断断续续地说道："我哪有什么好运气呢，那是何老板人好。他这样做，是孝敬咱老年人，让咱吃得安心。"

我默默地听着，母亲又说道："你回去好好谢谢他，把饭钱还给人家，不能让好人吃亏。"

"嗯。"我应着。母亲拉我的手又用了一下力，像完成了一件特别重要的事情似的。我转头看了看她拉我的手，但那手很快就松开了。

当我抬头看着母亲时，她的眼睛已经闭上了，脸上的表情一如门前水塘里宁静的水面，是那样平静与安然。

原载 2016 年 2 月 1 日《玉林日报》

手 莫 伸

刘万里

张三和李四从小一块儿长大，从小就暗暗较劲，他们不仅是同学，还是情敌。

高中毕业，他们同时考上了省城师范大学，在大学里的老乡会上，他们认识了王二倪，两人同时喜欢上了她。王二倪也很纠结，两个男生她都有点喜欢，张三不善言辞，诚实本分。李四油嘴滑舌，英俊潇洒。如果二合一该多好啊，她也知道鱼和熊掌不可兼得，父亲的那句话常在她耳旁回荡，"找男朋友要找诚实本分的，帅又不能当饭吃，还易花心"，最后她选择了张三。

那时大学生国家分配工作，三人毕业后都分到了离县城百多里外的一所偏僻的中学。

两年后，张三和王二倪结婚了。李四痛哭一场后，离开了学校，通过父亲的关系他转行到县政府上班。

王二倪家在县城，她也想把工作调到县城的城关中学，但调工作谈何容易，她听说了要想调到县城，至少要花10万块钱，两人刚结婚，手头也不宽裕，这事就慢慢搁浅了下来。直到又一个同事调走了，她的心又开始蠢蠢欲动，她委托一个朋友牵桥搭线，把2万块钱送给了教育局局长。一年过去了，一点动静都没有，她知道自己钱塞少了，这事黄了。王二倪几次想去局长家把钱要回来，张三就劝她算了，如果要恐怕今后就有小鞋穿，吃个哑巴亏算了。王二倪就发脾气，说张三无能没本事。

随着小孩的出生，王二倪想把工作调到县城的愿望就越来越强烈，只要离开大山，就算调不回县城，县城附近的川道学校她也愿意。

一天，王二倪去县城开会，在街上遇见了李四。

李四说："这些年你好吗？"

王二倪叹了一口气，没正面回答，她问："你呢？"

李四说："刚开始给县长当秘书，后到镇上当书记，接着到卫生局当副局长，兼县医院的院长。"

王二倪一惊:"几年没见，没想到，你爬得这么快啊!"

李四呵呵一笑:"以后有啥困难，只要你提出来，我一定想办法帮你解决。"

王二倪望着李四，随口说道:"你能帮我把我调到城关中学吗?"

李四淡淡一笑:"没问题啊，城关中学的校长和教育局局长都是我哥们儿。"

"真的吗?"

"当然是真的，"李四说，"上车吧，我带你去一个地方。"

王二倪上了李四的车，来到一处豪华的别墅，别墅金碧辉煌，装修得就像皇宫。

"这是哪里?"

"我的家。"

"你老婆呢?"

"离了。"李四轻松地说，"实话告诉你吧，这别墅我不常住，我有 20 套房，40 个车位……"

"你哪来这么多钱?"王二倪惊呆了，如果当初选择李四，这将会是一种什么生活，她不敢想。

李四笑了笑，不语。

当夜，王二倪留在了别墅。

不久，王二倪果然没花一分钱，顺利地调到了城关中学。

从此，王二倪经常去李四的别墅幽会。李四还偷偷带着王二倪去了趟香港和澳门。回来后，王二倪开始看丈夫张三不顺眼了，吵着要离婚。

"你外边是不是有人了?"张三说。

"没有。"王二倪有点慌乱。

张三不信，同时坚持不离婚。

张三也听到了王二倪的一些闲话，刚开始他不信，偷偷跟踪了几次，终于发现了王二倪和李四在别墅幽会。张三恨不得冲进去，好好收拾李四一顿，想来想去，他装作什么都没发生，最后回家了。

第二天，王二倪回来了。

"昨晚干啥去了?"张三平静地问。

"加班。"王二倪镇定地说。

"以后记得早点回来。"张三装作什么都没发生，旁敲侧击地说，"昨天我在街上遇见了李四，别看他现在春风得意，'手莫伸，伸手必被捉'，他这只'苍蝇'迟早会出事的。"

张三不罢休，咽不下这口气，他就开始搜集李四的证据，在网上匿名举报。说李四住别墅，开豪车，包情人，在人事、药品、设备采购、基建等方面大肆暗地捞钱。当然好多都是他听别人说的。

上面派人来调查，结果不了了之，李四依然稳坐钓鱼台。

张三明白，李四有靠山，要扳倒他不容易。

两年后，张三没想到的是，外县的一起医院院长受贿案牵出涉及三市的受贿串案，李四被牵扯进来了。

李四被逮捕了。

不久，省城的一家报纸对这事做了报道，报道中说李四在外边包了6个情人。

张三把报纸递给了王二倪，"手莫伸，伸手必被捉。"

王二倪匆匆看了一下标题，长叹一声，脸慢慢变绿了，气得说不出话来……

原载 2016 年 8 月 31 日《教师报》

我不是小偷

殷 茹

时隔多年，我又回到了那座村庄。村子变化很大，已经完全看不出当年的模样了，幸好，村口的那株老槐树还在，我一眼就认出了它。

槐树下坐着一位打盹儿的老人，看起来六十多岁，但头发已经花白。这个年纪的人，生活阅历多，又不糊涂，我想跟他聊聊。

大爷，您好！

老人缓缓睁开眼睛，看了我一眼，又把眼睛闭上了。我有点尴尬，正要离开，他又叫住了我。

　　等等，我看你有点眼生，从哪儿来？

　　我说，大爷，我是个作家，来村里找故事的。

　　找故事？老人睁开眼睛，又打量了我一眼，那敢情好，这村里的故事可多了。

　　我在老人身边蹲下，要不您老先给我讲一个？

　　好，讲一个就讲一个。老人坐正了身子，脸上露出笑容。

　　三十年前，这个村庄来过一个陌生人，那年，他是被人当作小偷从家里赶出来的，那时候，这村里还没有楼房，喏，就在那边——

　　老人用手指着村口的某一处。

　　那里曾经有两间草房子，这个人看门虚掩着，屋里静悄悄的，就走了进去。他一天没吃饭了，又饿又累，想找点吃的。但这家看起来很穷，屋里空荡荡的，只在靠门口放着一张破桌子，上面放着一副碗筷和一把菜刀。他又往里探头，看到靠墙角有一个用稻草打成的地铺，上面躺着一位妇人。

　　有人吗？他叫了几声，妇人没有动弹。

　　难道她死了？他犹疑着走上前，用手触触妇人的鼻孔，还有呼吸，只是脸皮烫的吓人。

　　他想去喊人，但又怕人们误解，心想，算了，还是先救自己吧。

　　他在屋里翻腾起来，最后只在一个小包裹里找到了几块零钱。他把钱悉数揣进衣兜，正打算离开，屋里又进来两个人。

　　你是谁？来人问他。

　　他有些慌张，支支吾吾说不清楚。

　　他是贼！其中一个人对另一个人说，你快去叫人，我在这里看着他。

　　他的血涌上了头，原来他被人当作过小偷，可那次他是被冤枉的，这回呢，他摸摸兜里的钱，完了，洗不清了。他惊恐地瞪着对面的人，想找个空子跑出去。这时，门外传来脚步声，一个小女孩喊着妈妈跑过来。趁那人愣神的工夫，他拿起桌子上的菜刀，准备冲出去，刚好与进门的小女孩撞个满怀。他趔趄了一下，一抬头，看到更多的人拿着锄头棍棒正从四面八方涌来。

　　他吓坏了，一手拉着女孩，一手举着菜刀，一遍遍冲人们解释：乡亲们，你们行行好，我不是小偷，我只是饿了，想找点东西吃。

　　可是，没有人相信他的话，人们仍然步步紧逼，一步一步朝他接近。他快崩溃了，情急之下，把菜刀架在小女孩的脖子上，冲人群大喊，都不要过来，谁再过来我就杀了她!

人们站住了,双方对峙着,谁都不敢再轻举妄动,你猜怎么着?

讲故事的老人突然停住了,转过头来看着我。

那个孩子突然从口袋里掏出几块饼干,举到他嘴边,说,叔叔,你饿了,我这有几块饼干,是张奶奶刚给我的,你吃吧……

他怔住了,手一软,菜刀咣当一声掉在地上。

这时,人群中有人冲上来,把他按倒了。

小女孩吓哭了,她看起来只有六七岁,嘴里不停地说着,叔叔饿了,你们不要打他。小女孩的话还真管用,最后,人们扔掉手里的家伙,拿绳子把他捆了起来,送到了派出所。

后来呢?我问。

那个人被关了两年,出来后又回到了这里,因为他想把钱还给那个妇人,顺便再谢谢那个小女孩。可他回来时,草房内已经空了。后来他才知道,妇人的病好了以后,就带着女儿离开了村子。他以为她们还会回来,就在这附近找了一份活干,一边干活一边等,这一等就等了三十年……

老人望着远处,目光中满是怅然。

我被老人的故事震撼了,天下之大,真是无奇不有啊。其实我早已从一位朋友口中听说了此事,这次就是专门来寻访那位故事中的主人公的。我说,大爷,您能带我去见见那个人吗?

你见他干吗?老人抬眼看看我。

我也有个故事,想讲给他听。

那你先给我讲讲吧,我要是听着好了,就带你去找他。

这是位倔强的老人,真拿他没有办法。于是,我只好重新蹲下来,把我来这里的初衷告诉他,没想到刚讲一半,他就拉住了我的手,闺女啊,别讲了,我知道你是谁了,我就是你要找的那个人啊……这么多年,我一直没离开过这儿,就是想等你们回来,告诉你们一声,我真的不是小偷!

我说,我知道,我知道,您不是小偷,您怎么能是小偷呢!

说完,我们都哭了。

原载 2016 年第 8 期《天池小小说》

拉　套

秦景棉

老牛过马路的时候，用食指刮了一下脑门儿，用力一甩，汗珠子在滚烫的马路上，砸出一串响炮来。此时此刻，他的心情就像眼前的天气，急得直蹿火苗子。妻子穿着半高跟儿鞋，铆足力气，也跟不上老牛的节拍。这段马路没有过街红绿灯，一辆辆汽车飞跑着，丝毫不肯礼让路人。妻子看老牛过了马路，瞅准一个空当，伸出右手示意，一辆黑色宝马急驰而过，车镜铁砂掌一般，扇在她的手背上。顿时，疼得钻心，肿起很高。她含着眼泪骂了一句，继而埋怨丈夫：这个老东西，甩片汤话一个顶俩，拉起套来，猴儿急。

办完汇款，老牛的心里踏实了，步子似乎也放缓了："他妈的，美国的钱就那么值钱！30万，沉甸甸的一堆，换成美元，才5万。"妻子走在老牛右侧，没有吭声。火辣辣的毒日头当空照着，下火似的，烤得她耷拉着脑袋，看着青紫的手背，心里很不是滋味，感觉那血汗钱一下子缩水了。存折上的数目又一次复零，加上向大姐借的18万，给儿子连个零头也没有凑上。

每当听到有人说，闺女是建设银行、儿子是投资银行时，老牛就觉得养儿子太亏本。尤其看到同事的闺女，今天送老爸茅台酒，明天请老爸出国旅游，他对妻子的埋怨就更加频繁了："生个赔钱货，害得我天天为儿子拉套，拉到哪站是个头啊？"

从小，老牛的儿子就比别的孩子花钱多，爱好一个接着一个。什么摄影、钢琴、萨克斯管、电脑……喜欢哪样，不得置办家伙呢。尤其电脑那玩意儿，更新换代就像台上的变脸王，忒快了。每一次更新，都像从老牛身上刮去几斤肉。

眼看着儿子念完了大学，该工作了，老牛心想，总算可以松口气了。谁料，儿子读书读上了瘾，停不下来了，接着读研，读博士，读博士后。孩子爱学习，总归是好事，哪有不支持的道理，继续掏钱供吧。老牛夫妇除了那几个死工资，没有别的进项，只能从吃穿用中节省开支。

　　于是，老牛的日子过得就格外仔细，两口子吃菜，挑最便宜的，穿衣，买廉价的，自行车坏了，自己修。一次，车圈不能用了，老牛舍不得买新的，跑到单位存车棚里，卸了一个车圈。正好被同事小韩看到了，挖苦道："老牛，偷别人的车圈，你也不怕丢人？"老牛回击道："当头儿的偷女人都不怕丢人，我干这点事儿怕什么。再者说了，这是别人扔掉的破自行车，我废物利用，不是偷。"说完，拎着车圈大摇大摆地走了。

　　节俭下来的钱，老牛都积攒起来。存折上的数字，一点点上升，突然复零，再一点点上升，而后又复零。每一次从有到无，都是用在了儿子身上。

　　终于，儿子读完博士后，在美国有了一份收入丰厚的工作，娶了一位洋姐，购买了一套漂亮公寓，小日子有滋有味地过起来了。

　　从此，老牛夫妇的觉，就睡得格外安稳了。同事看老牛的眼神儿，就有些异样了，有的甚至眼里充血："行啊老牛，有个挣美金的儿子，随便给你寄5万、8万的，够你们两口子后半辈子打着滚地花了。"

　　说实在的，老牛并不指望儿子寄美金来，他想，只要儿子小两口过得好，当父母的，就心满意足了。老牛夫妇的工资，不用再向"投资银行"一笔笔注入了，存折上的数目已经慢慢积攒到了12万。他对妻子说："等天儿凉快了，我带你出去旅游旅游，到有山有水的地方转悠转悠。"妻子无声地笑了。

　　许下的诺言还未实施，儿子一条微信，使老牛存折上的数字，顷刻之间又一次归于零。儿子儿媳看上一套别墅，比现在居住的公寓大多了，依山傍水，环境优美。他们决定买下来，首付需要66万美金。钱不够，向爸妈发出了紧急求援。

　　儿子有需求，当父母的责无旁贷。听到微信，老牛两口子就像听到皇帝下的一道圣旨，立马不折不扣地照办执行，唯恐推迟一会儿，把儿子的好事耽搁了。

　　要横穿马路了，妻子挽住老牛的胳膊说："忙昏了头，差点忘了，今天是你的生日。大热天儿，咱不做饭了，上饭馆潇洒一回。"老牛注视着汽车与汽车之间的距离，没有接茬儿。妻子问："哑巴了？"老牛瞅准一个空子，拽着妻子蹿到了马路对面："过哪门子生日，买一斤切面，拍两根黄瓜得了。"见妻子不语，老牛又老话重提："你要是生个闺女，咱就不会过这紧巴日子了。""我下辈子一准儿给你生个闺女。""那好，下辈子我保证你吃香的喝辣的，也让你开开荤，美美容。"

　　一晃一年过去了，这天，又是骄阳似火。老牛正在厨房捣蒜泥，拌凉粉，儿子发来一条微信："爸，你当爷爷了！"老牛一听，扔下捣蒜锤儿，嘿嘿乐了。

他把手机靠近嘴边，急急发问："是闺女还是儿子？"片刻，儿子的声音传过来了："是女孩，六斤八两，长得像我，哈哈。"老牛皱起眉头，好一会儿没有吭声。妻子催促："赶紧回话呀。"老牛说："回什么回？生个丫头片子。""嘿，你这口是心非的老东西，天天嚷嚷儿子是赔钱货，眼馋别人的闺女。""说归说，赔钱，我也愿意养儿子……"

老牛还在喋喋不休，儿子的微信又来了："爸妈，过段时间把孩子送到北京，由你们带着。"

妻子说："赶紧回绝，咱不带这丫头片子。"老牛说："别价，闺女也是咱牛家的血脉，哪能不带，带！带！带！"妻子望着老牛那认真的样子，撇了一下嘴。

老牛夫妇遵命，接旨，驾起辕，继续拉套。

原载 2016 年第 3 期《百花园》

拥　有

相裕亭

康家是盐区的大户，鼎盛时期，有着"驴驮钥匙马驮锁"之说。可见，当初，康家的庭院有多大，开门的钥匙、锁头，都要用驴马来驮，了得！

康家戏匣，就是那个时期的产物。

至今，盐河两岸，上了岁数的老人们，提起当年康家戏匣，还禁不住连连咂舌：那玩意儿，奇了！月明星稀的静夜里，那小小戏匣里传出的唱腔，顺着流淌的盐河水，能传出十几里外去。

现在想来，那就是一台东洋人玩的留声机。不过，在那个连电灯尚不知何物的年代里，康家老爷子能整来那么个手摇式的戏匣，不亚于当今哪位款爷购来一架私人直升机。为此，康家老爷子，爱如珍宝，专门请来苏州匠人，做了一个颜色与之匹配的黄花梨木的戏匣子。

庚子事变时，康家老爷子死于战乱。饱受炮火洗礼的康家大院，落到大少爷康少千的手上时，他算是悟出了人生的真谛，一改老爷子创业、守业、严谨持家的做派，玩起了坐享其成的招数——卖家产。

康家的家产有多大？多厚？无人估得清、说得透！只见康家大少爷一件一件典当着卖，先珠宝、后字画。后期，康大少爷染上了鸦片。且一发不可收！家中的瓷缸石佛，硬木家具也往外搬。等到康大少爷把老爷子传给他的那台留声机也搬进盐河码头的容古斋时，容古斋的老板就猜到康家的家底子，大概是到了水干拿鱼的时候了。

果然，没过两年，康家大院被人抵了债。不过，那时间，康家大少爷已经死了，轮到康家第三代长孙康小米来拾掇残局，他领着一家老小搬出祖宅，稀松可怜地跑到盐河口盐工们"滚地笼"的地段儿租房子住。可想而知，康家到了什么地步。

好在，这人世间的事，如同飞蛾、昆虫一般——飞一辈儿，再爬一辈儿。康家老爷子，用尽毕生精力，把康家的产业推向辉煌，轮到康家大少爷持家时，他便换了一种逍遥自在的活法，将康家的老底子翻弄个底朝天。等到康家落草为民了，康家的长孙康小米当家理财时，他做梦都想让康家东山再起。

然而，时局不由人。轮到康小米励精图治、追寻豪门的时候，此地已经"解放"了。所幸的是，那时间，康家没了庄园、没了盐田，无须人民政府将他们康家扫地出门，他们康家先行一步，跨入贫民行列，反倒落了个无财一身轻。但，康家的祖宅还在，康家的诸多珠宝、古玩字画，还在世间广为流传。只可惜，康家的后人已无力追回了。

七十年代初，年近花甲的康小米，听说省城拍卖行，要拍卖他们康家那件红极一时的戏匣子，康小米动员康家老少几代人，有钱捐钱，有物捐物，他想去赎回那件标志着他们康家辉煌的玩意儿。

没料到，此时那戏匣的身价，已不再是那台留声机。而是装留声机的那个黄花梨木做的戏匣子。玩古董的人都知道，上等的黄花梨木有着寸木寸金之说。而康家老爷子做那个戏匣子时，正是康家如日中天的时候，所选用的木料，自然都是上乘的黄花梨木。

拍卖会上，那个头戴博士帽的拍卖师，双手捧出那个看似骨质一般的康家戏匣子时，全场顿时一片哗然！

拍卖师简单地介绍了一下那个戏匣子的来历，随之，单臂一伸，报出了起拍价——两千块钱人民币。

这在那个吃饭、穿衣还很困难的年代，已经是天价了。而对于早已"贫民化"的康小米来说，更是无缘与之叫板了！当天，他只带来八百块钱。就那，还是全家人捏瘪了口袋凑起来的。

在康小米看来，当时，收音机已经普及了，那台老式的留声机，或许值不了几个钱了。但他没有料到，拍卖师报出起拍价之后，"要价"却一路攀升，从两千二百块，到两千四、两千八……眼看就要往三千块钱上攀升时，康小米在一个并不起眼的角落里，突然大喊一声："三千！"

康小米的那一声呼喊，是放开喉咙、用足了力气，大声喊出来的，刹那间，震撼了整个拍卖现场。但，无济于事。他要的那个"三千"，只停留了短短的几秒钟，很快，就被后面的三千二、四千所淹没了。

尽管如此，康小米还是暗自欣慰。

在康小米看来，他们康家戏匣子，在他康小米这一代，总算是又回来了。虽说，只有那么短短的几秒钟……

原载 2016 年第 2 期《小小说选刊》

幸亏局长不提拔我

云 樵

这次提副局长，张三你要是还上不去，就别进这个家门了！这是昨晚老婆恐吓我时说的。我一着急，就失眠了。

我在单位算六朝元老，换句话说，就是有六位领导先后领导过我。自从第三任领导叫我当科长后，我就像掉在地上的豆腐——再也提不起来。当然，机会不是没有，机会对每个人都是均等的。问题是，不管我如何去做领导的工作，结果都是功亏一篑，这让我非常纠结。

比如第四任领导。

　　第四任领导上任后，我几乎每天都要去他办公室，早请示，晚汇报。第四任领导指东，我绝对不会往西。第四任领导说喝白酒，我保证不开啤酒。第四任领导已经布置的任务，我坚决完成。第四任领导还没布置的任务，我也能心领神会地提前干好。总之，我鞍前马后，勤勤恳恳，兢兢业业，宵衣旰食，目的只有一个，就是让第四任领导明白我对领导是忠诚的，对单位是挚爱的，工作热情是高昂的，业务能力是突出的，进入班子是完全应该的。

　　事实证明，我的努力没有白费。那次，第四任领导拍着我的肩膀说，张三好好干，我们单位就需要你这样的人挑重担。第四任领导的话就像一把手电筒，照亮了我暗夜的天空。

　　第四任领导喜欢念白字，比如"跳跃"说成"跳要"，"酝酿"读成"运浪"，"投掷"念作"头正"等等。我问领导是不是念错了，第四任领导有些尴尬地说没有念错，我是故意的。大家就说领导怎么会念错呢，领导这是幽默哇！

　　第四任领导还喜欢说简略语，比如把"电话聊天"说成"话聊"，"电话商量事情"说成"电商"，"依法治理办公室"说成"依治办"……诸如此类的简略语都很有趣，常常逗得我们哈哈大笑。一次单位开大会，会上附带传达一份文件，文件是县里"社会主义精神文明建设办公室"下发的。念文件的时候，第四任领导直接就将发文单位简略成"社精办"。会场突然静了下来，而后响起一串哈哈的大笑声，我发现这串笑声是从我的嘴里发出的。如同一根火柴点燃火药桶，会场立刻被爆炸似的笑声淹没了……

　　第五任领导来的时候，我还在科长的位置上。第五任领导很快掌握了我在第四任领导时期犯下的"罪行"，对我采取回避态度。无论我怎么套近乎，表忠心，他都视而不见。

　　特殊情况特殊处理，我决定出奇招。我委托一个在市里教书的同学冒充本市赵副市长的秘书，给第五任领导打电话，让第五任领导在适当的时候提拔我。虽然这种伎俩作家们都写烂了，但我认为那是文学的杜撰，现实生活中是不可能发生的。所以，我相信我的奇招一定会有奇效。果真，同学电话打完的第二天，第五任领导就亲自打电话请我到他办公室喝茶。

　　第五任领导笑眯眯招呼我坐下后，说张科长呀，赵副市长的秘书是你同学？这么重要的情况，你怎么没跟我说？你真是太谦虚，太低调了。正是由于你的谦虚和低调，让我犯了官僚主义错误，差点就埋没了你这个人才。好好干吧张科长，班子的大门一定会为你敞开！

一周后，第五任领导又亲自打电话叫我去他办公室，我当然知道这次不是请我去喝茶了。第五任领导见了我就脸色铁青，声如响雷，张三你好大的胆子，你竟敢叫人冒充赵副市长的秘书，我差点就让你蒙了。知道自己在干什么吗？你在欺骗组织，欺骗领导，你在用卑劣的手段谋取个人利益。像你这种人，不要说进班子，就连当个党员都不合格。我现在就召开班子会，撤掉你科长的职务！

我"扑通"一声跪了下去。我趴在地上痛哭流涕，苦苦哀求，诚恳认罪。最后，第五任领导叫我滚出他的办公室。

事情虽然过去好几年，第六任领导也就是现任领导还是知道了。因此，我对现任领导不抱任何希望。但是，单位要提一名副局长，几个水平比我差一大截的科长却跃跃欲试，而且大肆活动。我看不惯，所以决定跟他们一争高下。

我知道现在的形势不比从前，请客吃饭送礼泡澡都行不通了。后经高人指点，我给现任领导发了一个微信红包，红包金额两万元。

现任领导更绝，他一声不吭就把我的两万元交给单位的纪检书记，还将我给他发红包的微信截图挂到了单位网站。然后，现任领导召开班子会，慷慨激昂义愤填膺地免掉了我科长的职务，一脚将我踢到门卫室，叫我看大门去了。

几个月后，县城爆出重磅新闻，某某单位班子被一锅端，制造了本县有史以来最大的腐败窝案。这个"某某单位"就是我单位，那天我亲眼看到检察院的人将我的现任领导和其他班子带走，其中就有刚提拔的副局长。

那天晚上，我特地买了酒菜，在家小酌。老婆见了就骂，张三，你都混成看大门的了，还有心思喝酒？你还是不是个男人？

我哈哈大笑，然后拍着桌子说，你懂个屁，幸亏局长不提拔我，否则，你就要守活寡了！

原载 2016 年第 6 期《领导科学》

我能跑到哪里去

秋人

　　阿三是个小包工头，从老家领了一帮人来城里做工。大家起早贪黑干活，到了年底，本以为可以领到工钱回家过年，哪想到了结账的前几天，老板突然消失了。工地上乱成了一锅粥，大家吵吵闹闹围着阿三要工钱。阿三也不知道老板去了哪里，他身上没钱，无法答应工友们的要求，只好躲了起来。这天晚上，白天不敢出门的阿三悄悄溜出屋，垂头丧气地在小巷口溜达，冥思苦想着还钱的办法。突然，他发现路边有个黑色的东西。走过去一看，是一个鼓鼓的皮包。阿三的心怦怦乱跳，他联想到了钱，慌手慌脚拉开包一看，果然是几沓厚厚的钞票，恐怕有好几万呢。阿三高兴得差点晕过去，好在他是闯过江湖的人，很快就镇定下来。他看了一下前后左右，发现没啥动静，急忙抱起皮包就走。还没走几步，突然听到身后有人断喝一声。阿三回头一看，见身后站着他的工友鼓眼和龅牙。阿三一慌，条件反射地拔腿就跑，鼓眼和龅牙在后面猛追。

　　跑到一个拐角，迎面撞上一个大汉。这人劈手抓住阿三，咬牙切齿地骂道："你个鬼老三，看你往哪跑？"阿三被撞得眼冒金星，但他还是认出这人也是他的工友二狗。完了，这回是跑不掉了，阿三想。鼓眼追上来恶狠狠地骂："好你个狗日的鬼老三，今天终于逮住你了。"龅牙也骂："你他妈的良心被狗吃了，连弟兄们的血汗钱你也敢独吞？"阿三分辩道："你们误会了，听我解释……"龅牙不由分说提拳就打，阿三只好眯着眼睛等揍，等了半天不见拳头落下来，一看却见龅牙抱着头蹲在地上呜呜地哭了起来："我妈已经病了半年了，她还等着我寄钱回家救命呢……"龅牙一提钱，阿三突然想了起来，眼前不是有一笔钱吗？管他呢，先解决眼前的困境再说。于是，他一把抓过皮包，说："兄弟，我讨到工钱了，正要找你们结账呢。"鼓眼嘿嘿冷笑道："你个骗人精，你以为我们还会相信你的鬼话吗？"他根本就没注意阿三的脚下还放着一个装钱的皮包。"我骗你干啥？"阿三拉开皮包露出里面的钞票："不信你看，钱就在这里呢。"

鼓眼一看，果真是一包货真价实的票子呢，看来阿三没有骗人，于是说："鬼老三，你既然要付钱给我们，为啥要躲我们，还把手机关了？""我是怕你们要不到钱揍我呢。"二狗说："那你见到我们又为啥要跑呢？""我以为遇到歹人了，所以就跑嘛。"龅牙说："别废话了，赶紧把我们的工钱发了，我老娘还等着钱治病呢。""好，你们跟我来，我把工钱发给你们。"阿三把欠龅牙他们的工钱付清，突然接到了老板的电话："阿三，你在哪里？"

阿三跳起来，说："老板啊，你还问我在哪里，我正要问你在哪里呢。"老板说："我在公司啊，你的电话总是关机，我怎么能找到你呢？你赶快过来，把承包款发给工人们，好让他们回家过年哪。"阿三说："你这时才想起我们农民工？你的电话不是也一直关机吗？我还以为你携款潜逃了呢。""屁话！老子是你讲的那种人吗？"老板说，"我提取的第一笔工程款丢了，怕工人们找我的麻烦，所以才暂避风头。现在，我想办法借到钱了，这不叫你快来领嘛。"阿三一听傻了，连忙抓过皮包翻了起来，果然从皮包里翻出老板的身份证和农民工的花名册，然后像木头人一样呆在那里。"阿三，你怎么不说话啦？"老板在电话那头说，"别傻了，赶快过来结账吧。"阿三抓起皮包冲进了夜色里。

原载 2016 年 2 月 23 日《桂林日报》

垃　圾

董修宁

童老师透过四楼的窗户向外看，一抹残阳在高楼的缝隙间逗留。似乎是电力不足的探照灯一样。该出发了。他从一个方便袋里取出大约二百张名片，这些名片比一般的要长，是他特意制作的。上面打了孔，还穿了一根两寸长的细铁丝。

就这二百张名片，打孔和穿铁丝就花了他近两个小时，本来这些工序复印部可以做的。

"你要多掏一倍的钱，"老板说，"后工的手续费是很高的。"

算了，我还是自己花点时间吧。

骑上电动车出发了。出入蓝色水晶小区的人并不多，夕阳在落山时，要把最后一点热量抛出，不这样，好似枉来了世上一天一样。门口倭瓜型脸庞保安，无精打采地躺在小玻璃房里的椅子上，一双迷离的眼睛间或扫射一下。不能大意，童老师心里说，还要跟在别人后面，万一他要门卡呢？

童老师在左侧的小卖部里佯装看货。大约二十分钟光景，一个中学生模样的女孩领着一个小孩子，有说有笑地过来了。童老师赶紧出来，跟在他们身后。制造父亲领着一双儿女的假象。

果然，倭瓜脸保安没有看出破绽。他顺利地进了小区。每次进蓝色水晶小区，童老师都是如法炮制。不过是扮演的角色不同而已。有时，前面是老太太或老大爷，自己就是儿子了。但表情一定要镇定，心里像是做贼，表面像是业主。

又成功了，童老师暗喜。

这回该第六号楼了吧，一趟一个楼，但愿这一回能出效果，接到家长的电话回访。

童老师按惯例，先到最高的三十层。他不止一次地庆幸，多亏有了电梯，要不爬三十楼，还不把人累死。

对了，还要感谢会做名片的人，还有做打孔机、造细铁丝的人。这些都是自己辅导班将来得以发展壮大的恩人咧。

一层楼共有六户，都是紫红色的门，都有一个门把手。童老师把一个个带铁丝的大号名片拿出，把铁丝弯成钩钩，挂在门把手上。每一层楼都这样，每一户都这样。

业务是熟练，但心里却紧张，有时心跳得厉害，做贼一般。有一次，他刚刚挂好一户的门，还未转身，主人突然拉开了门，是一个打扮入时的少妇。童老师虽然不是色鬼，但漂亮的女人也能勾起非分之想。但这一刻，再无非分，只有恐惧。少妇站了大约半分钟，一任赤橙黄绿青蓝紫在脸上瞬间变幻。

"砰"的一声，少妇关上了门。她一定看见了门把手上的东西。大约觉得还是以一贯养成的冷漠超然对待为好。

一层层地走下去，至第十层时，他听到了说话声。赶忙止住脚步，在步梯拐角处隐蔽了一会儿，又挂了两户。然后到下一层。

他下楼不走电梯，一层层按电钮，麻烦。

可以借下楼的机会，放松一下，调整调整情绪。他感觉身上黏黏的，汗液浸透了短袖。

终于到第二层了，好歹一路没遇到大麻烦。天助我也。童老师长舒了一口气。

挂了两个门，传来了上楼的声音。正在吃惊。一个大嫂拿着笤帚和铲斗上来了。一看大嫂就不是城里人，一张毫无表情的脸上，纵横交错许多纹路，好似肥沃的黑土地上一道道耙齿的余痕。这是物业招的临时工。

"你干什么的？"大嫂看了看门把手上的纸片，"是弄广告的吧？"

"是的，不大碍事吧？"童老师语气诚恳。这个时代，老师貌似被尊重，但事实是弱势群体。童老师无端地觉得大嫂很亲近，自己也该用舒缓的语气。

"不碍事，嘿嘿，不碍事，老弟，挂在门上，主人开门就会取走。不会增加我劳动量。"大嫂的爽直让童老师很受用。

"谢谢了。"童老师说。

虽然，招生很困难，省城的大小辅导班充斥着，几近饱和，自己撒了几次名片，都没有回访的。但童老师笃信一个真理：坚持就是胜利。

下楼的时候，已经是黄昏。小区的灯神秘地眨着眼睛，池塘上氤氲着水汽朦朦胧胧，各种树在暮色里风姿绰约，点缀着高档小区里的风景。

自己何时才能有一个都市的家呢？

晚上，一个学生来辅导班上课，学生打开课本的一刹那，一个似曾相识的东西飘然落地：那是书签。

童老师弯腰拾起来看。上面写着："树人教育，作家型语文老师创办……教学理念先进，最专业……"这不是自己下午挂出去的名片吗？

你从哪里弄的？

学生就讲了名片的来历：他中午在诚信辅导班上课，出门看到一个清洁工模样的阿姨拎着一个塑料袋子找校长，校长接过袋子看了看，扔进了垃圾篓。又拿出钱夹，抽出几张票子给了阿姨。

学生很好奇，利用下课的间隙，解开袋子看了看，感觉细长细长的，正好做书签用，就顺便拿了一张。

原来如此！

童老师只觉得一盆冷水从头部浇下来。他呆坐在那里，长时间无语，忘了该给学生上课的事。

原载 2016 年 3 月 7 日作家网

良心的宽度

衡德宏

郭老板经过考察，惊喜地发现安宜县的荷藕种植面积大得惊人，而用莲藕榨成的饮料既富有营养，又有减肥的功效，这要是投产了，前景不可限量。

可问题是，安宜县境内一共有三个乡镇盛产荷藕，该把公司设在哪个乡镇呢？比较起来三个乡镇给出的政策条件都差不多，可郭老板更看重的是软实力，要知道将来公司招收的工人绝大部分都是当地人，人跟人素质的差别很大，工人素质不高的话是很令管理层头疼的。

郭老板决定到三个乡镇亲自走一遭。可是，一连两个乡镇走下来后，郭老板的眉头锁得更紧了，因为这两个乡镇实在没有太大的区别，也不太令人满意。那么第三个乡镇呢？

在第三个乡镇的街面上，在乡干部的陪同下，郭老板随意走着、看着。只见街道宽敞整洁，陪同的乡干部朴实而具有乡土气息，像是个干事的样子，可是仅凭这些，还不足以使郭老板下定最后决心，毕竟投资巨大，不能不慎重。

正走着，迎面一摇一晃地过来三个身高体胖的汉子，三个汉子对郭老板他们一行人避也不避，一副旁若无人的样子。郭老板心中惊讶，仔细再一看，这三个汉子脸上全显出一副傻乎乎的样子，看上去智力似乎有些问题，并且，长得很像。

郭老板不禁皱皱眉，问陪同的乡干部："请问，你们这哪来这么多的傻子？"

那名乡干部神色一下子尴尬起来，不用说，是因为家丑外扬了，强笑着说："他们是弟兄仨，他们的妈妈是个傻子，所以就这样了，不好意思，让您见笑了。郭老板，咱们这比较穷，这才娶了傻女人，所以大伙儿天天盼望着能有大老板过来投资，万请郭老板帮我们一把。"

郭老板听了大不以为然，心说，你们穷就是理由了？穷的地方多了去了，我哪帮得过来。便又随口问道："那这三个傻子的爸妈呢？要把这样的傻子拉扯大，可不是件容易事。"

乡干部听了长叹一声，说："谁说不是？硬生生把他们的爸妈给累死了，可怜的人！"

郭老板大为惊讶："爸妈全死了？我看他们仨衣着干净，身体也还强壮，那他们哪来的吃和穿？"

乡干部回答说："就靠左右邻居和组织上照顾呗，反正我们所有人都有一个信念：有我们一口吃的、一件穿的，就不能少了他们弟兄仨，就当他们是我们的兄弟好了！"

郭老板认真听着、思考着，忽然用力一拍巴掌，斩钉截铁地说："太好了，投资的事我定下来了，就你们这儿！"

乡干部一听简直不敢相信自个儿的耳朵，连声音都颤抖了，说："郭、郭老板，因为这弟兄三个，我正担心您对我们这印象不好哩，您不是开玩笑吧？"

郭老板重重一点头，大声说："你说对了，就因为这弟兄仨，他们准确无误地告诉我一个信息——这儿村民们的素质肯定同这弟兄仨的外表一样洁净，村民们的良心肯定同这弟兄仨的体格一样宽广，他们就是我最需要的工人！"

原载 2016 年第 5 期《上海故事》

遇　见

付桂秋

那年暮夏，因了那座山，还有那个开满莲花的湖，他打算在小镇住上一个月。

当时，一塘莲花开得正兴，他人沐清风里，笔走薄雾间，为之水墨淋漓。

一日，雾霭氤氲，见一长发女子于斜对面徘徊，一袭月白连衣裙，身影清秀，心神飘摇。想不到，山间小镇竟有这般雅致女子，他便欲把她放进画里。对，就要这个侧身，景里多个情影，山水就有了灵性，活了。

可还没落笔，她又不见了。

后几日，他有意留在原地，画画，或坐在旁边茶摊喝茶。他断定她会来，因为看得出，这里多数人是喜欢他到访的。他也清楚，他们不是喜欢他的皮囊，而是他骨子里的东西，是他带来的气息。

真的又远远近近见了那身影——莲肤藕肢，俊眼修眉，端的可与莲花媲美了。

无论何时，有异性喜欢总是一种幸福，男人的虚荣心会得到极大满足，温暖而珍贵。当时还是无名之辈的他，甚至对看重自己的人们生出感激之情。他便极尽所能展示自己，似开屏的孔雀。

一来二去，得知她是镇小学老师。这条件在当地该是很优越了，她的神情就耐人寻味起来，令他产生遐想，于是瞅准机会，眉来眼去。

不画画时，他愿意触摸那些带有时光痕迹的物件，小镇靠西侧那几座古旧的宅院就吸引了他。一道虚掩的黑漆木门，轻轻一推，便开了。小院被繁茂的葡萄架罩着，下面是一对藤椅，屋内传来窸窸窣窣声。

他刚踌躇，她就从里间走了出来。淡粉色毛巾拢着长发绾到头顶，线条清晰的锁骨衬托玉颈生香，大 V 领小背心湿了一片，松垮垮地坠下来，露出大半个丰腴的胸脯。刚洗过头的样子。他便不知进退了。

见院里有人，她急忙折回里间。

一位和善瘦弱的中年妇女出来，指藤椅邀他坐，又回头喊女儿倒茶。

少顷，她身穿蜡染小衫，手端带盖青花瓷茶杯缓步走出，左手托杯底，右手前三个手指握着杯把。她把茶杯轻轻放在他面前的竹几上，用右手微微做个请的姿势。

如此近距离接触令他一时慌乱，想说点什么，又怕破坏了这静雅的气氛，便稍稍躬身致谢。

妇人起身回屋，让给年轻人说话。她便坐在了母亲的位置上。

是他先打破沉默，像是问了学校情况。她寡言少语，具体说了什么他也没听进去。再后来，她就揪着衣角，似有心事，偶尔扫他一眼，欲言又止。他察觉出她似乎在暗示什么，心里就痒痒的，但不敢造次，客套几句便离开了。

隔天傍晚，夕阳似火，半江瑟瑟半江红。远远见那忧郁的身影站在塘边一凸起处，似乎纵身一跃，便可浴火重生。那情形令他心惊得不敢转视，飞奔过去，急切地问："你在干吗？"

她嗫嚅着，慢启朱唇："我……找你。"

正年轻的他身体零部件全都嗷嗷鼓噪着，她的话鼓动他大胆地牵了那水葱儿似的手。她就顺势移过来，把一个莲花荷包塞进他手里。那饱满的花苞似一颗心，左侧微微开启的一片花瓣，仿佛欲将推开的心门。他搂了她，隔着衣服，能感到那骨感的身子在颤抖，但胸脯很软。他稳住了那个几欲挣脱理智的小兽，紧张地扫视周围，轻声说："晚上去我那儿吧。"

她没答应也没拒绝，只是用很复杂的眼神看看他，转身离去了。

月上柳梢时他熄了灯，又敞后窗，人在屋里踱着步子，耳朵却留意着周围的动静。除了青蛙求偶的呱呱声，就是远处偶尔的几声犬吠，小镇的夏夜静谧幽深。

满月的银辉洒在墙角未完的画面上，宛如隔雾望花：荷花茎叶葱茏，一窈窕女子若隐若现，那身影仿佛刚要转身离去，又似乎欲将抬头走来，就像蒙娜丽莎的微笑，让你琢磨不透。

他脸上现出少有的笑容，对！就叫"雾莲"！

他和衣而卧，随手拿起枕边的荷包，看着，摸着，嗅着，翻来覆去。

不知几点钟进入梦乡的，只是日上三竿时，他被一阵唢呐声吵醒。那极富炫耀色彩的曲子由远及近，欢腾，喜庆，又似乎夹杂着哀婉。他来到店门外，和众人一起观看这难得一见的传统迎亲仪式。

四个唢呐手走在前面，大红的花轿由八人抬着、颠着，他脑海里出现了刚看不久的电影《红高粱》里的画面。

当花轿走到门前时，轿子窗口的帘子被掀开，凤冠霞帔的新娘转身移目，眼里波光激滟，和他对个正着。

"啊？怎么会是她？！"他像被电击了一样。

店主道："虽说男人快赶上爹了，可那是本县最有钱的大户哇。孝女一步登天啦……"

他瞬间就垮塌下来。

万籁俱静……

那次排场的婚礼后，小镇人就再也没见过那个年轻的画家。

二十几年后，客栈改名为"画家驿站"。店主炫耀说，大画家潘生在这儿住了三七二十一天，走时还留下一张没画完的画呢。

原载 2016 年第 6 期《航空画报》

老 鼠 和 猫

王元琼

一只猫被老鼠戏弄，竟被追得团团转，这是一段视频，搞笑的视频而已。这个视频在微信圈里疯传，留言跟帖者众说纷纭。每个围观的人都看得津津有味，有人喜笑颜开，感叹这天下之大无奇不有，世道变化太快；有人哀其不幸怒其不争，乾坤颠倒，猫居然会被老鼠追赶。

有两个人也看了这段视频。张乙和李甲。必须先交代下两个人的底细，张乙是阳城的公安局长，身着朴素，深居简出，一副文质彬彬的模样，只看他平日里骑着自行车上下班，足以证明他的清正廉洁；李甲是张乙的司机，憨厚勤快，聪明好学，对张乙的生活习惯和工作作风了如指掌，事无巨细，亲力亲为，把他照顾得无微不至。

他们生活在完全不同的领域，八小时外，井水不犯河水。你做你的官，我当我的司机。如果没有这个视频，也许他们的生活还会一如既往地风平浪静。但是，命运的大手推着他们，走向同一扇门。

那天，张乙坐李甲的车外出散心。张乙近段时间以来，茶饭不思，坐卧不安，心神不定，他遇到了麻烦。究竟遇到了什么麻烦，他对谁都没有说。他不敢说。对李甲自然也没说。

张乙对李甲平日里一向不避嫌，有什么重大的议题也会偶尔透露，他相信李甲的为人，经过他的多次考量，发现李甲的口风相当严实，这让他很放心。有时候他也会说说家里的烦心事，诸如婆媳不和、夫妻拌嘴之类，李甲适当的时候也会给出自己的看法，以长者的口吻规劝。虽然是上下级关系，两人看上去却毫无距离感。

张乙心事重重。遇上这种情况，李甲一般都很自觉地保持沉默，对于自己的上级领导，只需要开好车，把领导送到目的地就行了。从这点上看，李甲对自己的工作十二分地尽责。

走到半途，张乙的微信圈里突然收到猫和老鼠的视频。张乙看得很是气恼。瞧那猫的熊样，也就那么点出息，只知道躲，一副被迫逃跑的样子，跟当初的抱头鼠窜，简直有异曲同工之妙，唯一不同的是，双方交换了角色。

张乙对自己的麻烦又梳理了一遍，似乎又没有想象的麻烦。张乙告诫自己，堂堂公安局长，有什么好怕的。那只老鼠看上去并非庞然大物，较之以往，也无甚异常之处，却是充满攻击的强悍和霸气，那架势，准备跟猫抗战到底。那只猫不是病猫，也是弱猫，一味地躲避，真是可怜又可恨。自己绝不能成为这样的猫。张乙想。

张乙顺手把这个视频发给李甲。

"老鼠和猫，你觉得胜算的概率谁更大？"张乙问道。

"当然是猫了。猫捉老鼠，天经地义。"李甲说。

"明白就好。"张乙意味深长地看着李甲，看得李甲心头发毛。

"你还是先看看这个视频吧，很有意思。"张乙说。

李甲不看则罢，看后竟然语无伦次，浑身发抖，豆大的汗珠直往下掉。

张乙摸摸李甲的额头，问道，"你生病了？"

"没有，没有。"李甲的脸涨得通红，双手无力地摆动。

"这个视频有什么问题吗？"张乙越发奇怪了。

良久，李甲缓过气来，车是没法开了，李甲得了一种怪病，见不得任何视频，就连听了"视频"二字也会过敏，全身痉挛，手脚发抖。

第二天，张乙刚回到单位，就被检察机关带走了。从他的家里搜出大量黄金白银，名贵字画，珠宝无数，还查出他包养情人，各种不雅视频就是证据。

原本，这些视频，是李甲准备用来跟张乙交换的条件。他在车内悄悄安装了监控系统。他的要求不高，就是把自己每个月的薪水适当提高些，再把五险一金给他交了，为自己三十年的司机生涯画上圆满的句号。可是，他向张乙提出多次，张乙都以各种理由拒绝了，一副公事公办的正气。

之后，张乙陆续收到一些有关他的不雅视频，他遇到的麻烦大抵如此。

李甲从未想过要把视频上交检察院，如果张乙答应了他的条件，也许就是另一种结局。

不幸的是，张乙把老鼠追猫的视频发给李甲的那一刻，李甲坚定了告发的决心。

这一切，是张乙进入高墙之后，李甲告诉他的。

老鼠和猫，终究还是老鼠赢了。

原载于 2016 年第 4 期《微型小说月报》

白 馒 头

谷 昊

李瘸子住村西头。我喊他瘸子，其实是跟着他孙子土蛋叫的。李瘸子也不气，事实上，他的确瘸啊，两条腿走起路来，跟小脚女人似的，头往前倾，颤颤巍巍，加上瘦弱的身子骨，就像挂在屋檐下的腊肉，随时要被风吹掉下来。

李瘸子在村里有两个事是出了名的。一个是喜欢吃馒头，一个就是脾气太"拐"，不是因为他一年到头支着个桑树拐杖，而是他的冲脾气，讲话都跟钝刀一样"拿人"。一到夏天，那拄拐杖的手臂膀上就能看到十几道疤，扭曲着跟长虫一样绕着。一年到头，到他屋里最多的是我爷爷。爷爷去了也没几句话，给他带点米啊油的，点上烟，两人就坐在屋心的碾子上抽闷烟。

六月底的天，已经热起来了。晚上，爷爷带着他烧的一小盆仔鸡和白馒头，又让我拎上一瓶酒到村西头找李瘸子喝酒去。

李瘸子看到爷爷脸上才会有些笑，烧了西红柿蛋花汤和面米粥，搬出桌子凳子，两人就坐在屋心里喝起来了。他们聊些个地里种的稻子、茄子，圈里养的鸡啊猪啊的，索然无味的东西。我跟土蛋玩"斗鸡"，两个人盘起腿，你来我往地，在桌子边上闹腾。

　　土蛋之所以叫土蛋，是他长得真结实啊，长我 2 岁，跟个土疙瘩一样。他搬起右腿，往我身上硬顶，我节节后退，一个趔趄，就倒在饭桌上了，没吃几口的仔鸡和馒头酒落一地，酒倒汤翻，浓烈的酒味直冲鼻子。

　　"白花花的馒头——"我这还没起来呢，李瘸子一拐杖已经落到土蛋背上了，"让你皮、皮、皮、皮"，一个字一拐杖，一拐杖一声叫。我这才知道，李瘸子发起火来，腿脚其实快着呢。爷爷至小就没动过我一根手指头，那天，他也没手软，扯着我的耳朵，把我头摁地上，"把馒头，都捡起来！""都给我吃了——"，我跟土蛋两人鬼哭狼嚎地，硬把沾着泥巴的馒头给吃下肚了。

　　我跟土蛋当然还是铁兄弟，但我再也不去李瘸子家去了。土蛋再跟我说起李瘸子，就不再喊他爷爷，直接喊"李瘸子"了。

　　在我上初中的时候，李瘸子死了。李瘸子死的时候，组织上在他庄稼地里修了坟，上面写着"李大国烈士之墓"。土蛋哭得稀里哗啦的，跟着老妇人一样喊，"再没得人给我煮好吃的了"。对于李大国名字后面多出来的"烈士"两个字，爷爷是流着泪讲给我和土蛋听的。

　　"馒头比他的命还大——"

　　那年快到大年三十了，雪下得大，天冷得跟刀刮骨头一样，地里也没啥能吃的东西了。快过年了，家里都把藏了一年的麦子拿出来，磨成粉，蒸些馒头、包些包子，好过个年。

　　狗日的，也不知道哪里蹿出来的十几个日本鬼子进了村，跟狼闻着肉味一样，到处烧啊、抢啊，看到男的，先翻手掌，只要食指上老茧厚的，不是摸枪的就是摸笔的，直接掏枪就毙了。年轻点的大姑娘小嫂子，都被他们给抢走了。日本鬼子到李大国家屋心的时候，他娘正和他爹在家和着面呢，那是他们家一年到头做的第一顿馒头。两个日本鬼子，一句话不讲，把他爹拉出去一枪就打瘫在地上，把他娘拖进屋里就给糟蹋了。

　　李大国不在家，正带着我在村后头敲冰块摸鱼呢。等我们听着噼里啪啦的枪声，跑回家时，整个村子早遭殃了。我一家子五口人，男女老少，都一身是血躺在屋里、床上。李大国到屋里，他娘正在蒸馒头呢，满头的蒸汽、满脸的泪。他娘将一锅馒头包在一个袋子里，系在他腰上，"你快跑路去吧"。李大国刚出门没几步，他听到"扑通"一声，他娘已经跳井了。

　　那年，我 14 岁，他 16 岁。李大国跑到我家问我：跟不跟我走？我说，走。

他就带着我一路往北跑，追上我们的部队时，眼泪跟决堤似的往地上砸。

我们扛上枪了。我们一路从老家打到了东北，一路上打鬼子，每杀一个日本鬼子，李大国就用刀在左臂上划上一刀，哭着骂：狗日的鬼子。我们俩商量好，打败日本鬼子了，就回老家。他要把井修成坟，给他娘蒸一锅热腾腾的白馒头。

他20岁生日那天，雪有膝盖深。我们班在打日本鬼子的一个据点时，遭了埋伏，一个班的人都倒在那儿了。我的左胳膊吃了鬼子的枪子儿，鬼子的子弹打穿了李大国的胸口和腰，血顺着裤腿流。看着李大国的脸色跟火纸似的，我就哭了，哥，别不带我就"走"啊。李大国说，别哭，今儿个我生日，我不要今天死，我要回去见娘去。你背我走！

雪越下越大。我背着李大国往后方走，胳膊受伤没力气，我就一只手把他架在肩膀上拖着走，一路上，李大国一声不吭的，越拖越重，我就喊，哥啊，别睡，还要给你娘蒸一锅馒头呢，她还没吃上馒头呢。

当我们回到救护所的时候，李大国已经没了半条命，他是我一路拖着回来的，他的十个脚指头全冻掉了——成了瘸子。在他脚好些的时候，他给连长留了个纸条，"杀不了鬼子了，我要回去给我娘做馒头吃"，就半夜走了，连我都没告诉。我呢，就一直留部队上了。

"文化大革命"时，造反派把李大国绑在树上，说他是逃兵，雪天里偷跑回家才掉了脚指头，他就骂啊，你们这些兔崽子，看看老子胳膊上的疤，一条疤就是一个鬼子的命。没人信他，又是一顿打。我就是这个时候从县里回村里的，我跟县委的领导说，我要给我的兄弟当个证人，我要跟他一起种地、种麦子、蒸馒头。

爷爷讲这些事的时候，眼里没有泪水，就像给我们讲神话故事一样平静。我望着土蛋，土蛋望着我，却都是眼泪汪汪的。爷爷带我们蒸了一大锅馒头，端到李大国的坟前，我们把红红的高粱酒，洒在白馒头上，跟血一样红。

原载2016年第4期《金山》

表哥的面子

田 枞

我二舅家的大表哥因为打架斗殴曾经被判过两年刑，出狱后，去了上海打工，后来成为一家星级酒店的厨师，虽然他早已离开江湖，但剽悍习性未改，依然令人畏惧三分。

此刻，他正端坐在我们村唯一的一个小卖部的柜台前，喝酒，酒是五十六度景芝白干，菜肴，没有。三个闲汉或站或坐，围在四周。柜台上拍着一把明晃晃的菜刀，很显然是刚磨过的，否则谁家的菜刀也不会这么亮。屋里光线不是很好，显得我表哥那个又肥又大的光头格外刺眼。他跟那几个闲汉，一边闲聊天，一边喝酒，对瓶吹，轮流喝，也不嫌脏，不大会儿，他肥腻的额头上就开始冒汗。

刚才忘说了，那把菜刀就是我表哥一进小卖部门的时候，咣一声拍在柜台上的，把店老板大烧包吓了一大跳，面色都白了。我表哥赶紧说："烧包哥，你别怕，这件事与你无关。村长把俺爹给揍了，今天我得捞回来，把村长这个狗日的剁了。麻烦你去给我办一件事，看看村长这个狗日的在家不？我走到你这里，口有些渴了，你给我来一瓶景芝白干。"

过了有十多分钟的样子，大烧包回来了，一看店里多了几个闲汉，都是我表哥曾经的狐朋狗友，想必是闻讯赶过来的。他战战兢兢，细声细气地说："老大，去看了，村长不在家，他老婆说去乡里开会了。"

"哼！"我表哥把酒瓶重重地在柜台上一放，"暂且让这个小子自在一会儿，咱接着喝酒。烧包哥，要么你也来点儿？"

"我就不喝了，我就不喝了。"大烧包有点受宠若惊，连声推辞。

"不对呀，大哥。听说，那天揍大爷的也不是村长啊，明明是村长他老婆啊。村长他老婆是个标准的母夜叉，劲儿还挺大。那天，她二话没说，就扑上去，把大爷的脸给抓破了，接着，又把大爷摔倒在地，好一顿踹。那个惨呀！

这个熊娘们儿，真他妈的不是个东西。大哥，这么说，你应该剁村长他老婆才对呀。"一个闲汉插嘴说。

"住嘴，别他妈说了。你说，我堂堂一个大老爷们儿能去跟一个女流之辈打架？俗话说，好男不跟女斗。你连这点儿常识也没了？亏你还曾经跟着我在江湖上混过，说这话不够丢人的。你想啊，村长老婆敢打俺爹，没有村长的指使，她敢？没有村长撑腰，她敢？真是的！"我表哥脸上有些挂不住了。

"对呀，大哥，就应该剁村长这个婊子养的。咱是干啥的来？替天行道嘛。村长这个狗日的根本就不是什么好玩意儿。村里的东西就跟他自家的似的，没有他不稀罕的，没有他不往家拿的。还有狗剩他们几个，当着个熊小组长，就整天人五人六的，跟在村长屁股后面，哈巴狗似的。你不知道，村长家地里的活儿都让这几个哈巴狗给承包了。真气死人了，你说还有正事吗？早就该剁了村长这个狗日的，最少也得给他挂点儿彩。"

我表哥哼了一声，仰起脖，咕咚又喝了一口酒。

就在前几天，村长带领狗剩几个给玉米追肥，踩倒了我二舅家十几棵玉米。他们两家的地紧挨着。我二舅发现后，当时就不干了，他也是个火爆脾气，立马就跑到村长家，站在院子里，跳着高，叫着村长的乳名，就骂起来。当时，村长跟狗剩几个正在喝酒。狗剩借着酒劲，想在村长面前邀功，就蠢蠢欲动，想出去揍我二舅，被村长给按住了。后来就像刚才那个闲汉说的那样，我二舅被村长他老婆给胖揍了一顿。

几个人边喝边聊，一瓶酒很快就见了底。

我表哥说："烧包哥，再拿瓶酒。麻烦你再跑趟腿，去村长家看看，看看这个驴日的回来了没有。"

又过了十几分钟，大烧包又回来了，说村长还没回来，村长他老婆说乡里留村长们吃饭，吃完饭接着开会，可能得很晚才回来。

"奶奶的，这个狗日的真是命好！这样吧，我们兄弟几个也好久没见了。今天难得聚上一聚，再来一瓶酒，再整上两包花生米，再来两包榨菜、几根火腿肠，好好喝一顿。我请客。烧包哥，你也来点儿。唉，他奶奶的，咱这个连兔子都不拉屎的穷地方，连个像样的饭店都没有。要是在上海，咱就在我上班的那个四星级酒店，请你们吃一顿，什么鱼翅、燕窝、海参、鲍鱼，嘿，你们见都没见过。"我表哥的脸都红了。

那天，我表哥他们一直喝到日落西山才散，四个人喝了四瓶高度白酒。其实，他们是"被散"的，是大烧包找人把他们抬回家的。受我表哥指使，大烧包前前后后往村长家跑了得十五六趟，但村长始终都没在家。

第二天一大早，我表哥就急匆匆地回了上海，说接到我表嫂电话，孩子生了，让他赶紧回去。

后来，我才知道，其实，孩子根本就不是那天生的。

原载 2016 年第 1 期《西部作家》

小　翠

高玉芳

艾琴是林业大学鸟类学老师。常年指导学生制作鸟类标本，练就一手绝活。

这天，艾老师来到标本室。发现鸟贩送来做标本的死鸟堆中，有只鸟还一息尚存：身上的羽毛乱蓬蓬，下眼皮浮上去，雾一般遮住了眼睛。斜躺在笼子角，不时一夛翅膀，泻下团污水般的浊液。救命如救火！老师把药片研成粉末，掀开它嘴巴塞进去。不料它死到临头充硬汉。它狠狠摇着头，把药连连甩出来，甩得老师满身白药点子。老师微笑摇摇头，不慌不忙重新往鸟嘴里塞好药，然后将鸟嘴和鼻孔捏住———憋气，它只有咽的份儿了。如此填鸭式的治疗搞了半月，这鸟才死里逃生。老师给它起名叫小翠。

小翠是只蜡嘴鸟，小鸽般身材，袭一身浅灰色的羽毛。乌头顶，配一喙黄玉般的钩钩嘴。黑亮的眼睛上方，有两道雪白修长的眉毛。它通人性，擅长空中叼珠衔弹的绝技。有老师的调教，小翠身体日益健壮，技艺甚是了得。在省鸟艺大会上一鸣惊人。老师站在会场中央，把四只玉米粒般大小的彩珠猛地掷向天空。阳光下，划出四道美丽的虹线。只见立在老师肩上的小翠，箭也似的飞出去。翅膀一张一合，追捕着珠子。空中响着"嗒""嗒"的衔珠声。眼见最后一粒珠子离地面不足二尺了，小翠一个"鹞子翻身"，接着一个"海底捞月"，擦着地皮儿飞上去，稳稳衔住。转身落在老师的手掌上，一翘尾巴连吐四珠。老师轻轻抚摩它的小脑袋，微笑地从衣兜里掏出把胡麻子奖励它。它竟自吃起来。评委和观众欢声雷动。小翠一举夺得金奖。自此，老师不再拴它——床头别根棍，它就安静地立在上面。成了艾老形影不离的"伴侣"。

春寒乍暖，艾老师心绞痛突然发作，躺在了床上。药瓶里只剩下十几粒速效救心丸。老师拿药时，手已麻木不听使唤，药粒全顺着床缝掉到床下。老师闭上眼绝望了：完了，老命休矣！这时，床底下一阵窸窸窣窣，老师睁眼一看：小翠不见了。隔了一会儿，它冒出来，飞到老师的手上。它浑身脏兮兮，沾满了床下的浮尘。嘴里衔满了珠子般的药粒。它身子一抖一抖，吐在了老师手心里。老师心头一热，一口把药粒吞进嘴里。基于平时的训练，小翠把透明的药粒当成了珠子衔回来，帮老师闯过了鬼门关！他们成了生死至交。

很快春暖花开，大雁北飞。小翠变得局促不安：时不时地飞到窗前向外打量。常常抖松开羽毛啄个没完。老师知道，鸟儿配偶的季节到了，该放飞了。

放飞前，老师为它饯行。一碟苏子，一盘葵花子，外加一盏牛肉干做的各什面。小翠吃得好香。老师像送孩子远行一样伤感。把它捧在掌心告别："拜拜朋友，找你的爱情鸟去吧。"然后将它奋力往空中一掷！谁知它空中盘旋一圈落下来，见老师没伸手，便落在老师的肩上。如此两番。老师明白：它渴望天空、爱情。又丢不下老师。老师咬咬牙，再次把它高高地抛向天空，并慌忙跑回屋，带上门。老师靠在门后，听见小翠凄凉、不安地叫着。从门口飞向窗口，从窗口又飞到门口。翅膀扑棱着玻璃，像在乞求又像在告别。老师一动不动，紧闭的眼皮颤抖着，直到渐渐没了声音。

半年过去了。老师按老习惯经常转鸟市，发现新奇的鸟儿买回研究后再放飞。这天老师转到个大鸟笼前。里面一群绿色小鹦鹉中，立着只灰色大鸟。大鸟不知受了惊吓还是怎地：它上下飞腾，嘎嘎地叫着撞笼子。卖鸟人骂道："折腾啥，看见鬼了？"老师仔细一看，那鸟身上瘦兮兮，脏乎乎，两道修长的白眉亮闪闪。老师的声音哆嗦起来："小翠？是你，还认识我？"那鸟立时安静下来，吊在笼子上角，可怜巴巴地盯着老师。老师感慨，唉，天这么大，你却逃不过人类的天网！她赶紧买下它。

老师准备调养它一冬，开春放飞。阳光明媚的日子里，老师带它去树林散步。老师在小路上走，小翠在树上跟。它从一棵松树飞到另一棵松树，不离老师左右。它在墨绿的松涛间一飞一落，忽隐忽现，像滑板高手在大海中恣意冲浪。遛够了，只要喊声："小翠，打道回府喽！"它便飞下来，停在老师的肩上。

初冬下了一场雪，在家憋了几天才出去。小翠格外兴奋。它在树丛间飞舞，很快飞出了老师的视线。一会儿，不远处传来两声清脆的猎枪响。小翠一溜歪斜得朝老师飞过来，重重摔在他摊开的手上。老师颤抖的手掌染上了鲜血。

从此老师不再养鸟。因为有只蜡嘴鸟永远陪伴他。那是老师眼含热泪，戴着老花镜，拿小翠的遗体精心制作的标本。它羽毛光鲜，栩栩如生。黑亮的大眼睛，哀怨困惑地注视着老师，注视着眼前的世界。

原载 2016 年第 4 期《现代作家文学》

种花生，收花生

秦兴江

女人在前面匆匆地走，男人在后紧紧地跟着，很快来到村西的沟底。

那里，有男人包的一块荒地。说是荒地，其实就是靠近沟崖头的一块斜坡，属于村里最好的荒地，厚厚的黄土层中掺杂着点黏性，种啥收啥，旱涝双保。只是由于地块小，每次深翻收种都要靠人工来弄。

但男人已经很久没来过这地了。今天跟着女人来到这里，却像一个犯了错的小孩子，站在那儿畏畏缩缩不知所措，好像等着女人的吩咐。

"干吧，还愣着干啥？"女人挥起锄头刨了两下，见他磨磨蹭蹭，就有点火了，"别忘了——当初这荒地可是你要包的呢！"

不错！男人想起来，那年他刚由临时工转成正式的，女人说他，你不会变成陈世美吧？他胸脯拍得当当响，正好村里向外租地，他就承包了这块荒地，说以后在工作之余，哪儿也不去，就伺候这块荒地。而实际上，自打包下这块荒地，这块地就成了女人的"责任田"，他根本就没过来几回。

"那女人……到底是做啥的？"

见男人仍站在那儿不动，女人也停下手里的头，站住了问。

男人不吱声，伸手往口袋里摸出一根烟，"啪"一下点上，嘴里紧接着就有一股白色的烟，像一条小蛇一样慢慢悠悠蹿出来。

"她比我俊？"

……

"她比我年轻？"

……

"她比我强很多？"

……

"你放个屁呀！"

"别问了！"

男人狠狠摔掉手里的烟屁股，开始刨地。

女人也开始狠狠地刨地，一下一下，不停地刨，像是跟脚下的地有仇。

"你要是真想离，等整好了这块地，种完了这季庄稼，我就答应你！这块地——你从来还没种过呢，这可是你的地！"

女人最后一句话很重，像刨进土里的锄头。可是女人说这句话时，泪珠子也随着头的仰起，"啪嗒啪嗒"砸在新翻的黄土地上。

"好！你甭哭了……"男人的心似乎被砸疼了，软了不少。

听到男人这样说，女人便真的不哭了，使劲儿去刨地。

男人也使劲儿刨，一下，一下，像上足了发条。

二分地，一天就刨完了，整好了。过了谷雨，就种上了花生，边边角角点上了青豆。

又等下过两场雨，苗齐土肥，一棵棵庄稼像坐在水盆上，绿油油的惹人爱。剩下的就是管理了。

男人跟着女人又来喷过两次农药，拔过两次草，转眼就到秋天了。

"还离……吗？"

"离……吧。"

"离就离吧，等收完了花生就去办。"

女人一点儿也没犹豫，男人瞪大了眼，张着嘴说不出话，似乎根本没想到女人会答应得这么痛快。

花生要等过了秋分再收，这时候才会上足油，每颗花生米就是一个小油罐罐。

选好了日子，一大早男人就跟着女人来到地里。因为是荒地，地块小，种靠人工，收还要靠人工。

"那女人……到底是做啥的？"

女人照例又问起男人。也许再不问，以后就没机会了吧。可男人照例还是不说话。

"你不说话，离了拉倒！今天收完了，明天就去离。"

女人示意男人快干，最后一句话竟然干脆得像秋天的风，吹到脸上硬硬的。

男人毫不犹豫，开始抡起锄头，在前面一墩一墩刨起来，女人跟在后面哆哆嗦嗦抖掉泥土，齐刷刷地摆放好，晾晒着。

"今年的花生好得不得了，一墩起码也有五六十！"

听见女人赞叹，男人回头看一眼花生，又看一眼女人。

"这是两个人的功劳呢，今年你跟我一起干，两个人心使到一块儿了，才会有这样好的收成。"

女人低着头干活，一边自顾自说话。

"往年我一个人来干，老是弄不好。人会哄人，地不会哩。"女人说，"你待它好，它会加倍还给你，不像有的人不要良心哩。"

男人的锄头刚举过头顶，却在半空中猛然停住，好像被谁点了穴。他先前虽然一直不说话，可女人的话句句听在心里，这回怎么也憋不住了。

"我告诉你，我说的那个女人，其实不是那么回事！"

男人几乎快吼出来了。

"不是？不是？不是因为那女人你会要离婚？"

女人的眼神和语气，突然像一把刺刀，咄咄逼人。

"我只想告诉你，我不是你说的那种人！"男人有点急红了眼，"事实上是因为我给一个朋友保了20万贷款，那个人不仗义，跑了！现在银行已经起诉到法院，马上就要强制执行担保人家产和我的工资卡。我怕你知道了受不了，又怕连累你跟孩子受穷，就说因为一个女人要跟你离婚……你不知道，我连死的心都有了！咱上哪里去弄那20万啊！"

男人扔下锄头，蹲下去捂住脸哭了。

女人却突然站起来，站起来又弯腰抓起一把湿土，狠狠地摔到男人身上，没头没脸地破口大骂。

"你个孬种！你活一辈子就值20万？你连20万都不值啊！你个孬种！"

男人似乎清醒了，捧起一抱花生摇晃着，突然一头拱到地上，双手扣进潮湿的土里，大哭起来："这地，它不会哄我，不会哄我啊……"

原载2016年第6期《荷风》

气功大师的代价

关 峰

王大运三十有余，整日碌碌无为，恰遇一个游医，那人自称气功大师，靠卖假药骗人。游医见王大运能说会道，便带上他四处游荡。

这日，二人来到江浙一带，王大运被师傅安排在一个小镇街头摆摊给人用气功治病，王大运按照师傅的要求把一种化学药品放在手心，没让人看到，这种化学药品一见水就冒烟发热。王大运按此法正在给一位老者发功，围观的人不少，王大运手心冒出缕缕青烟，老者口喊发热。

王大运正专心发功，不知被谁踢了一脚，滚出丈余，当王大运翻身站起，见几个穿着公安、工商制服的人站在眼前。

一个公安干警指着王大运说："小子，你的气功呢？"王大运尴尬地笑笑："还没有出师呢！"

几个人见王大运也没卖到钱，批评了几句让他走了。

回到老家，王大运思前想后，不当这游医骗人，咱当官，当时村里正准备选举村委会主任。

王大运安排老婆买了几箱方便面，趁着夜色，每家送两袋。

第二天中午在村委会大院里进行投票，王大运以两票之差没竞争过二狗，他落选了。

王大运回到家，那个气啊，让老婆把送的东西要回来，老婆哭了，给人家的东西，这上哪里要去？

选不上村官，咱不能一事无成，王大运又开始在家练起了气功，整日闭门不出，坐在屋里盘腿打坐，闭目深呼吸，一副气功大师的派头。有时在村头也闭目练气功，见谁也不说话。

数日，吴老二的老婆碰到王大运媳妇，把她拉到一旁说："他大婶，你送给俺家两袋方便面，我可选大运了。你说这大运，选不上村主任算了，也不能得了神经病，见谁也不说话。"

王大运老婆说："二嫂，这你不懂，那不是神经病，那是练气功。"

从此，快嘴的吴老二老婆逢人便说："乖乖，大运没选上村主任巧了，这小子快成气功大师了。"

这话不知道通过多少人传到乡长王二牛的耳朵里，这王乡长患腰椎间盘突出多日，躺在床上不能行走，大医院治了多次，不见效果。听说王大运会气功疗法，想试一试，便电话通知王二狗让王大运到乡政府一趟。

王大运知道乡长找他治病，心里也没有谱，我这是狗屁气功。想想也是，试一试吧，他多日没有出现的笑脸乐开了花，他偷偷地对老婆说："我王大运运气来了，我要用气功疗法搞个一官半职。"

你别说，王大运给王二牛用狗屁气功疗法推拿了 8 次，也许是王乡长长期用药起到了作用，王二牛的腰椎间盘突出奇迹般地好了。

王二牛站在乡政府大门口吹道："乖乖，这个王大运气功疗法就是不一般，比县医院的专业推拿师还见效。"

这话传到王大运耳朵里，把王大运乐得一夜没睡着觉，比那一次打牌赢了80 块钱，一夜数了 8 遍还高兴。

你说事有多巧，王二狗当了王小庄村委会主任后，贪吃贪喝，一日喝醉了酒，掉进村头一个老井里淹死了。

王大运抓住机会，找到乡长，把自己想当村主任的宏伟理想向王二牛一说，王二牛同意了。王二牛悄悄地对王大运说："我是同意了，不过你得走个过程，还得让村民选一下。这次要注意，给村民意思意思了。"

王大运点头称是，回到家里把自家三头大肥猪杀了，恰巧第二天是端午节，给每户村民送一块肉，你看把村民乐的。

你别说，王大运这一招挺管用，第二天高票当选。你看，把两口子乐得不知道干啥好了，两口子一商量，明天得请客。

王大运又高兴得半夜未合眼，天没亮，就骑着个三轮摩托要进城买菜，妻子也未拦住他。王大运边走边唱，心里那个高兴劲儿就别提了。

这时，对面来个大灯很亮的四轮拖拉机，王大运想躲四轮车，四轮车想躲王大运，四轮车司机一打方向盘，四轮车翻了，车斗砸向王大运的三轮摩托。原来四轮拖拉机是进城拉大粪的车，王大运被砸在车下，一车大粪把他埋在里面。

王大运在大粪里开始喊："我是王小庄村的王主任，你……竟敢用大粪车砸我。"司机一听是王主任，这下怎了得，吓得拔腿就跑。

这时天已大亮，有人喊住司机。

司机说："不得了了，我把王小庄村的王主任用大粪埋住了，他要是出来，不灭了俺才怪呢！"

片刻，围上了一些人，七手八脚地把四轮车掀开，用铁锹把大粪扒开，王大运这才露出脸来。

王大运因被车压着，埋在大粪里时间长了，死了。

王大运遭遇车祸的事传得很快，还没吃早饭，王大运的老婆听到这一消息，她急忙乘车赶到现场，见王大运满身是屎地躺在路边，抱头痛哭："大运啊，大运，你的气功呢？你死，也找个好地方死，你还说人家二狗掉井里淹死了，你这样被屎憋死了，不是更难看吗？我咋向你父母交代啊！"

这时，王乡长王二牛去县城路过现场，见此情景，感叹地说："王大运呀，王大运，你咋没有官运呀，当个气功大师不好呀！非当那个破村官干啥，落到如此下场！"

王大运死了，王小庄村有些人高兴起来，因为他们也想当王小庄村的村委会主任。

原载 2016 年 5 月 8 日作家网

窑 王 绝 笔

曹国选

　　江南乡村造房起屋，一般采用青砖蓝瓦。因此，烧制传统型砖瓦，成为众多山里人追求的手艺，掌握烧窑绝技的，便是窑匠们顶礼膜拜的窑王。曹三元便是云岭墟一带家喻户晓、人人敬重的窑王，无论年纪大小、辈分高低，都尊称他为"三爷"。

　　三爷成为窑王时，年纪不过四十，却装出一副仙翁道友的模样，山羊胡飘在胸前，手中不离一杆用古藤做的、五尺来长的烟筒。烟筒嘴是白玉琢的，由于长期吸吮，布满了红丝。烟锅是青铜打的，足有一斤重。窑王三爷爱烟筒如宝，因为这是云岭墟一带窑王的信物，是祖传约束窑匠们的指挥棒。

　　窑王三爷拜受烟筒时，同时也当着祖师爷神像的面，领受从师傅口中吐出来的"诀"。看火看烟封窑，封窑敬神赶煞，作为烧窑诀窍、独家绝活，窑王必须得到真传、熟练掌握、精准运用。不然的话，技术再好也烧不出青砖蓝瓦，而是红砖红瓦，甚至仍是泥砖泥瓦呢！

　　三爷从老窑王手中接过了青铜白玉烟筒，便有了一生的幸福、一世的威风，在山里人眼中，比当生产队、大队干部幸福多了、威风多了。

　　然而，窑王三爷年过半百后，见地方地境造房起屋，竟然兴起了红砖红瓦，砖瓦也不用闷罐窑，而是露天烧制了。砖瓦窑经不住风霜雨雪的摧残，变成了窝陷荒地、仰天长叹的愤怒眼睛。徒子徒孙们几乎都改换门庭，进城另寻生活路去了。连打砖抹瓦烧窑基本功已经扎实、准备接过自个儿手中烟筒的独生崽，也干起了投机倒把的勾当。山里人见了他虽然仍叫"三爷"，只是脸上不笑、嘴巴不甜了。窑王三爷不但变成了留守老人，而且变成了孤家寡人，不但失业了，而且受到了从未有过的冷落，像是掉进了冰窖里。每每见到地方地境的新建房屋先是红砖红瓦，屋顶再不飘"山"字，而简化成了"人"字，后来竟然变成了钢筋水泥结构，"人"字屋顶也被夷为平顶，根本不再用瓦了。有的所谓仿古建筑虽然也是"人"字、"山"字顶，盖的却是油光闪亮的琉璃瓦，显得不伦不类了。而那些破旧不堪的老湾村，由于缺乏维护保养，由里到外逐渐倒塌，成为一座座"空心村"。

窑王三爷怎么也想不通，从盘古开天地，到眼下解放几十年来，造房起屋都是兴得青砖蓝瓦，不兴红砖红瓦。红色是火，造房起屋切忌火啊！砖也不是眼下的二四八小砖，而是三六九的大砖，省灰沙，牢稳。砖瓦窑不用"烧"钱，只烧柴，山里人有的是力气，山上有的是柴。而露天用煤炭烧窑，不但花血本，还只能出红货。这是从哪里刮来的、稀奇古怪的妖风，专朝他这个窑王脸上吹啊！

红极一时的窑王三爷失去了往日的威风，失去了往日的光彩。骨瘦如柴的他尽管走路依然鼻孔张向天，那张两边跌落的嘴却紧紧地闭着，把苦水怨情死死地堵在心里头。好歹应了一句话，有钱难买老来瘦，三爷古来稀了总算还吊着一口气。他咽不下这口气，不想把一身绝活带到阴间去。

果然有了时来运转的一日。贵人突然登门造访，请他出山继续当窑王，而且比先前的窑王还大、徒子徒孙还多呢。三爷以为是在做梦，咬指惊醒后，满口答应做五岭仿古建筑公司的技术总顾问。窑王三爷把这个从天而降的喜讯告诉独生崽，想让伢崽去当技术经理，以便名正言顺地接过青铜白玉烟筒。没想到在外头野惯了的伢崽却嗤之以鼻，根本不稀罕那件老古董。

窑王三爷万念俱灰，苦思冥想了三日三夜，心中豁然开朗，决定使出绝招：抛弃祖传的陈规旧俗，公开招收一批徒弟，将平生所学全部吐出，绝不让半点烂在肚子里。告示一贴出，倒是吸引了一大片男男女女的眼睛，最后试着深浅前来拜师学艺的，也有二十几号人。

窑王三爷读书少，讲不出许多道道，只有手把手地教徒弟，关键环节反复示范。师徒们在云岭墟后山坡一边开挖土窑，一边打砖抹瓦、收集柴草。万事俱备后，窑王三爷才择定吉日装窑。大火连烧了三日三夜，他坐守窑门、寸步不离，不时地教徒弟们看火看烟。见焰火上了金砖，窑顶浓烟中找不出白丝来，他才一挥烟筒号令："准备封窑！"徒弟们先是摆案请师傅敬神赶煞，接下来立即将窑门、烟道全部封死，打开蓄水池中的饮水喉颈。水泵开启，饮水喉颈登时响起动人的吸吮声，像毛奶崽吃奶一样。

窑王三爷见到没有一点杂色、敲起来清脆悦耳的青砖蓝瓦，脸上出现了久违的笑容，笑得好开心！见产品一出窑便被抢购一空，心里更比吃了蜜还甜。

从烧第二窑货开始，窑王三爷便放手让徒弟们操作。真是青出于蓝胜于蓝，再次打开窑门时，但见产品成色更好，窑王三爷顿时"哈哈"大笑起来，一口气却再没有提上来了。

然而，就在徒弟们装殓师傅时，却见窑王三爷的眼睛突然睁开了，尽管山里人绞尽脑汁、想尽办法，老人家的眼睛也没有合拢。这时，有徒弟聊起师傅生前曾经说过：他百年之日，要用青砖做枕头、蓝瓦当被子。大家伙才恍然大悟，立即在棺材大头摆上一路青砖，请进师傅躺下后，又将蓝瓦叠盖在他身上。奇怪！窑王三爷果然眉闭眼闭，眉宇间露出了称心的笑纹。

原载 2016 年 1 月 8 日桂工网

山南一枝花

陈志国

云姑年轻时人称"山南一枝花"。她十八岁嫁到山前赵家，日子过得美满幸福。可是红颜薄命，男人二十几岁得肺痨死了，把一大家子留给了云姑。

戴孝的云姑更如梨花带雨，年轻后生都趋之若鹜。

民国二十四年，涅阳县政府的阚县长推行国民政府的"新生活运动"，大力提倡寡妇改嫁。为了实践这"新生活"，阚县长一定要纳云姑为二姨太，并保证把云姑一家人接到县里享福。云姑一口回绝，誓死不嫁！令人震惊的是，没等阚县长迎来"新生活"，他老人家竟在乡下"以身殉职"！当时阚县长骑在马上，正美滋滋地想着"山南一枝花"，忽听"砰——"的一声枪响，高粱地里飞来一颗"汉阳造"子弹，阚县长被撩落马下，到另一个世界推广"新生活"去了。

人们都说云姑命硬，先克死了自家男人，又克死了县长大人！

阚县长死的那年冬天，一个月黑风高的夜晚，一群"刀客"杀到了赵家湾。土匪在门外嚷嚷："山南一枝花，恭喜呀，我们'大拇指'看上你啦！……"

云姑咬紧银牙，手握菜刀，守在大门后面。土匪一边撞击大门，一边号叫："交出'一枝花'，饶了你全家！"云姑用柔弱的肩背死死顶住大门，她把散落下来的发辫又盘在脖子里，双目紧闭，等待着门破后与土匪作最后的一搏！

万分危急之中，忽听"砰——"的一声快枪响过，"刀客"做梦也想不到，本村还有这等厉害的冒烟家伙！扑扑腾腾逃走了。

村里安静下来。有人在门外小声吆喝："没事了，都睡吧。"

云姑壮起胆子在门里问："谁？"

门外人已经走远，只留下模糊的三个字："倚帝客"！

全家人都搞不明白"倚帝客"是何方神圣。第二天，大家惊异地发现，一颗"汉阳造"子弹头深深嵌在门板上！全家人惊魂未定，更加惊异的事情发生了：嵌在门板上的子弹头竟然不翼而飞，门板上只留下一个弹洞。人们说，土匪是有仇必报，他们挖走了弹头，说不定啥时候还会飞回来！

全家人正惶惶不可终日，又有令人震惊的消息传来：匪首"大拇指"也被"汉阳造"子弹射穿太阳穴，找阚县长相"砍"去了。

从此，云姑就变成了"红颜祸水"：三个男人为她送命，"山南一枝花"确实有刺！

劫难过后，云姑病倒了一个多月，病好后精神恍惚，口中经常念念有词："倚帝开（"客"或是"克"），倚帝开，倚帝花开已是八十一……"

这歌词，简直就像"天书"，谁也听不懂，认为是云姑的疯言乱语。云姑的歌只有一个"知音"，就是村北同样疯癫的四爷。四爷住在破庙里，春二三月是叫花子，秋七八月是贼娃子。他对云姑的歌入迷，能忘掉一切！云姑也很感激，常常把家里吃的穿的偷偷拿给四爷。

转眼几十年过去了。几十年守寡的云姑已是儿孙成行，人丁兴旺，她的长房长孙成了小有名气的作家，长孙媳妇也长得水灵俊秀，俨然又一代"山南一枝花"。

作家好奇，挖空心思研究奶奶的歌词，研究多年竟毫无成果。想不到的是，云姑的"天书"，竟然被孙媳妇给破解了，不仅如此，孙媳妇还轻而易举地治好了奶奶多年不愈的疯癫病！

两代"山南一枝花"非常投缘，奶孙二人亲密无间。随着两代"山南一枝花"的关系越来越"磁"，云姑多年的疯癫竟然不治而愈了！

　　家族里终于有了闲话，说"老佛爷"偷偷把一个红布包包交给了"老大家的"。几个叔伯弟媳背地里嘀咕，说赵家祖上是殷实人家，红布包包里肯定是传家宝，不是金钗银簪就是珠宝玉器，至少也是几块"袁大头"银圆！作家急了，追问媳妇，媳妇总是笑而不答。

　　大概是暗合了"倚帝花开已是八十一"歌词的"谶言"，云姑在八十一岁那年无疾而终。入殓时作家夫人没有哭，说奶奶是喜丧。

　　盖棺时作家夫人挡住棺盖让等一下，只见她拿出一个红布包包，当众一层一层打开，大家都伸长脖子看，一看全都惊呆了。啊，哪里有什么金钗银簪、珠宝玉器？里面竟是一枚锈迹斑斑的"汉阳造"子弹头！

　　孙媳妇告诉大家，当年闹"刀客"时，是村北头的四爷一枪赶走了土匪，救了一大家子人。也是四爷枪杀了作威作福的阚县长和无恶不作的"大拇指"！为了记住四爷对全家人的恩情，奶奶特别嘱托孙媳：在自己去世后，把这颗子弹头放进她棺材里，并让子子孙孙晓得：要与人为善、扶危济贫、知恩图报、讲诚重义。

　　到此，人们才明白，云姑生前为啥对四爷照顾有加。

　　事后，作家夫人又流着泪告诉丈夫一个天大的秘密：奶奶年轻守寡，四爷仰慕奶奶温顺美貌，成了奶奶的"铁杆粉丝"，他发誓一辈子非奶奶不娶。奶奶虽然也对四爷有"意思"，可是守着公婆子女一大家子人，他们又能咋办，可怜一对有情人，硬是苦撑苦熬了一辈子！作家非常惊奇，猛然想到奶奶的歌词，忙问"倚帝客"到底是什么意思，爱人破涕为笑，捣着作家的脑袋说："你呀，可惜你还是要笔杆子的，你不知道五朵山又叫倚帝山吗？四爷年轻时被生活所逼，在倚帝山当过'刀客'，后来受奶奶感化洗手回家，全村就奶奶一个人知道四爷曾是个'倚帝客'！"

　　作家恍然大悟，完全明白了奶奶所唱歌词的含义。

　　"倚帝客，倚帝客，倚帝花开已是八十一……"作家只觉得鼻子酸酸，有一种想要大哭一场的感觉！

原载 2016 年第 6 期《小小说月刊》

一条奔跑在岸上的鱼

袁良才

幸福里小区，8栋C单元三楼。环卫公司职工老张中午累倒倒地回到家，摸出钥匙准备开301的门，突然止了动作，原来是他闻到了一股浓烈的鱼腥味。老张边回头边寻思，莫不是自己想吃鱼想昏了头，生出幻觉来？

老张工资不高，老婆在超市里上班，工资更低，儿子在读大学，房贷没还完，还欠着一大屁股债呢！家庭负担压力山大，尽管他特别爱吃鱼，但只能把涎水往肚里吞，鱼是越来越贵了，他和老婆无论谁去菜场买菜，都挑最便宜的时令素菜买，反季节蔬菜价格不菲，两口子也不敢轻易问津。但他们从不气馁，更加勤奋地工作，他们相信日子会好起来的。

老张寻思的这一会儿，已经回转身来，他惊喜地发现了由三楼向四楼盘折而上的楼梯拐角上挂着一条鱼，一条看起来有十多斤的大鲤鱼！老张欢欢喜喜地过去要摘下那条鱼，楼梯拐角正对着他家，一定是谁送给他的，见门锁着，家里没人，无奈之下就把鱼系在楼梯拐口了。

老张按自己的思路想下去，自己是乡下人，乡下有不少亲戚，又是在水乡，亲戚中就有好几个人养鱼捕鱼呢，准是他们中的某一个人送的。老张认为自己的想法再合乎情理不过了，这样想着，他的哈喇子都快流出来了。老张打开门，转身摘下鱼拿进房内，直接送进了厨房。他想把鱼杀好，洗好，放在冰箱里，分几次烧，细水长流嘛。

他和老婆都爱吃红烧鱼，现在是夏天，冬鲫夏鲤嘛。当然，今天晚上两口子就要美美地吃一顿，解解馋。老张甚至预想好了，打半斤便宜又性烈的散装白酒，他妈的奢侈一回。

突然，老张碰到了自己腰间的手机套子，老张马上高兴不起来了。老张想，如果是乡下亲戚进城来送给我的，为什么没打我手机告诉我呢？几个养鱼或捕鱼的亲戚都是知道我手机号的呀！这样一想，老张犹豫了，失望了，沮丧了。他坐下来闷头抽了一根烟，他还有点不死心，他在盼着腰间的手机响。烟头灼痛他手指了，手机还是一直哑着。老张像是和谁赌气似的忽地站起来，又把洗净杀好但还没肢解的那条大鲤鱼从冰箱里取出来，用原来的那根塑料绳穿腮过嘴重新拴好，做贼似的快步溜出去，四顾无人，赶紧系回楼梯拐角，缩回屋里，砰地关上门。

不大一会儿，老张听见楼道里响起轻盈而有节奏的高跟鞋的脚步声，脚步声快速升上来，在302门口停住了。

老张听脚步声已猜到是谁，但还是忍不住从猫眼儿里偷觑了一下，果然是她。302的女主人，听说在机关工作，老公是一个什么很牛的局的局长，人家都叫他李局长。夜晚或周末，经常有人按他家的门铃儿。老张从猫眼儿里偷看过几回，这些人都带着大包小包的东西，鬼头鬼脑，来去匆匆。

看什么看，瞧人家也是男人，也是丈夫，多能耐！老婆只有这种时候才跟老张置点气，大多数时候还是算得上贤妻良母的。老张就在心里嘀咕，真他妈倒霉，咋买房跟一个当官的买成近邻？人比人死，货比货扔，眼不见才能心不烦。他对隔壁这对老夫少妻没什么好感。

局长夫人掏出钥匙开门，老张没再从猫眼儿往外看了，老那样做不地道，他是从声音辨别出来的，但声音响到一半也停了。高跟鞋走回到楼梯拐角处，谁送的一条破鱼！局长夫人自言自语道，毫不迟疑地摘下来拿回屋里去了。

老张恨恨地想，果然是巴结领导的！同时他又松了口气，幸亏自己及时送回去了，不然自己岂不成了贼了吗？人穷志不短，做人要清白啊！老张又坐回椅子里，如释重负地摸出一支烟，正准备点火，突然一激灵，门被人砰砰砰地敲响了，没按他家的门铃。老张心一下子揪紧了，他预感到什么不祥，竟有点战战兢兢地慢慢打开了门。

局长夫人拎着那条鱼站在门口，满脸不悦。这鱼，是你杀的？

对不起！是我杀的。我开始以为是我哪个乡下亲戚送来的呢。

老张点头哈腰地忙着解释，一脸的真诚和愧疚。

鱼肚子里，没有什么？局长夫人锐利的目光直视着他的脸。

老张纳闷地说，鱼，鱼肚子里能有什么？鱼肠鱼泡鱼杂碎呗。

以后，别人的东西不要乱拿！

局长夫人又狐疑地扫他一眼，拎着鱼回屋去了。很快，老张听到隔壁厨房里传来刺啦刺啦的好听的煎鱼声，还闻到了诱人的菜油香，后来还有鱼香。

老张咽了几下口水，打着液化气灶，开始撅着屁股炒冷饭吃。

这时，家里的电话机响了，是老婆打来的，老婆很不高兴地吼他，你那破手机怎么关机了？刚才老家的二顺子到超市买东西，对我说，给我们送来一条大鲤鱼，打你手机打不通，就把鱼挂在楼梯拐角上了。

老张这下如雷击顶，摇摇晃晃，差点倒下去。他急忙摸出手机，不知啥时没电，自动关机了。

原载 2016 年第 2 期《小小说大世界》

强 行 安 装

顾文显

周哥两口子隔三岔五总吵。吵架时，总要我登门苦口婆心地调解，仿佛这世上没有个我，他们早就分道扬镳了似的。

吵架的焦点是卫生素质问题。周嫂嫌周哥埋汰，周哥嫌周嫂唠叨，这两个风马牛不相及的缺欠，莫名其妙地联系到一起，产生出引爆效果的化学反应。

并非重色轻友，我也看不上周哥，老伙计太脏了。于是我当面和稀泥，背后就抱怨周哥，讲卫生是一种美德，是对自己、对他人甚至环境上的尊重，你改着点儿，还能危及生命吗？

周哥不好驳我的面子。毕竟周嫂吵架跑回娘家，总得仰仗我去给劝回来。所以挨我批评时，他把发火变为叹息或者自嘲："生就的骨头，长就的肉，我爹造我时，可能没输入这种程序软件，要改，除非下辈子。"

哟嗬，老伙计还会整时髦词，他懂什么叫"程序软件"吗？

改不了。架就不闲着吵，我就时常去和稀泥。

后来，周嫂患了糖尿病，求医没几天，竟到不打胰岛素不成的阶段了，这显然是错过了治疗的最佳时机。可周嫂的病不在嘴上呀，那唠叨比旧时毫不逊色，还那卫生的话题。有回吵僵了，周嫂就扔下这话："哪天我死了，你最终就得让垃圾埋死。"

周哥反唇相讥："就算让垃圾埋着，心里也还敞亮。强似听你这车轱辘话。"

后来周嫂住了院。住院时也便到了晚期。他家那日子，不到晚期是不会住院的。

我去医院看她。周嫂总说："家里不定让他造成什么样呢。"

我劝慰她："嫂子要紧的是好好养病。只有早日康复，才能早些回去教育他。"

周嫂就长长地叹了一口气，那口气老长老长。然后，好久没再吱声。

说这话时，周哥在一边陪着。没说东，也没说西，跟没这回事一样。

我去周哥家。周哥真是更放任了，家里瓢朝地，碗朝天，衣角触处，必定沾上灰尘。实在看不下去，我就边唠叨，边帮他收拾一阵。周哥并不领情，袖手旁观到结束，最后说："破平房，有啥收拾的。收拾完，过几天还是个脏。"

没救了，这老伙计。幸亏老天有眼，没给他机会去祸害楼房。

这天，听说周嫂坚持回家看一看。我去不去呢？说不定人家夫妻久别，有情况呢。正犹豫着，接到周哥儿子电话，说他妈刚才去世了。我大惊，立即赶往殡仪馆。

周嫂西去了，这在意料中。因为，三个月前，就总下病危。可周哥这个脾气火爆到一触就炸的大男人，却哭得死去活来，连我这挚友都劝不住。

事后，才知道周哥为什么那么痛不欲生。

那天，周嫂被轮椅推进屋里，这是她最后一次"走"进这间属于她的屋子。周嫂适应了室内的光线，片刻，对周哥说，她想喝酸奶，某某品牌的。小城只有最大的那家超市才卖那种酸奶，有5公里的样子呀，但周哥知道这是老伴最后的要求，他立即出门。

等周哥满头大汗赶回来时，却被惊得目瞪口呆：周嫂坐在湿地上，手中攥着一块湿抹布，已经没了气息。室内漆黑的瓷砖地，被她擦出两平方米，与四周那肮脏得不见本色的相比，更显得锃明瓦亮！

周嫂走后，我的生活仿佛少了许多内容与乐趣。少了什么呢？哟，少了一份成就感。每当把周嫂从她娘家弟弟那儿劝回，我内心深处感觉自己特别有用。而现在无用武之地了。同时，我想起周哥，他怎么再没来找我喝酒诉苦，再也没主动要求拉二胡给我听？

不行，我得看看去。安慰一下孤独的周哥，也是做朋友的义务呀。

打开门，我一下子呆在了那里。这是周哥家吗？室内俭朴的家具摆放得一丝不乱，空气也显得纯净多了，周哥正蹲在地上，一丝不苟地擦拭本来已经让他擦得相当洁净的瓷砖，那神情恰如我 50 多年前临摹毛笔字的样子！这一瞬间，我恍然大悟，是周嫂最后用生命的劝诫，为周哥强行安装了有关卫生素质的程序软件！

原载 2016 年第 8 期《小说月刊》

巧 燕

林万华

刘奶奶，名巧燕，七十多年，都住在城南的槐树胡同。

城南燕子多，当地人叫"巧燕"。

"八九"那天，刘奶奶降生。娘说，"七九河开，八九雁（燕）来"。就叫"巧燕"吧。

刘奶奶从小就喜欢巧燕。她家那两间北屋，屋檐下有燕窝。

开春，一对巧燕，从南方飞来，院子里便多了"啾啾"的燕叫声。

秋天，巧燕南飞，院子里突然静了，刘奶奶心里怅怅的，只盼春天早点来。

刘奶奶二十出头，该嫁人了。她对娘说，她不远嫁。娘懂得，闺女舍不得巧燕。

刘奶奶果真没远嫁，婆家也在槐树胡同。

喜日子订在秋天。刘奶奶临出门时对娘说，巧燕明年还回来呢，看好屋檐下的窝。娘心头一酸，泪珠掉下来。刘奶奶由新郎背出屋，她回头望着屋檐下的燕窝，眼圈早红了。

娘后来说，巧燕比娘还亲。刘奶奶听了，冲娘笑。

婆家也是两间北屋，屋檐下却没燕窝。

刘奶奶在婆家院里种下两棵洋槐。来年春，槐吐新绿，一对巧燕就"啾啾"叫着，在婆家屋檐下筑巢了，刘奶奶乐得合不拢嘴。

秋去春来，巧燕在刘奶奶家的屋檐下一住就是几十年。

刘奶奶有两个儿子，那年，儿子说，槐树胡同要拆迁。刘奶奶看到，戴安全帽的人，扛着三条腿儿的仪器，在胡同里进进出出，她心里慌慌的。

之后，胡同东口果然就有大楼拔地而起。

刘奶奶发现，巧燕越来越少。

秋天，巧燕南飞。拆迁的人来刘奶奶家动员，儿子也说要接走刘奶奶，她却说，我在这儿住了一辈子，哪儿也不去！

转年开春，一台铲车，轰轰隆隆开到刘奶奶家院门口，长臂高高扬起。刘奶奶面无表情，稳稳地坐在院门口的青石台阶上，两眼望着头顶上的蓝天，她心里惦记着巧燕。

刘奶奶终于看到一对巧燕飞来了，她脸上露出了笑容。巧燕看到也听到了，那个怪模怪样的庞然大物，正扬起长臂，发出"隆隆"的巨响。它要干吗？巧燕惊恐地叫着，在屋顶上盘旋着：一圈、两圈、三圈……突然，这对巧燕并排着，像两支离黑色飞镖，从天而下，直刺铲车高扬的钢臂。"砰"的一声闷响，两只巧燕瞬间跌落在铲车下，铲车高扬的钢臂上映出两朵鲜艳的红花。

刘奶奶疯了一般扑向铲车，双手颤抖着捧起那对气绝身亡的巧燕，久久地凝视着。

刘奶奶整日昏迷。儿子、儿媳守在她身旁。一天午后，她忽然睁开双眼，望着窗外空寂的天，对儿子说：我听到巧燕"啾啾"叫呢，它们找不到家啦。说着，泪珠已从眼角滑落而出。

原载 2016 年 6 月 23 日作家网

意 见 箱

黄学友

村主任从镇上开会回来，还没回家，就急匆匆朝李木匠的家里奔去。

李木匠正在给新打的一只木箱喷漆，见主任进门问道："找我？有事？"说完朝旁边的一条木凳指了指。主任坐下后说："我想让你给村里做40只意见箱。"李木匠笑笑说："做那么多干什么？"主任说："把每个街口都挂上，广泛征求群众意见，这是上边安排让做的。"说完从口袋里掏出一盒香烟，抽出一支递给李木匠，李木匠忙着，接过烟夹到耳朵上说："意见箱虽小，难做呢。"主任点燃自己嘴上的烟，喷出一口烟雾说："谁不知道你李木匠是远近闻名的能工巧匠，只要你李木匠想做的，没有做不出的东西。"李木匠问："什么时候用？"主任说："越快越好，最近镇上还要来检查。"

李木匠很快就把40只意见箱做好了，主任又要他帮忙，带上手锤、钢钉、铁丝等，把做好的意见箱分别挂在了村庄各路口的墙壁上、大树上和水泥电线杆上。顿时，那些刷着黄漆的崭新的意见箱，成了小村里一道亮丽的风景。

这天，主任正在家里吃早饭，突然腰里的手机欢快地唱了起来。他打开接听，知道镇上的检查组已经到了村头，就撂下饭碗朝村头跑去。

检查组由王副镇长带队，他们一行十几人，都是有关单位部门的头头脑脑。主任跟他们一一握了手，就领他们顺街观看一只只意见箱。当他们来到第30只意见箱前时，王副镇长要主任介绍一下情况，主任清了清嗓子说："为了充分发扬民主，广泛征求群众的意见，认真倾听群众的呼声，我们专门请能工巧匠，加班加点做好了这40只意见箱，比镇上给我们下达的任务超额完成了20只。这些意见箱都是用上好的木材做成……"主任介绍完，王副镇长点评。他刚要抬手说话，头顶上空一只乌鸦"呱呱"叫着飞过，一摊鸟屎砸落在王副镇长"地方保护中央"的头上，王副镇长用抬起的手抹掉，见那只乌鸦早已站在不远处一根水泥电线杆上挂着的意见箱上，感觉十分沮丧。主任观其色，赶紧凑上前去弯腰说："镇长，这可是天分（粪），它能落到你的头上真是难得啊，将来你肯定大富大贵，前途无量。"镇长听了主任的话后，脸色才缓了起来。他用手很有意味地拍了主任的肩膀几下，率一拨人离去。

检查组走后，意见箱挂了近两年，再无人问津，大多数经过风吹雨淋，早已油漆脱落，锈迹斑斑。有的意见箱朝上的一面已烂出了一个黑洞。可这并没有影响村里人的正常生活，也再没有人格外去关注它。

这天，村里来了一名记者，长得白白净净，戴一副眼镜，胸前挂一台相机，文质彬彬。主任带他到一户村民家里去采访，走在大街上，就看见了那些挂着的意见箱。看见意见箱后，他就来了灵感。他要主任打开意见箱，看看群众都是提的什么意见。主任就跑回家拿来了一串生了锈的钥匙，来到一只意见箱前开上面的锁。几乎把所有的钥匙试遍了，那锁还是打不开。主任就又跑回家，拿来了不知一瓶什么油，往锁孔里滴了几滴。再试，好不容易把锁打开。这时，记者早已把相机的镜头对准了意见箱，可意想不到的是，当主任打开意见箱门时，里面并没有群众写的意见条，却有一个硕大的鸟窝。鸟窝里有几只还没有蜕毛的黄嘴麻雀，正在张口待食。主任刚想把这些幼小的生命掏出来摔在地上，却被记者拦住了。主任不解，就去看记者，只见记者举起相机，调整了一下角度，对准鸟窝迅速按下了快门。

几天后，照片登在了一家省报上，并获全省保护动物摄影一等奖。

原载 2016 年第 5 期《辽河》

寻 狗 启 事

付卫星

"二子，这月的五十元养老钱该给老娘了吧？"老娘在电话里说。

二子捏着兜里仅有的五十元钱，咬咬牙说："我还要给花花买罐头呢！"

花花是他前两天在村头捡的一条流浪狗，剩饭剩菜不吃，就吃狗罐头。

二子挂断老娘的电话，出门买狗粮。

也就是在这时，他看见了电线杆上的寻狗启事。

寻狗启事上印有狗的照片，跟他捡来的花花一模一样。再看文字，二子的心都快要蹦出来了。那上面说，只要把捡到的这条狗送回去，主人愿意付一万元作为酬谢！

一万元？这不是天上掉馅饼了吗？他迫不及待地按上面的电话号码拨过去，电话接通了，他很客气地问道："请问，是您在找狗吗？"

不料，电话那头传来一个苍老的声音："你是谁呀？是给我送狗的吗？"

二子有点失望，听口气没有一点大款的样子。可又一想，平常人家谁又会为一条狗付出一万元呢？也许是他们家的老爷子吧，要是那样，那就更好说了。于是他说："老人家，您要找的那条狗就在我家。您放心，狗好着呢。"

"好好，那你就快把豆豆给我送回来吧，我想它呀！"

二子说："别急，您还没告诉我您住哪儿呢？"

二子顾不上买狗粮，扭头返回了家。他抱起花花亲了又亲，连连说道："我说这狗咋这么馋，原来是有钱人家的。好哇，我捡到金元宝啦，花花，你真比俺娘值钱呀！"

他刚要抱起花花去领钱，忽然停下脚步。他想，肯花一万元找回一条狗的主人一定是个大款，何不趁此机会多要点，不要白不要嘛。于是，他又把电话拨了过去，要求再加一万。老爷子苦苦哀求，说那一万元是他一生的积蓄，是救命钱，他再没有多余的钱了。二子嘴一撇，心说谁信呀。老爷子只好说，那就再加一千吧。他这才勉强答应。

二子按对方说的地址找了过去，一看环境，也不像什么富人区，他怀疑是不是走错了地方。他又打了两三次电话，这才找到了主人的家。

狗的主人是一位八十岁高龄的老人，家里凌乱不堪，好像有几天没打扫了。那条狗一见老人，奋力挣脱二子，一下蹿到老人怀里。它又是摇尾，又是亲吻老人的脸，上蹿下跳，像遇上久别重逢的亲人。

二子看着花花和老人的亲热劲儿，心也颤动一下，心说，这鬼东西咋比人还强呢！

老人和花花亲热了好一阵，这才抬头看着他说："我光顾着自己高兴了，真是对不起。你不知道，这狗是我唯一的亲人，比儿子都亲，我没它不行。"

二子问道："您有儿子？"

老人叹口气说："有啊，只是他很忙，不常来看我。"说着，他从枕头底下抽出一沓钱，再凑上一些零票，一起交给二子说："这是说好的一万元，剩下的那一千我儿子一会儿送来，你等等吧。记住，只说一千。"

在等他儿子的这段时间里，老人不停地倾诉，二子只是静静地听，心里却一点不平静。他从老人的叙述当中知道了老人为何要倾其所有找回这条狗，懂得了这条与老人相依为命的狗在他心中的分量。

忽然，老人的门"咣当"一声给撞开了，随着一声："谁呀？一条破狗就要一千？"只见一个油头粉面、脖子上挂着一串金链子的男子闯了进来。他一进来就责怪起老人，怪他不该为了一条狗花他钱财，直到老人许诺不要下月的赡养费他才罢休。随后，他把一千元随手甩给二子，不满地说道："拿着，再也不要让我见到你，滚吧！"

没想到二子纹丝没动，他瞄瞄那男子，又瞄瞄那一千元钱，冷冷地说："一千元？你打发叫花子呢？你知道我这段时间为这条狗花了多少钱？"

老人也急了："咱不是说好的吗，你怎么又反悔了呢？"

二子说："哎，我现在就是反悔了，不拿五千，我就把狗抱走！"

那男子没想到二子会这么泼皮，他也知道这种人难缠，还是尽快脱身为好。于是又从怀里掏出一沓钱，往二子怀里一塞，借口有事就匆忙离开了。

二子也随后出来了。

只是二子把所有的钱偷偷塞到老人的床单下，没有告诉他。下楼梯的时候，二子有一种向上飞的感觉，捏着兜里五十元钱觉着无比富有，哼着歌往老娘家走去……

原载 2016 年第 5 期《小说月刊》

一 字 绝 招

李忠元

张三终于找了个漂亮的女朋友，名叫林娜。两个人经过一段时间的相处，发现很合得来，就如胶似漆，住到了一块儿。

可到了谈婚论嫁的节骨眼了，准岳母却突然跳出来，横加干涉，非要张三买套新楼房不可。而且，她老人家还在张三面前扬言说："如果没有一套崭新的楼房做洞房，你张三就是把死人给我说活了，也休想把我女儿娶过门。"

张三一听准岳母发威，这下可急坏了，自己是个穷打工的，家里祖宗八代都是清一色的农民，家底单薄，为了生计自己孤身一人很早就进城打工，口挪肚攒，好不容易才在小城郊区买了一幢两小间砖平房，哪儿还有什么闲钱买楼去啊？

张三年过三十了，也谈了几年对象，结果可都因楼房这一硬件缺失，不告而终。后来，有些女孩听说张三没房，干脆都敬而远之。自己这两间破平房，哪会有人看上眼？

光阴荏苒，一晃张三就步入了大龄阶层。可出乎张三意料，这时候，自己的爱情却突然有了转机。如今，天上掉下个林妹妹，林娜不顾家庭的极力劝阻，根本就无视自己的穷酸，非要和自己好。张三在心里暗暗发誓，自己要自强不息，好好发展，绝不能让煮熟的鸭子再飞喽！

不过，张三也知道，准岳母的话那可是金口玉言，自己和林娜关系再好，说出去的话也不能收回去。准岳母要是迟迟不答应，那自己的婚礼就办不了，这个家也就成不上。

张三一筹莫展，怎么才能想出一个切实可行的好办法，让自己和林娜顺利通关，顺利走上幸福婚姻的红地毯呢？

张三也不是没想到卖房买楼，可近两年，国家棚户区改造，光听动静，不见拆房，倒是有一栋栋大楼拔地而起，可那都是在菜地、耕地上建的，棚户区改造根本就是一纸空文，一座平房完整无缺，根本没见哪里真的拆迁盖楼。平房价格倒是一路看涨，可有价无市，自己卖房的牌子挂出去好长时间了，始终也没一个人来探问的。

卖房行不通，这下张三还真有些犯难了，他和林娜一起陷入了深思，有时甚至茶饭不思。

张三冥思苦想好几天，没想到，准岳母却不请自来，一到张三的小屋却像变了一个人似的，嘻嘻哈哈，一直夸张三这孩子懂事，会过日子，对女儿如何如何好，还不断嘱咐张三马上筹备婚礼，好和女儿林娜早日完婚。

张三丈二和尚摸不着头脑，可这光天化日的，也不是做梦啊！岳母一直要楼房，今天这是咋的了呢？

不管怎么样，准岳母都开金口了，自己还犹豫什么，按照准岳母的吩咐，张三赶紧筹办起来。

经过一段时间的简单筹备，张三终于抱得美人归，和有情人终成眷属了。

新婚之夜，张三喜极而泣，一再追问妻子林娜岳母极其爽快地答应他们结婚的真正原因。林娜却含笑不语。

后来，张三实在逼急了，林娜就郑重地说："三啊，我不说你还不知道，其实呢，我就是个会法术的巫婆，我随便用嘴吹口气，咱家的破平房，就会摇身一变，成为耸立云天的高楼大厦！"

当然，这骗小孩的鬼把戏打死张三他也不会相信。不过，林娜这么一说，张三更加犯迷糊了，追问得也更加急切了。

张三执意打破砂锅问到底，林娜实在没办法，就向门外努努嘴，示意张三，如果不信，就到屋外好好看看。

张三依旧满腹狐疑，心里想，我可不相信你真能摇身一变，变成个巫婆。不过，要不是林娜点"屋"成"楼"，岳母怎么会这么快就改变自己的主意呢？

张三怀揣着满腹的疑问，径直来到了院子里，回身反复端详起自家的房子来，这一端详，张三顿时像一个泄了气的皮球。虽然是在月下，但也清晰可见，房子还是那幢砖平房，破烂不堪，是一点也没变啊。

可是……

张三皱起了眉头，他又重新折回了屋子里，无比恳切地追问妻子。林娜看看实在没辙，这才不得不据实相告。

原来，林娜看张三被母亲所逼，整天愁眉不展的，就动了恻隐之心。林娜清楚地记得，这几年棚户区改造，砖平房价格一路看涨，母亲一看到哪家平房要拆迁了，就无比羡慕、无比惋惜地说："要是咱家早年也买个砖平房就好了，赶上如今拆迁，补偿标准比楼价还高，那咱家就彻底发财了！"

林娜锁定这句话，心想：自己何不在张三的砖平房上做做文章，让母亲痛快地答应自己的婚事，也免得张三劳神费力地犯难了。

林娜几乎没有费什么周折，只是买来了一点红油漆，偷偷用毛笔在墙面上写了一个大大的"拆"字，而且还在"拆"字外围画了一个大大的圆圈。

林娜这一试，果然见效，母亲一见这个火红的"拆"字，立马痛快地答应了张三的结婚请求。

原载 2016 年 3 月 22 日《中山日报》

木匠和他的儿子

孟宪歧

热河镇有一个远近闻名的木匠，叫谢老刚。

因为谢木匠的手艺太高了，热河镇就没有人再干木匠活的啦。

谁敢在鲁班面前耍斧头呀？

很多人都想拜谢木匠为师，谢木匠说："对不起，我不收徒弟。"

背后谢木匠跟老婆说："教会徒弟，饿死师傅。"

老婆说："别人不教，可栓子不能不教吧？"

谢木匠就嘿嘿笑："那是呀。不教他，我这手绝活儿不就真绝啦？"

其时，他们的儿子栓子刚 15 岁。

那时候，热河镇能打得起家具的没多少。但都挺讲究，家具要成套的，从地下到炕上，炕上要炕柜，地下要春凳、八仙桌、八仙椅、躺柜等，全都用上好的榆木或梨木。木质硬，做着费劲。但谢木匠不怕，肯吃苦受累，做出来的家具也确实好，油漆刷过，木纹清晰，光可鉴人。

栓子 18 岁那年，正式跟谢木匠干活。起初，干粗活，用力气，谢木匠干巧活，干细致活。

后来，谢木匠就教栓子干巧活，干细活。

做家具，要凿不少榫子，大大小小的。谢木匠画好线，栓子凿。可在做铆子时，栓子发现，那些凳子之类腿上的铆子比榫子小不少，栓子有些纳闷，就问谢木匠："爸，八仙椅的榫子大，铆子小，安上也不结实呀？"

谢木匠便嘿嘿笑，说："傻小子，要是都弄得结结实实的，用上三五十年咱不得饿死呀？铆子小，加楔子，上泥子，用个三五年，散架了再找咱给修，咱的活儿就永远做不完。"

栓子说："那不是有点使坏了吗？"

谢木匠还是嘿嘿笑："我不坏点，咱家的日子早没法过啦。"

谢木匠又说:"记住,大件的东西,像躺柜啦,炕柜啦,那是人家装粮食用的,装被褥用的,不好搬动,就给做结实点,能用一辈子。那些常用的小物件经常搬动,也好做,用个三五年就不错了。"

栓子自言自语:"那要是让人家看出来,多不好意思呀?"

谢木匠说:"说你傻了不是?我做的东西,神鬼也挑不出毛病来。"

栓子发现,每回要把木板粘在一起的时候,要熬胶熬鳔,只有把鳔胶混合在一起,才粘得瓷实,而且不怕水。谁家做家具,就要准备这些料。熬胶熬鳔是个技术活,时间短了,太稀,用上不牢靠;时间长了,熬硬了没法使。熬胶熬鳔这活儿都是谢木匠亲自来做。胶多少,鳔多少,熬多长时间,都有底数,这底数就在谢木匠心里装着。

大队支书找谢木匠说:"你给我爹做口棺材。"

谢木匠摇头:"那是粗活,我从来没干过。"

支书说:"你把它当细活做不就行了吗?娟子高中毕业二年了,应该推荐她上大学了吧?"

谢木匠沉默良久,说:"好吧。"

谢木匠跟栓子给支书家做了棺材,描龙画凤,看不见卯榫,看不见疤痕,简直是一件华丽的工艺品。支书脸上很有面子,他给老爸准备的棺材,十乡八镇没有第二个,谢木匠因此声名大振。

谢木匠说:"这是绝品。"

有很多人都来找谢木匠做棺材,谢木匠一口回绝。很硬。

支书果然不食言,推荐娟子上了大学。

栓子的姐姐娟子出嫁,家里要陪送一对梨木箱子,谢木匠说:"得给你姐做结实点,用一辈子不行,得能用两辈子!"

栓子仔细观察谢木匠怎么凿榫,怎么做铆,怎么熬胶熬鳔,用了多少,熬了多长时间,一一记在心里。

送姐姐那天,谢木匠长叹了一口气:"这对箱子,我是用心血做的,能用两辈子都不止!"

谢木匠终于老了。

谢木匠躺在炕上,跟栓子说:"做家具,最要紧的是胶和鳔,配方合适,熬的时间准,那家具几十年都不会散架子。你记住了,三分之二的胶,三分之一的鳔，是最好的。但你不能这样做，这样做了，你就没饭碗了。"

栓子答："其实，我早就知道了。三分胶一分鳔，三个时辰不能少。对吧？"

谢木匠惊讶地问："你咋知道的？"

栓子答："你梦话里说出来的。"

其实，这是栓子暗中观察得出来的。

栓子开始了自己独立的木匠生涯。

栓子没有按谢木匠的嘱咐去做。

栓子干活一是一，二是二，做出的家具坚固耐用。

有人说："栓子，你比你爸实诚。"

栓子问："你这话是啥意思？"

那人答："凡是热河镇让你爸打家具的人都知道，你爸爸留着后手呢。"

栓子红了脸："不可能呀？我就是跟我爸学的，都一样干活的。"

那人又说："大件的家具还行，就是那些椅椅凳凳的，用个三五年，就都坏了，还得重新做。"

栓子喃喃地说："不可能吧？应该不可能啊。"

可栓子心里却明白得很。

人心不可欺啊。

后来，栓子赶上了好时代，时髦的家具飞入寻常百姓家，他当上了栓子家具公司的经理，他的手艺不仅享誉热河镇，还在县城小有名气。

原载 2016 年 3 月 6 日作家网

满 天 星

温利元

在县城教书的陈老师，很爱花草。最近购买一套房，是顶楼。丈夫老蔡也转业到县上，做了县纪委副书记，空闲时可以帮忙了。精巧的屋顶花园竣工，别样的喜悦荡漾在心间。美中不足是上楼时最入眼那棵苏铁，周边缺少一株低矮植物做陪衬，待在那儿似有些孤寂脱群，好比领导坐在主席台中央，而左右缺少陪坐一样。设计员小刘说这株陪衬植物数满天星最好，矮小常青无病虫害，紫红小花四季不断，配在高雅华贵的苏铁脚下真是众星捧月，绝妙！

陈老师匆匆去了花市，可找遍花市都没有这种花，一位卖担担花绰号花翁的老人说他家里有，陈老师与老人讨价还价讲好两元一株，买十株，便跟着他去苗圃。

花翁甩两元钱给小烟摊，拿包"名花"，取一支叼在嘴上便走，陈老师跟在他身后。路过一位少妇的小卖摊，他就像小孩调皮地说一声"拜拜"。少妇用善意微笑的媚眼飞他一眼："死老头，下回来带几株杜鹃，几个邻居都要买。"走到鲜肉市场，屠户们油腻的手上晃着白闪闪的尖刀，争着喊花翁割肉。花翁只笑，露出黄黑的牙，有些深陷的双眼这张案板看看，那钩链环盯盯，便指着一块五花肉，就买这块。陈老师不经意地瞟他一眼。

折腾半天到了车站，太太松了口气。花翁说："坐一元钱车，再走几步就到。别急别急，中午在我家吃饭。"

陈老师心想，中午我再饿也回家吃，那些年我下乡最怕吃饭。农村灶屋里黑黑的，还有股说不出的馊、腐、霉皆有的大杂烩臭味儿。

下了车，花翁迈开瘦瘦的双腿，走起来像一阵风。陈老师紧跟快跑，不一会儿就汗湿衣衫，忍不住问："你说几步路，究竟还有几步路哇？"

"你是走生路，多走几回近得很！"花翁也不回头，碰上个小孩儿叫他爷。花翁摸出二十元钱，叫孩子带回去给他妈，马上去买农药。又向陈老师说起家常话。这是他小孙子，他幺儿还没脱贫，分了家也顾着。陈老师想，农村人就比城市人更淳朴更有人情味，老人家原来并不把钱看得太重太死，自己一把年纪了，背着花走这么远进城也很辛苦的。陈老师由此对花翁生出一点感佩来。

陈老师估计脚板起泡了，不然不会这么疼。但谢天谢地，终于到了。那苗圃就在屋侧，大约半亩，分成许多小片，每片一种花，条理井然。地里没杂草，地边很齐整，花木绿绿的叶，灼灼的花。这花翁的苗圃管得好精。

陈老师还没开口，花翁便忙着挑大株的形态好的起了十多株。她一旁默数，多三株，没开腔。花翁细心包裹捆好，便扛起来放在阶沿上，邀她屋里坐。陈老师走进客厅，见摆设同城里人差不多。再斜睨灶屋，明亮干净，瓷砖灶白生生的。她很惊奇，农村真的大变样了。她正要付款，却见风风火火闯进一个满头烟灰四十多岁的汉子，口里叫着爸，见有陌生人，欲言又止。花翁说："有什么事说吧。"陈老师忙知趣地避开，走到小院角看花。汉子这才与他老爸说起事来。

原来，村里一个"烂账"想买这顶村长的乌纱帽，私下讲好给两千元。其实这个村很穷，村办企业仅有一个白石场和一座石灰厂。花翁的儿子不愿做村长，而村民因他办事公道都拥戴他。花翁说："乌纱帽不能卖，不能暗里得包袱，犯法的事，一辈子不能沾。你不当村长可以辞职，村民选谁是谁，这才公道。两千元不能打瞎了眼。"

陈老师虽然在院角看花，但农村清静，没噪音，这些话都传到耳朵里，听到"两千元不能打瞎了眼"时，她的粉面倏然红了，像在发烧。她那屋顶花园建造费三千多元，是设计员小刘给付了的，她当初并未多想也就笑纳了。小刘今后——如果老蔡——她没敢想下去，暗自拿定主意，回去将这款付给小刘。老蔡是个原则性很强的军人，到了地方上，可不要因老婆"瞎了眼"而毁了他的晚节。

陈老师一发狠，扛起那捆花就走。花翁忙说，别急别急，放下花吃过饭，我帮你送上客车。她脸又红了，不吃饭不吃饭啦，我锻炼一下嘛。这才倏然想起多三株花，要补六元钱。可花翁谦让，不肯收，笑道："来到家里就是客人，水都没喝一口，多几株花小意思，就怕不够。"

原载《西南作家》2016 年创刊号。

一　念

崔　立

何倩要带孙诚回家。

孙诚怕，怕何倩的母亲。

上一次，孙诚去何倩家，就被何倩的母亲给赶了出来，紧随而来的是那些礼物，像是长了翅膀从屋里飞出来，扔得满地都是。何倩的母亲瞪着眼，像是与孙诚有深仇大恨要拼命。

何倩是要拉的，但完全拉不住母亲。

不怪孙诚，怪只怪，孙诚是警察。

何倩的父亲也是警察，若干年前，何倩的父亲在一次意外中英勇牺牲了，留下来何倩的母亲，还有何倩。

这些年，何倩的母亲一个人硬生生地把何倩拉扯大。她给何倩将来嫁人的唯一一个要求，就是不能嫁警察。何倩明白母亲，是不愿自己走上她那条老路。

不知道是不是命运的巧合。何倩居然一发不可收拾地爱上了年轻警察孙诚。甚至，何倩觉得，孙诚就是她这辈子的另一半了。

一个月后，是何倩的生日。

下午，孙诚给何倩打电话，说，我订了家饭店，晚上我们一起过吧。何倩说，不，我要回家过。孙诚略有些失望，说，那我明天给你补过。何倩说，你和我一起回家过。孙诚犹豫，说，这不好吧。孙诚是想起了上一次的事儿了。何倩说，没事。何倩还说，难道你想放弃我了？孙诚说，当然不了。孙诚喜欢何倩，非常非常喜欢。

到了何倩家门外，孙诚还是有些不敢进去，一直徘徊，徘徊了有十分钟。何倩的电话来了，孙诚，你在哪呢？孙诚说，我在门外呢。

何倩打开门，看到了门外的孙诚，孙诚两只手拎着满满的礼物，整个人却有些拘束不安的样子。

孙诚大着胆子进了屋，手上的礼物，却不敢放下来。孙诚还是怕被扔出去了。倒不是说他又太在乎这些礼物，是他不想再像上一次那么的尴尬。

孙诚看到了何倩的母亲。孙诚叫了声，阿姨。何倩的母亲似是瞅了他一眼，又似是没瞅，但没说话。何倩看着孙诚手上的礼物，何倩说，这东西，你是借来的？一会儿准备拿回去的？孙诚一愣，说，没有啊。何倩说，那还不放下来。孙诚说，哦，哦。孙诚恍然有些明白，赶紧将礼物放在了墙角，又赶紧看了何倩的母亲一眼。

好在，何倩的母亲今天显得很平静。

很平静地，三个人坐在桌子前。要许愿了，何倩说，孙诚，你要答应我，无论在什么时候，就算为了我，要保重自己，好吗？孙诚愣了一下，说，好。

何倩边点着头，边看了眼母亲。

很平静地，过完了何倩的这个生日。

要走了。何倩说，我送送你。孙诚说，好。孙诚对着何倩的母亲说，阿姨，我走了，再见。孙诚听见，何倩的母亲，像是哼了一声。

走出门时，才发现外面的天黑了一大片，路灯已明晃晃地亮起。

孙诚和何倩并排走着路。孙诚忧心忡忡，说，阿姨看起来还是不怎么愿意接纳我。何倩笑了，说，傻瓜，只要我喜欢你，就没问题。何倩还说，你看，今天是不是进了一大步，上一回，你人被赶出来，礼物被扔了一地，这回呢？孙诚像醒悟过来似的，说，是啊是啊，我怎么没想到这个。孙诚开心地笑了。

走了有几步路，前面的马路边摆放的大排档处，像是拥了许多人，是吵架的声音，声音越吵越响。很快，有椅子凳子被扔飞了，好多人，真打了起来。场面很混乱。

何倩猛地一惊，孙诚也猛地一惊。

何倩的第一反应，是说，我们赶紧报警吧。何倩说完话，看到了身旁的孙诚。孙诚似乎是想冲上去的，看到了身旁的何倩，想起了什么。孙诚也说，对，对，赶紧报警吧！

几分钟后，几辆警车在一阵轰鸣声中赶来了，警察们结束了这场争斗，远远地，能看到里面有人被殴打出了血，捂着脑袋很痛苦的表情。

孙诚也远远看着这一切。孙诚说，我们走吧。何倩竟然没动。何倩的脸色有些冷，从未有过的冷。孙诚茫然，手足无措，不明白自己是犯了什么错。

第二天，何倩给孙诚发了一条短信：我们分手吧。然后，何倩就关上了手机，并且闭上了眼睛。

若干年前，何倩的父亲就是不顾母亲的阻拦坚决果断地冲出去阻止一场争斗而牺牲的。

警察，就是该像父亲那样的。

要是当时孙诚不顾一切地冲出去了呢？

何倩一脸迷茫。

原载 2016 年第 6 期《啄木鸟》

马 五 爷

李世营

马五爷，名五，字云来，乃清丰镇武术界之名流。马五自幼天资聪颖，习武好艺，又很用功，曾遍访清丰山武侠人士，拜师研艺，方造就一身颇为了得的武功。因马五不畏权势恶霸，行侠仗义，济贫扶危，故在清丰镇留下一串串令人钦敬的好口碑。

清末光绪二十五年，清丰镇一带大旱，颗粒无收，第二年又是一场大涝，庄稼棵苗未见。一时灾民无数，饿殍遍野，百姓人心惶惶，苦不堪言，盗贼应时而起，欺压良善，掳掠财物，甚为猖獗，地主恶霸趁势哄抬物价，欺行霸市，清丰一带民不聊生，怨愤盈天。

天灾人祸，清丰百姓无疑雪上加霜，生活堕入苦窖，日子暗无天日。

马五爷气愤不过，就率领一帮义士，聚集起清丰一带灾民，揭竿而起，立旗清丰山，扫荡盗贼匪寇，打劫商贾富户，布施百姓，又夜入清丰县衙，砸开官仓，放粮赈灾。一时运动造起，参与人数逾三千，声势愈演愈烈，风声愈闹愈大，令当地州官惊恐不已，视为"劲匪"，遂连夜上书朝廷，云清丰白匪上万，势头猖獗，危及江山社稷等等，朝廷闻讯，震怒不已，钦命两省总督扎布尔率精兵数万即刻进驻清丰镇，荡平清丰山。

再说清丰山马五爷，聚众不足万人，又不曾进行军事操练，岂是扎布尔数万大军的对手。虽历经七天七夜之浴血奋战，终是寡不敌众，义士尽数覆没。

待第七日夜清兵清查山寨，收拾义士尸首时，忽见一黑影自乱尸堆中跃起，劈手自兵丁手中夺去一把钢刀，杀开一条血路，飞身跃上一匹战马而去。慌乱中清兵急忙拉弓放箭乱射一通，黑夜里黑影虽身中数箭，终因战马奔驰如飞，一晃便寻不着踪迹。

后来，清兵再去清查尸首，反复查寻，独独少了义士头目马五。

之后，又有人传言，马五爷逃下山后，被清兵半路截杀，乱刀致死。

五年后，清廷退位，袁世凯窃国，复辟再称洪宪皇帝。清丰镇上来了一位哑巴道人，跛足独臂，面目似曾因重创伤损，变得扭曲、变形、骇人，却与乡邻十分友善。

镇内十字街口有一卖烧饼老汉，姓王，人称烧饼王，与一女王翠靠卖烧饼相依为命。那王翠年近三十，与马五青梅竹马，两小无猜，马五失踪后，王翠再没嫁人。这王翠虽已过豆蔻年华，但终遮不去其清秀水灵，倒平添几分成熟女人的风韵和光彩。

城西大财主幺老大，早就看中了王翠，先前慑于马五的武功，未敢造次。马五去后，便多次捎信要纳小翠为七房小妾，烧饼王父女二人高低不允，幺老大就唆使人砸了烧饼王的烧饼摊，还扬言如再不允，便去官府告密，说王家与匪寇马五有众多干系，抄家问斩。孤弱无助的父女俩又气又急，愁眉不展，惶惶不可终日。

一日，哑巴道人途经王家门前，听见几个邻居悄悄议论此事，转身疾步而去。

几天后，一个月黑风高的夜晚，幺家后房失火，幺老大遭人戕害身首异处，其状惨不忍睹。

幺家子孙由是报官，贿送重金，请县老爷追查凶手，并以重金悬赏捉拿凶犯。

不几日，有人举报，说哑巴道人有重大嫌疑，一是其年龄、身材与当年马五爷相仿；二是当夜有人曾见其夜入幺府，身轻如燕，武功手段极为了得。

捕头带领一帮兵丁搜遍全镇，最终将哑巴道人擒获。

民国二年腊月初八，寒风呼啸，大雪纷飞，哑巴道人身插"斩"字牌上了刑场，面对一群狗模狗样的兵丁，哑巴道人脖子一梗，怒目圆睁，吼道："狗日的！杀了爷，二十年后又成就了爷儿一条汉子！"声音响如洪钟，震骇得刀斧手愣了几愣，手中钢刀几欲飞落。

前去观看的人都说，哑巴道人那身材、气势、风度，确实与马五爷的派头一般无二。据说，哑巴道人临刑前，依然很从容、很镇静，面目虽很扭曲狰狞，依然绽满笑容，只不过笑声很瘆人，十冬腊月天，刀斧手的额头上都渗得满头大汗，热腾腾地冒着蒸气。

乡亲们都说：这才是马五爷的派头！

那烧饼王家父女早已备好一口厚棺材，雇了一辆毛驴车，当夜将哑巴道人的尸骨葬于清丰山脚下。

据说，清丰山一带的百姓还为其立过一块墓碑，上书：马五爷之墓。只不过早已遗失，但至今这一带还流传有腊月初八供奉马五爷的风俗。

这些，后人在述写清丰山县志时曾有这样一段记载，说当年马五爷在被清兵烧杀山寨后逃至山下，路遇剿杀的清兵，隐匿入草丛中，避过清兵追击，被一位云游道人救走，曾在一座道观内隐遁五年，尔后扮作哑巴又回到镇上。

原载《当代小小说》2016 年夏季卷

怒　剑

石上流

令狐飞幼年之际，父母为奸人牟野所害，幸得安叔舍命相救，他才从危难中侥幸逃脱。

逃亡途中，为避追杀，主仆二人不慎从陡峭的山崖坠落。

安叔当场殒命，令狐飞因颅部重伤导致失忆。

天玄大师途经此地，救下这奄奄一息的孩子，并收为弟子，授以剑术。

经过十多年的勤研苦练，令狐飞的剑术突飞猛进，臻于化境。

树大招风，多少人试图通过打败令狐飞在江湖上扬名，可是，一直无人如愿。

令狐飞就像一尊威风凛凛的战神，活在崇拜者的赞叹与嫉恨者的仇视之中。

最想除掉令狐飞的，当数牟野。

当年未能斩草除根，已在牟野心中埋下隐患。

事隔多年，当牟野得知令狐飞的下落，越发心惊肉跳寝食难安。

当然，令狐飞失忆，牟野是无从知晓的。

令狐飞越是泰然处之按兵不动，牟野越是疑惧不已度日如年。

牟野决定除掉令狐飞，以绝后患。

可是这样强大的对手，显然不是自己可以对付的。

牟野沉思良久，想起一个人——江湖怪客年三十。

年三十终年隐居华山，身怀秘不示人的绝技，能杀人于无形。只是此人性情古怪，难请得很。

经多方打探，牟野终于得知年三十除了极度贪财，还对饮食极其讲究。

为了除去心腹大患，只能忍痛割爱了。

牟野备好重金，带上牟府"神厨"秀珠一起奔赴华山。

尝了秀珠做的菜肴，年三十深感满意。牟野当即提出请求。

听到令狐飞大名，年三十的脸僵了一下，不过最终还是应允下来。

三日后，年三十带着秀珠离开华山，直奔淮安。一路之上，年三十尝尽了美味。

然而，当他们赶至淮安时，令狐飞已杳然无踪。

就在同一时间，沧州街头出现一位长身玉立、腰悬佩剑的男子。

此人正是令狐飞。他前来沧州，是为了完成师父下达的密杀令——铲除武林败类牟霸。

牟霸乃牟野之子，自恃练就威力无比的混元神功而作恶多端，成为武林公敌。

牟府耳目众多，早有人将令狐飞抵达的消息告知牟野。牟野一听，在心里狞笑一声，同时飞鸽传书，通知年三十火速赶来。

这天，令狐飞刚在客栈吃完早饭，便被一伙穷凶极恶之徒围住。

"令狐飞呀令狐飞，我让你今天插翅难飞！"牟霸露出酷似其父的狞笑。

令狐飞处变不惊，提剑在手，从容迎战……剑花过处，转瞬间便倒下一大片。

见状，牟霸也暗自心惊，不禁失了锐气，且战且退。

"恶贼，哪里逃？"怒吼声中，令狐飞矫若银狐，人剑合一，飞身袭向牟霸。

躲在暗处的牟野一见，惊呼道："年爷快救小儿……"

"小子休得猖狂，年某来也。"随此声音，一团黑影鬼魅般冲向令狐飞。

令狐飞挫身一闪，躲过攻击，同时使出绝招"孔雀开屏"，一时人剑难分。

就在年三十愣神的当儿，令狐飞再次仗剑封住牟霸的去路。

牟霸困兽犹斗，怎奈一直无法脱身。

"令狐飞，你父母当年皆死于老夫之手，你冲我来吧！"为扰乱对方心神，救儿心切的牟野道出这一秘密。

闻言，令狐飞果然陷入迷惘与痛苦。

我是谁？我的父母又是谁？此人这样说，看来是不假了——没见过谁将杀人之事往自己头上揽的。

见有机可乘，年三十立即使出撒手锏"气袖功"。

只见他双臂陡然暴长，衣袖发出无法抗拒的万钧力道。

令狐飞不敢大意，连忙运气抵御。

此刻，牟家父子亦伺机而动，一时险象环生。

千钧一发之际，怪异的一幕出现了：年三十浑身抽搐，倒于尘埃。

猝然变故，令牟家父子大惊失色。然而他们已无全身而退的可能，只能负隅顽抗。

一前一后，牟野与牟霸双双攻向令狐飞。

好个令狐飞，一招"鹤飞九天"腾空跃起，牟氏父子收手不及，全力击向对方胸膛……

"飞哥哥，飞哥哥……"顺着声音，令狐飞看到一张娇俏的脸。

秀珠凝视着令狐飞英俊的面庞，在内心默默念叨："爹，女儿忍辱负重终于等到今天，为少爷全家和您报了大仇。我好高兴！"

"小安，你已得偿所愿，速随师父回庵吧！"不知何时，凭空冒出个尼姑。

"难怪年三十都得认栽，原来这姑娘是司药神尼的弟子……"望着二人远去的倩影，令狐飞喃喃道。

原载 2016 年第 7 期《小小说大世界》

发　呆

徐均生

如果有一个很安静的地方，可以闭上眼睛，也可以睁大眼睛；可以什么都不想，也可以什么都想；或坐在那儿，或站在那儿，发上一会儿呆，那是一件多么美好的事！

这是芳菲收到的一条短信，她觉得很有道理。她也经常有发呆的想法，可要想实现很难。她忙完手头的活，就想发十分钟呆。她以为这是很简单的事，但只发了一分钟呆，脑海里跳出一句话：手机要拿出来一下，看看有没有朋友的新消息。她从包里摸出手机，开始翻看微信。其实，微信里根本没有迫切需要看的信息，不是一些幽默笑话，就是天南地北的一些社会新闻时评。每天都是这样的。这一刷微信，发呆就自动停止。

芳菲下班回家，更没时间发呆。她要安排晚餐，要陪女儿做作业，忙完这些，都过十点了，睡意早已经上来。更重要的是如果在家里发呆，家人会以为她有病。这是万万试不得的。

芳菲在单位做人事科的副科长，单位有关人事方面的大事小事，都要汇总到她那里，她还得整理造册。事件一件接着一件，没完没了。

这天，好不容易忙完了，芳菲赶紧去了天台，不带手机，不跟任何人说，只想在天台发呆十分钟。天台没有人，很安静，阳光很温暖，在蓝天白云下发呆，真是妙极了。芳菲站在那儿，望着远处，闭上眼睛，脑子里什么都不想，她发呆了……

可能是很短的时间，也可能是很长的时间，芳菲忽然听到了有人叫她，"陈科长，你在天台吗？"她睁开眼睛，见内勤小张从楼梯跑上来，便问："你有事吗？"小张说："你女儿学校的老师打来电话，说你女儿发烧了，让你赶快去学校卫生所。"

芳菲跑下天台，冲进办公室，提了包就走。她边走边摸出手机，发现有两个未接电话，时间在五分钟前。原来她发呆五分钟不到。

芳菲赶到学校时，女儿还在挂盐水，烧退了许多。丈夫打来电话问她，老师给她打电话为何不接，她回答说上天台休息一会儿，忘了带手机。丈夫叮嘱她，以后一定要把手机带在身边，千万别忘了。

她眼睛湿湿的，忽然想哭，面对女儿又不好流出泪来。女儿对她说："妈妈，刚才我烧得最厉害时做梦了，梦见妈妈站在楼顶上不要我了。"芳菲紧紧抱住女儿，泪流满面地说："不会的，你是妈妈的心肝宝贝，妈妈什么时候都要你的！"

能安静地发上十分钟的呆，依然是芳菲每天的愿望。这愿望一直实现不了。这天，芳菲去局里开会，会上的内容她在会前都知道了，便偷偷地溜出来，来到这幢房子的天台。她很惊喜，天台上只有她一个人。她面对远方的群山，闭上眼睛，什么都不想，发呆了……

不知道过了多久，她听到有人喊话的声音，"你千万别想不开啊，你还年轻还漂亮，人生刚刚开始，有什么困难，都可以解决的……"

芳菲睁眼朝声音望去，原来是对面楼顶上的人在朝这边喊话。这时候，喊话声从楼下的草坪传上来："芳菲同志，你要冷静，千万不要做傻事啊……"

芳菲这才明白，原来都是在向她喊话，可我没有要自杀啊！我只是想在天台上一个人静静地发呆一下嘛，我有深爱的丈夫，有漂亮的女儿，怎么会自杀呢？

可对面楼顶上的人还在喊话，这边楼下草坪的人还在劝说，还有天台上也有几个人过来了，弯着腰，偷偷地摸过来。芳菲觉得这太没面子了，真是丢死人了。

忽然有个念头闪过，"这让我以后怎么活啊？"无论如何，丈夫会不理解的，女儿会轻视自己，婆家娘家人又会怎么看，这真的太让她伤心了。

她感觉无路可退，没法做人了，便有了自杀的冲动，眼前的路只有往下跳——她没有往下跳，瘫软在天台上。丈夫来接她回家了。

回到家，她跟丈夫说了发呆的事，丈夫说："我理解，我理解。"却没主动拥抱她。女儿躲她躲得远远的，好像很害怕。婆家来了一个电话问候外，再也没有什么了。倒是娘家人经常来电话，劝说她万事要看开，千万不能走绝路。电话接得多了，她恼了，便恨恨地把手机给摔了。

丈夫默默地收拾，一言不发。这更让她生气，便大声地说："我没有自杀，我没有理由自杀啊，只想发呆一下，难道我想发呆一下都错了吗？"丈夫连声说："没错没错。"丈夫说着话，就要出门。

芳菲望着丈夫的背影，顺手将茶几上的茶杯狠狠地砸向丈夫……

原载 2016 年第 10 期《小小说选刊》

打　眼

杨海林

清江浦的剃头师傅可不是光有理发修面这些简简单单的手艺就行，刚出道的新手支摊儿谋营生，总会有人过来"盘簧儿"，"盘簧儿"的人都是剃头行内的高手或前辈，前辈们一般问问这个新手的出处，在哪学的手艺哪个师傅传授的什么的，然后，就是用剃头这一行的行话和新手交谈，如果新手能回答出这些"簧儿"，好了，前辈再给他讲一些行规，算是过了第一道关。

第二道关，由清江浦剃头这一行的高手来出题，这些人，都是在清江浦靠剃头谋生的主儿，他们可不想多出一个抢食吃的主儿，找一个歪瓜裂枣似的脑袋给你对付那还不算难，真正算给你使绊儿的是考你剃头之外的手艺：哪个老人不小心扭了腰，好了，你给诊治诊治吧——不准用药，就凭一双手；哪家调皮的小孩子胳膊脱了臼，你也给诊治诊治吧——不准用药，还用手。

这些都是中医们的活计，可是好的剃头师傅也必须精通，不然，你那一双手可以去拿杀猪刀，不一定非要拿剃头刀。剃头，那可是个细致的活儿，每个人的头骨长得又不一样，你若是揣摩不透，你，能剃出好头吗？

治扭腰脱臼这些活计，就是考验剃头师傅对人体骨骼的了解程度。

如果新手没眼色，他支的剃头摊儿和别人挨得很近，那对不起，说明你的手艺好，把人家没搁在眼里，好吧，人家就会找个人来请你"打眼"。

如果你"打眼"的手艺让人心服，好了，人家原来的剃头摊儿可以撤了，那地方让给你，而且，今后不管你在哪儿支摊儿谋营生，一里地范围内，人家保证连影都不冒一下。

什么叫"打眼"呀？

人老了，眼睛看东西模糊了，剃头的师傅认为那是人的眼膜老化了，混浊了，得"打"，就是把外面一层的眼膜刮掉，不让它盖住里面的眼膜。

青年人或小孩子，若是眼睛里有荫翳，看不清，那也得"打"，刮掉眼里的荫翳。

左手的食指和拇指把眼睛撑开，右手，就拿一把剃刀，在眼球上一点一点地"打"，泪珠儿簌簌地掉，却一丝儿也不觉得痛，打眼的人担心得要命，打眼的师傅却漫不经心地跟你聊着张家长李家短。

聊着聊着，打眼的人不怕了，他开始瞌睡啦。

打眼的师傅却收了刀，说声好啦。

果然就好了。

这就叫能耐。

纪羡堂，就是这样一个能耐人。

别的剃头师傅打眼，刮下来的眼膜那都是粘在一起不成个形状，有时不好刮的地方往往会漏个一刀两刀，这样，看东西时就会花，有的地方看得分明，有的地方看不分明，独有纪羡堂，人家刮下来的眼膜，展开来，那就是一个完整的圆。

而且，厚薄均匀。

纪羡堂的剃头摊儿设在清江浦楼门口，那里，来来往往的人多。

能在纪羡堂的剃头摊儿上坐下来剃个头的主儿却不多。

纪羡堂给人剃头，要的价码奇高，最低，也是一般剃头师傅的十倍。

普通人，哪里剃得起哟。

白白失去了许多做生意的机会。

可是纪羡堂不认为可惜，他觉得，有什么样的手艺就该揽什么样的活计。

要是他连普通剃头师傅的活计也揽，那样，别的剃头师傅就没法营生了。

大家知道纪羡堂有心给他们一口饭吃，心里越发敬重他，剃头的摊儿都尽量离他远着点。

来了一个青皮后生。

在纪羡堂的身后支了个剃头摊儿。

犯了剃头这一行的大忌，他却不知道。

闲下来的时候，纪羡堂就问，你是跟哪个师傅学的手艺呀？

是谁谁谁。

哦，纪羡堂明白了，青皮后生的这个师傅，是个不出名的主，更没在清江浦待过，清江浦剃头师傅们的行规，他是一点也不懂。

纪羡堂想点拨他一下，就说你会打眼吗，你给我打一下眼吧。

青皮后生回答得很干脆：我不会呀。

纪羡堂一笑，那好，反正现在也没什么生意，不如我给你打一下眼吧。

不用啦，我是天生的睁眼瞎。

哦。

哦？

那你，怎么给人剃头？怎么给人修面？

剃头师傅这一行，要的可是细致活，稍有不慎，剃刀刮伤客人，那可不得了呀。

青皮后生就笑：我来这里的这些日子，您没瞧过我给别人剃头修面？

还真没仔细看过。

那好，您坐好，我给您剃个头修个面。

洗净了头发，青皮后生拿起亮闪闪的刀，左一下，右一下，不紧不慢，有条有理。

头发簌簌地往白色的围脖上掉。

好手艺，纪羡堂暗暗吃惊。

修面。

青皮后生给纪羡堂的脸上敷了热毛巾，然后，给他做头部按摩。

按摩的目的，是让他放松神经。

可是纪羡堂的神经却崩得紧紧。

他睁大了眼，看青皮后生雪亮的刀在他脸上游走，一会儿迅捷似奔蛇闪电，一会儿又缓慢如和风细雨。

纪羡堂的额头冷汗涔涔。

刮去纪羡堂喉管上的几根毛发，青皮后生一屁股坐下来，他的后背上，有了巴掌大的一块汗渍。

纪羡堂笑笑，你，是害怕的吗？

是的，青皮后生咕嘟咕嘟喝了几口凉茶，我给多少人剃过头哟，可是从来没有一个人像你这样紧张。

你一紧张，面部的肌肉就会不规则地抖动，我的刀就要选择合适的时间合适的部位，要不然，可就要出大事喽。

没什么大不了的，无非，就是被你破个相罢了。

纪羡堂说得很轻松。

哦，可不能这样说，你喉管上的毛发，我本来是不打算刮的，可是又怕你笑话我的手艺不精，只好硬着头皮试试了。

那时，你的喉结抖得厉害，我的刀必须下得快、重。

不然，就可能割破你的喉管啦。

给你这样的主儿成功地剃一次头，我觉得很满足，算是我剃头生涯中最惊险的一次啦。

我也不枉做过一回剃头师傅啦。

青皮后生从此在清江浦销声匿迹。

有一回，纪羡堂在他自己的剃头摊儿上小睡，突然大叫一声从木椅上跌倒。

双目圆睁，一命呜呼。

有人说那是他又梦见青皮后生来给他剃头，被吓死的。

原载 2016 年第 17 期《小小说选刊》

酱 鸭 脖

高沧海

李余不喜欢卖酱鸭脖的那个男人。

每次李余穿过小清河北路那个菜市场，男人隔老远就打招呼，老哥，来半斤鸭脖？虽然他明知李余从不吃他的酱鸭脖。

李余经常想，若卖酱鸭脖的不是这个瘦成芦苇秆的男人而是一个受看的胖乎乎的女人，他倒真想尝尝酱鸭脖的风味。这倒不是咱李余不正经，你想啊，女人的身板宽厚，脸庞一定也丰盈，笑起来，就比男人那刀条脸有内容，有如春花之灿烂，让人心生温暖，对，温暖，这让李余想起自己去世多年的婆娘。

一转过小清河那座桥，李余有些怀疑自己的眼睛，卖酱鸭脖的竟然真的换成了一个女人。李余站在酱鸭脖的柜子前，女人不像早先那个瘦男人一样说，老哥，来半斤鸭脖？她只对李余微微笑了一下。

好，李余从心里说，第一眼，她就是李余心目中好女人的样子，清亮，干净。她卖酱鸭脖，李余买酱鸭脖，她是主家，李余是过客，对，就这样，目标明确，目的单纯，李余说，就来半斤酱鸭脖。

李余问女人，男人呢，女人说，病了。

男人一直没出现，李余每天下午来买女人的半斤酱鸭脖。

女人劝李余，她说，鸭脖再好吃，哪能天天吃，吃腻了一回，就再也不想吃了。自李余的婆娘死后，这样暖心贴肺的话再也没有了。这些年，李余从没想过要另找个女人，如今，卖酱鸭脖女人的几句话，让李余这个单身老男人有些许的激动，女人身后的蔷薇很好看，李余想自己是不是有些失态呢？

再来吃女人的酱鸭脖，李余给她带来几个黄桥烧饼，李余说，买多了，吃到明天就不脆了，你帮帮忙吧。女人笑了，李余很不好意思，女人一定是看穿了自己的鬼把戏。

女人收下了，李余长出一口气。

第二天，李余还想跟第一天一样，再给卖酱鸭脖的女人带一点好吃的东西来，但是李余不好意思。真的，李余家里的婆娘活着时，整天笑话他，她说，老天真是安排错了，一个老爷们儿家家的，脸皮薄得咋像小姑娘。李余接过鸭脖时，女人顺手塞给李余一个小包，女人说，醋腌的花生米，脆得很，你尝尝。

回到家里，李余一粒粒吃着花生米，嘎嘣脆，味道真的好。李余想，这事怎么算呢，她卖她的酱鸭脖，我买我的酱鸭脖，大路朝天，各走一边，很正常。那黄桥烧饼和醋腌花生米呢，礼尚往来吗？花生米是礼尚往来，黄桥烧饼算什么，难道我李余爱上了这个女人？不，不，难道是这个女人爱上我李余了？不，不，开玩笑，那怎么可以。

李余好长时间没去清河北路的菜市场，李余害怕看到卖酱鸭脖的女人。

远远地又看到卖酱鸭脖的女人，李余有些不屑自己，怕什么呀，充其量是两个烧饼一把花生米的事，再大，能大到哪里去。李余整整衣冠，去买女人的酱鸭脖。

女人一边给李余包鸭脖，一边说，有时间不见您了。

李余清清喉咙，李余说，你男人，有日子没来了吧。

女人低低地说，他还病着。

李余很想问问女人她男人的事，看病缺钱不？有那么几次，李余怀里就揣着好几沓钱，想象中李余豪迈地说，妹子，拿着！但，且慢，李余又否定了这个想法，对于女人来说，她和李余的交情就是鸭脖的交情，顶多再加上黄桥烧饼和花生米，这个交情太浅薄，她一定不会收下这个钱。想象中李余拍着胸脯说，妹子，哥有钱！看见这银座大楼没有，整个银座二楼都是咱李余的，对，李余就是我。每年收进来的租金你知道是多少吗，顶你卖一辈子的鸭脖！啥，你不信？一个撒风漏气的老头子，一个只吃得起鸭脖的老头子会有很多钱？笑人哩。

李余最终没把钱掏出来，李余以匿名的方式把钱转交给了男人。

女人依旧卖酱鸭脖，李余依旧隔三岔五地光顾。

女人有一天傍晚来找李余，她带来一包酱鸭脖，李余打开一瓶酒。客厅外的木质露台一直伸到荷花塘里，风清水秀。

夜如幕布缓缓拉开，李余想说，留下来吧。但是，李余没说。

女人说，谢谢你，我该走了。

李余说，好。

露台上一个人的月亮升上来，清亮，干净，李余举着酒杯，对着另一只酒杯，李余把它想成是女人的男人，李余说，来，兄弟，咱干了这一杯，祝你健康！

咱再干一杯，祝你长命百岁！

李余吃着酱鸭脖，鸭脖的味道非常好。

原载 2016 年第 1 期《小小说选刊》

玉　　碎

何　竞

不要，不要点灯！

周薇扑来，步态踉跄，一柄翠玉烛台应声跌落在地，碎成几段。

夫人，从故国带来的东西没剩几样了，又被您摔坏一桩！

婢女洗儿随侍周薇数年，也只有她敢当着主子的面发两句牢骚。周薇置若罔闻，双眼含泪，淡淡月光下，一张鹅蛋脸苍白得厉害，眼角眉梢都失了活气。李煜嘱洗儿出去，他陪坐周薇身侧，刚触到她指尖，她像被毒蛇利齿噬到，猛然抽开，木怔怔的视线转到李煜脸上，无声淌下两行清泪。

我宁愿……死……李煜伸手捂住周薇下半句话，他惊恐地看向窗外，黑洞洞的天与地，似一块裹尸布，正层层叠叠将他们盖过来，管他王侯将相，管他如花美眷。

他如何舍得周薇死？当年初见，周薇来宫里探望病重的皇后姐姐，却误入情网，爱上文才绝代的皇帝姐夫。衩袜步香阶，手提金缕鞋。他给自己和妻妹的偷情落下口实，满城传诵她不够贞洁淑良，违背伦常，但只要得他真爱，周薇宁愿当瞎子和聋子，哪怕只剩一张唇，能亲吻帝王额头，能抚平他内心的皱褶与疼痛。

大周后身故，四年后周薇终于替代姐姐坐上了皇后位置，能陪在他身边，足矣，哪怕如今国破成囚，寄人篱下。

赵光义却连这些微希望都不留给周薇，每每召周薇入宫，她便噤若寒蝉，泪流不止，被宫人强行架上马车。这一次，李煜长达半月不见周薇之面，他如坐针毡难以睡卧，如今迎回来的，却是一只想求死的女人。

洗儿打了热水来为主子净身换衫，毛巾拭到肩上齿痕，洗儿也忍不住落下泪来，她咬紧牙劝慰：夫人，哪怕为了侯爷平安，您也不可有轻生之念！

周薇目光痴痴，半晌，才默默垂头。

第二日，有南唐旧臣登门造访。李煜不喜见到旧时部下，蹙眉坐着，像是和他们赌气一般。一胖一瘦两个臣子，迟钝得紧，猜不透旧主脾气，还一唱一和地自顾自交谈。

胖子说：当初太祖明明提出和亲之议，侯爷只要愿娶赵氏宗室之女就能保江南平安了，谁知……

瘦子：唉！那时夫人已留在宫中，侯爷另娶他人，岂不是辜负佳人？

周薇原本不愿多听，但她唯恐李煜言行失误遭来祸端，早早躲在帷幕后，此刻听到旧臣如此放肆谈论昔日帝后国婚，周薇一排银牙，将嘴唇咬出血珠，这才不至于发声斥责。周薇以为李煜也会像她一般愤怒，但看他神态不改，也不出声打断两个恣意忘形的嚼舌男，目光似穿透了帘幕重重，直抚到当日江南繁华之地。

周薇的心，些许火星，渐渐成灰。

数日后，有一名额有刀疤的男子深夜造访侯府，他轻功实在了得，避过守门宋兵，直接潜入李煜内室。李煜刚要开口，周薇敏捷地捂住他的叫喊，转向一身素黑打扮的来人，轻语：是要取我夫妻性命吗？

来人却双膝跪下，自称南唐旧部，不甘旧主受辱，要营救李煜飞出牢笼，起兵领将，自当一呼百应。李煜眼神惊恐：不，不……他语无伦次：你快走，记住你没有来过这里……

周薇眼神冷冷，她亲自上前扶起来人：天下易主非小事，你且离去，容侯爷思量。

来人磕头拜谢，刚离开，李煜便抱紧周薇胳膊，牙齿打抖得厉害：你疯了？真要陷我于不仁不义？用劲太大，周薇近日又瘦削得厉害，一只玉镯碎落在地，声响吓了李煜一跳，他无力地放开周薇，伤心摇头：你疯了，这种事岂可答应……

转眼，又到七夕，原本是佳偶团圆夜，宫里却传出话来，说皇后召周薇一道乞巧，即刻出发。周薇对着领头太监额首：请容我梳妆。

太监知晓真相，哪里是皇后下诏呢？他们的皇帝今晚翻了周薇牌子，她打扮得光鲜靓丽些，他也好多得些赏赐，坐下舒舒服服喝茶，倒不如之前几次催得猴急。

李煜无声无息走到周薇身后，她正在梳头，不知今日用了何种浓烈胭脂，面色潮红，唇红似血，眉目依旧如画，却凄艳得赛过狐鬼。

陛下，如果有来生，我还是会抛却家声名誉，与你相伴，不过，你是否后悔当日娶我为后？

周薇已许久没称呼他"陛下"了，李煜稍怔神，她却像一片软绵绵的树叶，从锦凳滑到地下。他似乎早有预感，跪下抱住她时不喊不惊，只是缓缓流出眼泪，摇头说：我知道自己偷生忍辱，害你至深，但只愿留得残命，好和你多相守分秒。

周薇抬手想拂拭李煜脸上泪痕，手举到一半，她拼尽全身力气微笑：如果真有人救你出牢笼，你且离去……

鲜血喷溅到李煜重瞳，他怕冷一般，将周薇抱紧，再紧一些。

领头太监听到屋内异动，闯入一看，气得顿足，指着李煜鼻子大呼小叫：你你你，你到底把她怎么了？

周薇尸身被运到城外，不知归葬何处。洗儿哭得天昏地暗，李煜却云淡风轻般喝手中热茶：你哭什么呢？人总归有一死。

洗儿愤愤然转身离去。这样也好，李煜摔碎手中玉杯，毒药侵上五脏六腑，疼痛不算什么，神志还清明得很呢，他忘了对洗儿说下半句：死了，才可和她比翼双飞，从此天上人间，不离不散。

原载《武侯文艺》2016·春季版

一只流浪狗的两个冬天

孙莱芙

大约两年前深秋的一个雨天，市府街城中村的人看见，有只流浪狗徘徊在富人区。它又瘦又小，头上毛发纷披，遮盖了眼睛，浑身的毛卷曲打结，像披挂着无数又黑又脏的毡片。连绵秋雨淋湿它的全身，那垂挂下来的毡片吸足了水，就像一个个沉重的沙袋。它毫无目的地在泥泞的街上踯躅，又累又饿，似乎是病了。

它跌跌撞撞走到杜家门口，那天杜家待客，大门敞开，杜家的大狗惊讶地跑出来，没有像往常那样见了生狗就大声吠叫，可能是它的样子太奇特了，太好玩儿了，也可能是杜家的狗那天心情特别好。大狗跑出来，远远地向它的后背呼唤一声，摇着尾巴。流浪狗转过身，它们默默对视良久，杜家的狗返回院，从食盆里衔出一块骨头，放在离它两步远的地方，然后呜呜叫了两声。流浪狗双腿一软，卧倒在地，匍匐着爬过去，杜家的狗又轻轻叫了几声。之后，它又望望杜家的狗，慢慢咬住骨头，衔到稍远的地方，然后呜呜有声地啃起来。

杜家的对面，是"秀英粗粮馆"。这天中午没一个顾客。饭店老板娘李秀英坐在窗前，无聊地瞅着雨中过往的车辆和行人，无意中看到了这奇特的一幕，她很感慨。

此后，李秀英发现，那只流浪狗就把杜家大门当成自己的家。白天，杜家的大狗跑出来，它全身金黄，洗刷得干干净净，不时面露凶相，咬东咬西，别的狗闻声四散躲避，它领着这只又瘦又脏的狗四处溜达。天黑后，杜家的狗在门外大叫，主人开门，把它放进来。有回，那只流浪狗也想跟进去，杜家女人一声怒喝，它只得乖乖退出来。

冬天来了，寒冬腊月，那只狗每晚都卧在杜家门外的炭堆上。炭已烧完，只剩下一小堆炭屑，上面扔着一只小学生的破书包，还有一些塑料纸、方便面袋，流浪狗就卧在那里。

　　李秀英饭店有一间小锅炉房，给客人烧水。有天晚上，她把一些剩肉剩菜放在小锅炉房门前，呼唤流浪狗过来吃。流浪狗吃完后，李秀英给它打开锅炉房门，打着手势，意思是让它睡在里边。但流浪狗望望她，又回到炭堆。

　　数九后，天气一下变得特别冷。这天晚上临睡前，李秀英把原来下夜人穿旧穿脏的一件军大衣拿出来，给狗铺垫上，又把下夜人扯得破破烂烂的那张被子拿出来，给狗搭上。她刚盖好，就听见杜家大门里传来呜呜咽咽的声音，听到这声音，流浪狗便跳起来，跑到大门外，从门缝对着里面轻轻叫。

　　晋北的腊月已充满过年的气氛，年前十来天，李秀英在太原读大学的儿子和在北京打工的女儿都回来了。他们的父亲在他们很小的时候就离开家，这么多年来，这个家就靠母亲开的这爿小店维持生活。孤儿寡母，无依无靠，日子过得很不容易。今年，女儿的对象原计划带她到安徽老家过年，但女儿说，这恐怕是她跟妈妈在一起的最后一个大年了，不能不回。

　　李秀英的儿子学的是兽医，他一回来母亲就和他说起这只可怜的狗。儿子看了看这只狗，对母亲说："这是一只金毛雄犬，是十大最受欢迎的犬种，排名仅次于拉布拉多猎犬。这种犬十分可靠、友善、忠心，是最好的家庭犬、导盲犬。杜叔叔那只也是，是公的。"

　　李秀英说："敢情这是一公一母啊，怪不得呢，是伴儿呀。问题是它又小又瘦，又脏又臭，大狗是看上它哪儿啦？"

　　李秀英女儿说："妈，动物的心思和人的心思能一样吗？"

　　李秀英想想，说："也对，人看钱财，动物不是。"

　　"秀英粗粮馆"对面的狗渐渐为人们所知道，来小店吃饭的人一天天多起来了。这年春暖花开后，李秀英给流浪狗剪短了毛发，在盆里洗干净，露出了它娇小的体态还有那双褐色的眼睛，它的毛竟然也是金黄金黄的。它在这条巷子里游逛的时候，看到来来往往的孩子总要跑着追，孩子们总要停下来，摸摸它，抱抱它。

　　这年初冬的一天，李秀英亲自动手，在小店窗前砌起一个小狗窝，里面铺得暖暖和和，还留着一个小门。她把流浪狗抱进狗圈，狗没有挣扎，伸出舌头舔了舔她的脸，她摸摸狗的脑袋，舒心地笑了。她返进店，洗完手，一回头，看到她离家十几年的丈夫站在身后。李秀英没理他，男人站了一阵就走了。

　　生活是忙碌的，纷乱的，就像冬日市镇上空飞旋的雪花，不觉又是一年春节快到了。年前十来天，儿子、女儿都回来了，女儿还带回了女婿。这天晚上，李秀英亲手做了一桌饭，谢谢两位厨师一年的辛苦，也给儿子和女儿女婿接风。大家正欢天喜地准备吃饭时，李秀英的男人又来了。他进门就跪下，说："我想回来，那边我不能待了，你们能原谅我吗？"

李秀英望着儿子、女儿、女婿，很长时间大家都没有说话。杜家院里的狗叫了，窝里的流浪狗拼命挖门，儿子出去给它开门。

李秀英哭了，她单薄瘦小的身子颤抖着，儿子扶着她的胳膊，女儿掏出纸巾给她擦眼泪，不住地劝她。劝着劝着，母子三人抱头痛哭起来。

第二年开春，李秀英的男人成了店里的得力干将，进货、买菜，洗洗刷刷，打里照外。"秀英粗粮馆"因为价格公道，饭菜质量好，回头客很多，生意越来越好。许多老顾客一来，首先就问那只流浪狗，而那只流浪狗也经常出现在饭店门口，向李秀英摇尾巴，她不管多忙，总要跑出去抱抱它，给它喂食喂水。

这年春天，李秀英的闺女出嫁了，流浪狗生了三只可爱的小宝宝，李秀英一只都舍不得送人，她要给闺女、儿子和自己各留一只。她向客人们说："回了一个，走了一个，添了三个，你们说，哪个多，哪个少？"

原载 2016 年 5 月 7 日作家网

开　光

郑武文

豪峰房地产公司的老总文胜流年不顺，先是城西的盛泰花园小区住户入住以后出现质量问题，公司被业主联名告上法庭。紧接着城东的极富园在施工过程中有两名民工从脚手架坠落，一名重伤一名轻伤，家属哭哭啼啼堵在办公室门前要钱闹事。尽管有几个得力干将正在处理此事，文胜的心里也被弄得毛毛躁躁如同长了荒草。

初春的古城，乍暖还寒。城区的杏花已经飘落似雨，西南山里依旧灿烂一片。文胜心情烦躁，吃过早饭，一人驱车直奔山区，希望看看漫山遍野的杏花解解心头之烦。

行至半路，突然想到，创业之初领着十几个人的时候，曾经在慧心寺许下宏愿：将来一旦飞黄腾达，必定给菩萨翻修庙宇，重塑金身。转眼二十多年过去了，当初砌块墙头建个猪圈的建筑队如今已是资产过亿的大公司了，怎么能把这件事给忘了？神灵不可欺啊！

文胜立马掉头往慧心寺方向驶去。慧心寺还是原来的老样子，掩映在一片白杨和绿竹之间，反而更加矮小破败了。文胜推开寺院的门，住持和尚智言正在院里劈柴烧开水，看见文胜进来，站起来整了整僧袍，合掌念一句"阿弥陀佛"，问一句"施主是来游览还是敬佛？"文胜说："敬佛。"智言于是回头，引领文胜走向正殿。和二十年前相比，智言已经是满脸皱纹，老得不像样子了。文胜知道，寺院的香火并不好，智言也是大多靠自己在附近的闲地种点蔬菜粮食贴补自用。正殿的观音像也失去了原来的光彩，尽管一尘不染，依旧慈祥巍峨。

智言燃香，插在香炉里。文胜跪下，在智言的鸣钟声里叩头毕，掏出十张百元钞放进功德箱里。然后出来，站在院子里，问智言："师父，还认得我吗？"智言说："来到敝寺都有缘，认得不认得皆是慈善菩萨。"

文胜微微一笑，讲了要重修庙宇的事，原以为智言会欣喜若狂，没想到智言依旧不悲不喜，只是微微作揖："施主功德，智言定铭刻于心，佛祖也一定会保佑施主的。"

文胜本是干工程的，对相关条文、手续都非常熟悉，又有一帮政府方面的朋友，没费多少周折，就拿到了批文。况且慧心寺对于市政府本就是一块鸡肋，舍弃吧，毕竟也算一处古迹，而修缮则需要很多费用，财政困难。如果再没人出面，那几处僧舍都要坍塌了。

文胜使出最大本事，不过半年工夫，慧心寺就被修葺一新，甚至入寺的道路都被铺了柏油。原先香火不盛的一个主要原因，也是车开不到寺前，需要徒步走四五里路才能进寺。现在好了，不但能直近寺门，而且寺前还修了停车场。最主要的：正殿的观世音菩萨像被重新塑造，更加高大、威严。

在寺院重新开放以前，首先就是请高僧为菩萨开光。这不但能够彰显佛光普照，更是为政府和豪峰房地产公司树立正面形象的好机会。为此事，文胜申请了市府领导，他的意思是从大寺请高僧来。可市领导却说，做事要低调，我们市的佛教协会主席广源大师就很合适。

开光的日子定在农历的九月九，那天晴空万里，碧蓝的天空飘着一团团雪白的云。广源大师身穿崭新的袈裟，头剃得铮亮，手里握着苹果手机，满面红光从一辆奥迪车里下来。先抬头看了看天，说："满天祥云，待会儿或许会汇聚成观世音金身模样……"文胜和几个领导围绕在大师周围，脸上都是灿烂的笑。

抬头却发现，记者和一群善男信女都站在寺前的广场里，反而是寺门紧闭。广源大师和文胜去叩寺门，寺门打开，两人刚闪进去，还没等众人涌入，寺门却又"咣当"一声闭上了。

二人惊愕地看着智言。智言却双手合十，念一句佛号，问道："大家今日因何而来啊？"文胜说："给菩萨开光啊！"智言道："因何要给菩萨开光？"广源说："世间混沌不清，菩萨金目难开。只有给其扫去尘埃，菩萨才能睁明目，佑善人……"

智言引领两人走进大殿，阳光冲破大殿门窗玻璃直射到佛像上，佛像更加金光闪闪。智言说："二位请看，菩萨金身法相威严，满目含笑，世人见之，皆能生善念，丢私欲，广发菩提心。况且佛本就在人心中，见金身愈知弃恶扬善。世人不明白，二位也不明白吗？是佛在给我们开光，我们用得着给佛开光吗？"

智言又说："正所谓头顶三尺有神灵，人在做，天在看。菩萨无时无刻不在我们身边，善恶终有报，善恶皆有因。佛坐寺中更坐心中啊！"

智言打开寺门，善男信女们对着佛像顶礼膜拜。文胜和广源却撇开人群，径自上车驶离。在车里，文胜给手下人打电话："先把受伤员工的医药费结了，尽量满足他们提出的条件。都是家里的顶梁柱，都有父母妻小啊。盛泰花园尽量给业主修复，实在不能修复的，就退房吧。买个房子要用他们一辈子的积蓄呢……"

原载 2016 年第 11 期《山东文学》

舍 身 崖

申 平

他去泰山舍身崖，寻死。

这个世界真是太冷酷太无情了：朋友骗他钱财，老婆跟人跑了，这时家里偏又传来母亲得了绝症的消息。他因寄不出多少钱，每天在电话里饱受亲人们的叱骂……他前思后想，觉得只有死路一条了。死了，就可以彻底告别这个残酷的世界了！

现在，他已经来到了天门之梯十八盘前。举目望去，1827 节台阶真的好像从天上挂下来一般，才爬了不远，他就开始气喘吁吁的了。

他想，连死都这么难吗？不如返回去，投河、喝药、上吊……怎么死都行。可他忽然又想起了母亲。听人说，泰山舍身崖又叫爱身崖，人在这里自杀，可以保佑生病的父母平安。娘啊，儿子死前也只能尽这么一点力了。

有泰山挑夫从他的身边走过。这些挑夫，一律光着上身，肩上挑着沉重的货物，手扶路旁的栏杆，一步一喘地向上攀行。据说他们这样爬上一趟，也挣不了几个钱……唉，人活在这个世上，真的好难啊。死了就可以一了百了啦。

又往上爬了一段，背后忽然传来一阵叱骂之声。回头看，却是一个头戴蓝草帽的汉子，驱赶着一匹矮脚马，一步步朝上爬来。矮马只有半人多高，但是搭在它身上的货物却像两座小山。它低着头，弓着腰，吃力地攀登着一个个台阶。蓝草帽倒很清闲，手里只拿一条马鞭，不时往马背上抽打一下，嘴里还叫骂个不停。

矮马经过他的身边，抬了一下头，一双灰蒙蒙的大眼睛好像看了他一下，眼神里充满乞求、委屈、愤懑、无奈，不知道为什么，他的心一下子就疼了起来。

他不由跟着他们往前走。这时他忽然发现，那匹矮马的脊背竟然被磨破了，血肉模糊，隐约可以看得到白骨。他立刻感到周身发麻，仿佛那伤口就在他的身上一样。他跟在后面，几次都想开口说说蓝草帽，但一想到自己是个将死之人，就又闭了嘴。

在蓝草帽的驱赶下，矮马很快把他甩到了后面。

他继续攀爬。前面的一个平台上有人聚集，近瞧，首先看到了那顶蓝草帽，接着看见那匹矮马趴在地上。蓝草帽不断挥鞭打马，嘴里大骂。那马也很想站起来，但是它太虚弱了，几经努力也站不起来，可以看见它身上的肉都在颤抖。旁边围观的人都在咂嘴叹气。

他的心再次疼痛，终于忍不住上前说了一句：我说哥们儿，这马都成了这样，你还打它！它也是一条命啊！谁知蓝草帽立刻瞪眼冲他吼道：你管得着吗！它是我花钱买来的，我养活它，它就得给我干活，不然我吃啥喝啥呀！真是多管闲事。

他再次感觉到了世界的冷酷，感觉到了人心的坚硬。这时那马在地上回过头来，又看了他一眼，眼神里充满了绝望和无助。他在马的眼神里一下子就看到了自己，看到了朋友的背叛和亲人的无情，他突然觉得，自己似乎变成了眼前的这匹马。

打骂声再次涌入耳鼓，他忽然听见自己说：你这匹马多少钱，我买了。

世界一下沉寂下来，所有的人都在看他。很快，蓝草帽的脸上荡起了笑意，他说：那好啊。我不诓你，这马当初是我花了两万块钱买的，现在打五折，你给一万吧。

他知道蓝草帽在说谎。他说：我身上只有五千块钱。说着，他从贴身的口袋里拿出了那叠钱，还有一封遗书。这是他留给自己的最后一笔钱，他在遗书里说：好心人，如果你发现了我的遗体，恳求您用这笔钱买副棺材把我埋了……现在他想，大不了我死得难看一点罢了。

蓝草帽大概看他榨不出太多油水，就抢一样拿走了他的钱，打个呼哨，立刻有几个空身下山的挑夫围上来，把从马背上卸下来的货物挑走了。

转眼，平台上只剩下他和矮脚马。他这才惊讶地发现，矮马正在用感激的目光看着他，大眼睛里竟然流出了泪水。嗯，原来它真的通人性呢。他弯腰拍了拍它的头，又帮助它站立起来，然后摘下它的笼头扔了，对它说：现在你自由了，赶快下山逃生去吧。他说完转身要走，不提防矮马却用嘴叼住了他的衣服，一双眼睛定定地看他。他赶快推开它说：可怜的小马，我是个要死的人，只能帮你这么多了。你快走吧，快点啊！说着，他跳开身，快速向上爬去。爬出好远，他才回头看了一下，天啊，矮马竟然就跟在他的后面。

他苦笑了一声，转身上前抓住马头，没好气地把它拉转身，往山下推。他说：傻瓜，你跟着我干什么，我顾不上管你，明白吗？但是他只要一转身，矮马就会立刻跟上来。他快它也快，他慢它也慢，仿佛成了他的尾巴，怎么甩也甩不掉。

就这么折腾了很久，他发起火来，挥拳打了两下马头，吼叫着说：你这个不识好歹的东西，你知道我去干什么吗？去跳舍身崖呀！你跟着我，难道要陪我一起去跳崖吗？

他震惊地发现，矮马竟然目光坚定地看着他，好像真的点了两下头。接着，它又亲昵地舔了一下他的手，用嘴叼住他的衣服，把他往山下拽。它的眼神里充满了鼓励和希望。

他呆住了，觉得内心深处一声巨响，有什么东西被炸开了，并开始一点点融化。他突然张开双臂，一下抱住了马头，眼泪就像断线的珠子一般滚落下来。

也不知过了多久，一人一马向山下走去。把压根儿不知长啥样的舍身崖，远远地抛在后面。

原载 2016 年第 2 期《百花园》

深 度 旅 行

张玉玲

当脚踩上玻璃的时候，苏小染才知道，她还是高估了自己。

一路上大家都在议论着将要抵达的悬崖上的玻璃栈道，在百度上找出它的图片和相关数据，惊险指数让半车的女士花容失色，只有苏小染表现得很淡定。苏小染不是不怕，她只是觉得，无论什么时候，她都有把握掌控自己的情绪。可是当脚实实在在踩上去的时候，她的情绪瞬间失控了——整个人就像悬在半空中，心和身体都像被一双恶作剧的手控制着，随时有被抛下万丈深渊的可能。

这是一队在旅程中偶遇的来自全国各处的人，每个人的周围都填满了陌生。苏小染的无助在陌生的人群中无处释放。她本能地后背紧贴着山崖，手死死抓住栏杆，不敢睁眼睛，不敢动，笔直的悬崖与突兀的高度营造的恐惧还是源源不断地涌进大脑……那一刻，苏小染就要流泪了。

"需要帮忙吗？"一个男低音传来。苏小染被声音惊到，把身体更深地缩向崖壁。

"深呼吸，放松。"一双手拉起她放在栏杆上的两只手，空谷中传来一阵尖锐的鸣叫，苏小染又是一惊，那双手渐渐加了一些力度，她的情绪慢慢趋于平静。"如果还是很怕，那就闭着眼睛，跟着我。"她照做。"脚步迈小一点，对，跟着我走就好。"苏小染不知道声音和手来自谁，只知道安全来了，依靠来了，她先抓住那双手，后来又抓着一只强有力的胳膊，当两个人在玻璃栈道上越走越远时，苏小染忍不住睁开了眼睛，她先看到一张帅气的男人的脸，接着，就被眼前惊心动魄的美景攫住了。苏小染惊呼着，松开了紧紧抓着的那只胳膊，调出手机里的相机，把身子倾出去，斜挂在栏杆上，要求对方给她拍照留念，满脑子的恐惧在那一刻烟消云散。

后来苏小染知道他叫宋陶，在外企工作，每两个月都会抽出一周的时间，选一条路线，做一次深度旅行。苏小染笑笑，说，我也是，两个月旅行一次。

那天苏小染正在画室里工作，一辆奥迪 Q5 停在了她的落地窗外，西装革履的男人走进门来，苏小染定睛看去，半天后，惊呼出声："怎么是你？"宋陶英气逼人地走了进来，手里拿着一个粉色包装的盒子，打开，里面是一个陶瓷杯子。杯子上的图案是漫画版苏小染。这是那次旅游时，在一个陶吧，他们两个人共同的作品。苏小染已经忘记了，但宋陶却给她送了过来。

两个月后，苏小染决定答应宋陶的求婚。在市二院当副院长的母亲告诉苏小染：二十八岁，再不嫁，之后就会变成恨嫁。母亲的话苏小染不以为然，但母亲的逼婚却让她被罩在一张网中，无处可逃。合适的宋陶出现在合适的时间里，仿佛就是为了给美女画家苏小染的婚姻画上一个圆满的句号。

画室在一楼，画室上面三十三楼是苏小染的小窝——一百平方米的房子，典型的北欧风格，画室和小窝是四年前父母送给苏小染的毕业礼物。结婚时，考虑到宋陶那边暂时没有合适的婚房，婚就结在了苏小染的房子里。

婚后的生活没有太大变化，忙的时候各忙各的，闲的时候甜蜜相守。依然两个月一次旅行，有时候两个人一起，有时候，时间凑不到一起，就各自旅行。

波澜不惊又不乏温馨的婚姻持续到第三年的时候，宋陶那边出事了，在一次校友聚会时，他和小学妹擦出了爱情的火花。这让苏小染很意外。苏小染一直以为，这场婚姻她是可以把控的，宋陶与小学妹甜蜜拥吻的照片出现在眼前时，她才明白，原来，婚姻是多么脆弱的一种存在。

离婚没有太多纠葛。房子是苏小染的婚前财产，两个人没有孩子，相互之间经济独立。办完手续后，宋陶开着他的奥迪 Q5 离开，苏小染的生活穿越回三年前的样子。伤心是避免不了的，但人都走了，伤心又有什么用。苏小染只是沉默地画画，那段时间她的画出现在各处的画展上，标价也上升到了新的高度。婚姻失败了，但是人生却更精彩了。

这次的旅行，是探访深山中一个叫天堂的古村落。据说这个村，是几百年前一个叫天荆楚的人弃官归隐之地，古色古香，再加上极其考究的民居，让这个村落披上了更加神秘的色彩。

苏小染在经过一条狭窄而陡峭的石板路时，一个声音在后面说："需要帮忙吗？"苏小染回头，一个高大帅气的男人看着她笑，苏小染微笑，然后，把手慢慢伸过去，放在了他伸过来的手中。

原载 2016 年第 8 期《小说月刊》

十 点 约

海清涓

一个人走进另一个人的生命，也许是冥冥之中注定的缘分。

桃红李白时，冰儿的生命里走进了一个人。一个既写诗又读诗，名叫阿星的男人。

冰儿喜欢看书，闲时写点小诗。冰儿写诗纯属自娱自乐，冰儿的诗从来没有在纸媒上发表过，只是偶尔在一些微信平台上推送过。

在朋友圈无意中看到十点约，只打开听了一次，冰儿就喜欢上了十点约。准确地说，是喜欢上了十点约朗诵者阿星的声音。

第一次听到阿星的声音，冰儿的心微微地动了一下。冰儿猜，阿星一定是个高瘦挺拔，忧郁温雅的帅男子。

十点约虽是私人微信公众号，也没有任何纸媒作支撑，关注和收听的人却很多。别的微信平台，朗诵的都是些名家的旧作，早读过N遍了，再听就不新鲜了。而且每天一个朗诵者，有的是朗诵者自己录制好发上来的，根本不专业。

十点约只有阿星一个朗诵者，但是相当专业。阿星朗诵的诗大多是民刊无名诗人的近作。这些诗歌风格多样，不高大上，却真善美，贴近生活。所谓高手在民间，此话不假。

关注了十点约，冰儿再也没有听过别的微信公众号的朗诵，甚至取消了很多公众号的关注。

每天晚上十点钟，只要打开十点约，阿星的声音就会在手机里准时响起。那沉郁沉静，迷离迷茫，不高不低，富有磁性的男中音，让冰儿听得如痴如醉。

忍不住百度。看到阿星的精短简介和半身照片，冰儿的心差一点跳出体外。阿星，男，27岁，出过五本诗集。爱好，看书、唱歌和朗诵。

诗歌好，声音好，模样好。阿星简直是才子帅哥，阿星是当之无愧的诗坛白马王子。

阿星这一大堆看得见的优秀，足以令许多女孩子激动，何况多愁善感能写诗的冰儿。冰儿激动得几乎一夜未眠，脑子里全是阿星的声音和影子。

每晚十点再听阿星朗诵，冰儿就好像是在赴一场约会，一场特殊的约会。

冰儿试着投了几首诗稿到十点约的邮箱，没几天，十点约推出了冰儿的诗。诗歌的下面，还附了作者简介和生活照。更重要的是，阿星还在当天晚上的十点，朗诵了一首冰儿的情诗。

冰儿理所当然加了阿星的微信号。冰儿把微信头像换成最美的艺术照，一有空就找阿星微聊，还不时让阿星帮她改诗。阿星呢，对冰儿是有求必应，只要冰儿一开口，阿星都在，就像时刻在等冰儿一样。毕竟，有几个男人，能够对冰儿这样才貌双全的女子说不呢。

渐渐地，冰儿和阿星有了恋爱的感觉。每次微聊，每晚十点听阿星朗诵诗歌，冰儿都会脸红心跳。可是，阿星从来没有对冰儿说过，想你，喜欢你，更没有说过爱你之类的字眼。

阿星的不主动，让冰儿感到委屈。但是，冰儿不想错过阿星。

于是，冰儿决定主动。

阿星，我发现我有点喜欢你了。冰儿第一次给阿星微信语音留言。

阿星回复很快，谢谢，见到真人，你会失望。

不会，大不了照片就是艺术照，人的整体样子总不会变。我给你的照片还是美了颜的呢。网络时代，真人比不上本人，是一件正常的事。冰儿微笑着想。

阿星，我想我是喜欢上你了。冰儿第二次给阿星微信语音留言。

阿星回复还是很快，冰儿，见到生活中的我，你一定会后悔。

也许阿星有了女朋友，那又怎样，只要他没有结婚，我就有机会。冰儿这样想。

阿星，我已经爱上你了，我想见你。冰儿第三次给阿星微信语音留言。

这次，阿星回复很慢。好吧，我们是应该见一面。

一月后的周末，是冰儿和阿星约定见面的日子。见面地点当然是阿星的十点约了。十点约在 B 城的一个绿化很大的中高档小区，离冰儿的 A 城近两千里。

来开门的是一个面容姣好的年轻女子。你就是冰儿？女子上上下下打量起了冰儿。

我，我找阿星。冰儿不敢直视女人。心道，她不会是阿星的女朋友或者妻子吧。

从女子肩部的空隙，冰儿望见了坐在卧室电脑旁边的阿星。阿星和照片里一样帅气，甚至更帅。

姐姐，你让冰儿进来。阿星的声音也和手机里一样好听，只是明显多了一份担忧。

原来是姐姐。冰儿惊喜地想跑过去，却发现阿星居然坐在轮椅上。

阿星，你怎么了？你的腿，受伤了？冰儿站住，顿顿地问。

我……我……阿星低下了头。

是的，十五年前，阿星的双腿就受伤了，一直坐在轮椅上。女子哀哀地说。

今天是我们第一次见面，也是最后一次见面。冰儿，你走吧。阿星幽幽地说。

那一瞬，冰儿终于理解了阿星的从不主动。

是第一次见面，但不是最后一次见面，我们说好了的，一生一世都要十点约。冰儿噙着泪冲到阿星面前，弯下腰轻轻抚摩阿星的头发。

冰儿，谢谢你。阿星突然扶着椅子，摇摇晃晃地站了起来。

冰儿吓得倒退了一步，你没有受伤？你为什么要让姐姐骗我？

冰儿，我没有骗你，一个月前，阿星安了假肢。姐姐哽咽着说。

阿星，谢谢你。冰儿一下泪如溪流。

原载 2016 年第 4 期《微型小说月报》

送　书

王培静

每年一次的高中同学聚会办了十多年了，除第一次是当时还在文化馆工作的我组织的外，以后的聚会都是我们同学中的财神——时大龙安排人召集的。他的企业做得越来越大，据说他开的车在本市仅此一辆，价值一百多万。是最有能力和资格做这事的。

每次聚会，我都被时大龙安排在主桌上，坐在他的身边，他每次的开场白几乎也都是从我说起：新年又到了，首先感谢咱们的大作家培静先生早些年费心把大家联系到了一起，我们的岁数越来越大，希望我们老同学们之间的情谊会越来越深。一年难得一次醉，同学们，咱们今天不醉不休。然后是大家鼓掌，共同举杯。

同学们坐在一起，聊聊过去，说说现在，再展望一下未来。大家都感叹时光过得太快。

我这些年每年都能出版一本小说，所以每次聚会，我都带上几本，大龙的那本都是提前签上名的。每到这时候，大龙就高声喊道：大作家又给我们送书来了。培静又上电视又上报的，他的名气越来越大，这也是我们全体同学的光荣。

前些天接到同学的聚会电话，之前我因在外地还是脱不开身，已经两年没有参加同学聚会了。我心里想，今年一定参加。

聚会这天，我赶到了玉龙大酒店，现场已是人声鼎沸，好不热闹。原先的聚会只有五六桌人，今天好像得有十几桌吧。我向主桌上扫了一眼，时大龙还没到场。我索性找了个靠边的角落坐了下来。

我扫了下全桌，奇怪的是一个熟脸也没有，我真怀疑进错了地方，悄声问坐在身边的人，他们说，是时大龙组织的场。再一问都在哪方高就，有说是检察院的，有说是工商联的。天哪，时大龙是不是把小学同学都发展进来了？我又一想，他是不是在这还一起招待另外的朋友，我正想起身出去看看，这是时大龙进来了。

他大摇大摆径直走到主桌空位上，咳了两声，又咳了两声。有人大声喊道：诸位，静一静，下面请时董事长说话。稀稀拉拉一阵掌声后，时大龙站了起来：各位同学、各位朋友，大家新年好！今天到这儿来的没有外人。说到这儿，他环视了一下全场继续说：我给大家讲个事吧，不瞒大家说，公司头几年有些不景气，我找了个大师给算了算，他说让我在公司楼顶上的北侧放两个水缸，里边放上水，西边竖上十根桃木，这样一是防小人，再一个是可以辟邪。我让手下人这样做了，结果还是不好。我又从大地方请了个大仙来，他说，我身边有人妨事。我思来想去没有别人呀，头几天我终于想到了一个人，过去新年聚会，他每次都给我送书。送书送输，让我把生意都给输出去了。

大家交头接耳，窃窃私语，议论纷纷。

几年前，曾有人建议让他给我当代言人，幸亏我没答应。我要答应了，你想想他那名字，我的企业早倒闭了。这两年聚会他没来，我的生意又渐渐好了起来……

天哪，他虽然没有点名道姓，这说的肯定是我。我的脸发烫、手发抖。见没人注意，我低头起身逃出了门。

我的步子有些踉跄，进电梯时差一点跌倒。我心里对自己说，培静啊，你这破名字起的，妨人呀。你妨人就算了，每年还给人家送什么书。你不显摆了吧，人家喊你大作家，你就以为自己真是作家了。你呀，狗屁不是。

我想改名，把名字倒过来叫，培静，静培？有什么两样。我心里狠狠地对自己说：得了，你就这命，躲起来写你的破小说去吧，今后可再别出来妨人了。

原载 2016 年第 8 期《东方剑》

唐老三轶事

蔡兴荣

唐国强在兄弟中排行老三，人称唐老三，时间长了，真名没几个记得了，叫了也没人应。

唐老三生就一副好相貌，一米七八的大个子，浓眉大眼，国字脸，元宝鼻，笑起来脸圆得像弥勒佛一样，导演如果乍一见到，他一定是个正面角色，按他说法，起码也是一个师团级的八路干部。他的相貌，常常让人产生误会，以为是个好对付的角色，起码也得是个好人吧。

老三在一家大型国企上班，看泵房的，活轻松，每天固定的时间，开一次泵，如果生产装置正常运行，他一天的活就算结了。因为太空闲了，老三常常是不在岗位上的，出去抽个烟，办个事，溜个号那是家常便饭。过去的领导，因为知道老三的厉害，也都睁个眼闭个眼，不去招惹他。

正因为这里岗位轻松，想来的人太多了。而老三能够长期盘踞在这个岗位，自有他的门道。

一个新来的车间主任，大概有个亲戚看上这个岗位，也因为新官上任三把火，想树立威望，听说老三常常违反三纪，员工有反映，主任找了理由，意思老三年纪四十出头，还年轻，应该到更重要的岗位去。

风刚放出去，晚上吃饭时间老三就到他们家去了，拿了一叠医院证明，又是高血压，又是脑神经萎缩，又是心肌炎，反正一看就是一个离死不远的人，主任哭笑不得。刚好主任家里开饭，他老婆也是多嘴，客气了一声，老三也不含糊，端起来就吃，还要酒要肉，吃完了，还丢下一句，你家里菜可不怎么样。把主任气得一夜没有睡好。

事情还没完，第二天下班，主任骑自行车莫名其妙地和两个人撞了，差点动手，其中一个人，一看就是社会上的混混，出来做了好人，主任啊，我和你们老三可是过命的交情，你可得多关照啊，否则，我认得你，下面的兄弟可不认得你。主任暗暗心惊。

过了几天，公司领导一个副总电话下来：老三有病，你照顾一下吧。主任彻底崩溃，暗暗责骂自己，没摸清情况就乱动手。路上，老三见了主任，比谁都亲热，一口一个主任，笑眯眯的，主任家饭菜不好吃的传闻，也在员工中不胫而走。

老三在外面也是混世界的，为别人催欠债，讨来的钱，总金额的40%归他。这是一个刀口上的活。老三的狠劲也是有名的，曾经一个对三个，把对方送进医院，自己留下三条伤疤，老三自嘲，正好，和名字相符，加起来六六顺嘛。

一次老三孤身一人跑到金华去讨债，总额是40万。公司的老板躲了两天不见他，第三天，终于在家里堵住了，老板叫来了三个黑社会，手里拿着明晃晃的匕首。老三把头伸过去，兄弟，我也是混饭吃，今天你给我个面子，交个朋友。否则，你砍死我。眼睛直直地盯着对方，他们竟然震慑于他的勇气，一步一步地后退，后来老三拿到了钱，请这几个人到当地最豪华酒店胡吃海喝，K歌足浴一条龙，几天下来，挣来的钱花了一大半，他们夸口，下回唐哥来，由他们出面，包圆。

后来老三听说这几个人在当地也是狠角色，但为什么会折服于老三，至今是个谜。

在回来的火车站上，老三看到几个无赖在欺负一对乞讨的外地母女，老三动手打跑了他们，看到母女哭哭啼啼，衣不遮体，心一软，把身上剩下的钱都给了她们，这母女俩看到这么多钱，要给他下跪，他眼一瞪，赶紧滚回家，不然我就把钱收回来了。

到家朋友接风，开玩笑说，你空空的去，又空空的回来了，白忙活啊。老三眼一眯，嘴一咧，你不懂，什么叫空空啊，我交下朋友了，有啥比朋友重要啊。钱送人，结下善缘了，善缘你懂不懂。朋友认罚。

这一战让唐老三声名大振，找他的人络绎不绝。

年底的时候，老三的一个朋友从大西北回来，他是当年严打的时候，因为斗殴被判了十五年刑，黑乎乎的，满脸沧桑和皱纹。回来的第一个晚上，拎了两瓶酒，跑到老三家里，抱着他痛哭，兄弟，我走了十五年，是你年年替我尽孝，看望我父母，也是你替我给老人家送了终，兄弟，好兄弟啊……

老三笑起来，还是一副和善的样子，好像朋友说的是另外一个人的事。

原载2016年第6期《百花园》